Irene Fritsch
Vier Schüsse am Lietzensee

Roman

text•verlag

text • verlag
edition Berlin
Michendorfer Weg 26
D-14552 Wilhelmshorst

Telefon (033205) 607644
Fax (033205) 607645
e-mail info@textpunktverlag.de
Internet www.textpunktverlag.de

Irene Fritsch
Vier Schüsse am Lietzensee
Roman

Berlin : text.verlag, 2015
ISBN 978-3-938414-61-3
© 2015 Irene Fritsch
und text.verlag
Alle Rechte vorbehalten

Satz & Gestaltung
text • verlagsservice

Druck
CPI books GmbH, Leck

Irene Fritsch
Vier Schüsse am Lietzensee

FÜR CLAUDIA UND CLAUDIUS

Prolog

»Eine Million?«, die alte Dame lachte herzlich. »Sie flunkern, mein Herr!«

»Um Himmels willen! Nein!« Ihr Gesprächspartner blickte sie ehrlich erschrocken an. »Das würde ich nie wagen!«

Es war ein warmer, sonniger Oktobertag. Wie gewöhnlich bei gutem Wetter saßen die beiden alten Leute auf einer Bank am Lietzensee, der in einem schönen alten Park mitten in Berlin lag, genauer gesagt in Charlottenburg, in der Nähe des Funkturms. Der Mann kam zu Fuß zu diesem Treffpunkt, langsam und auf einen Stock gestützt, während seine Freundin aus einem nahegelegenen Seniorenheim im Rollstuhl hierher gefahren wurde, von einem jungen Mann, der in dem Altenheim ein Praktikum absolvierte.

Gemeinsam genossen die beiden Über-Achtzigjährigen die für die Jahreszeit überraschend laue Luft, die herbstlich buntverfärbten Blätter der Bäume und den Blick auf den See. Es herrschte eine beschauliche Ruhe. Hinter ihrem Rücken trennte ein Zaun den Weg, an dem sie saßen, von dem weitläufigen Kinderspielplatz ab, der zu dieser vormittäglichen Zeit vorwiegend von Kindern aus benachbarten Kindertagesstätten besucht wurde. Lauter wurde es gewöhnlich erst am Nachmittag, wenn die Größeren in den Park einfielen und ihn mit ihrem Lärm erfüllten.

Als sie vor einigen Wochen das erste Mal zufällig nebeneinander saßen, sich anlächelten, sich gefielen und ins Gespräch kamen, begann eine für beide wunderbare Freundschaft. Nun kamen sie immer zur gleichen Zeit zu »ihrer« Bank, plauderten über das Tagesgeschehen oder philosophierten über das Leben und die vergangene Zeit.

»Glauben *Sie* das?«, fragte jetzt die alte Frau ihren jungen Mann, der ein wenig zur Seite gerückt in der Zeitung las und nun den Kopf hob.

»Was denn?« Er wandte ihr sein offenes, freundliches Gesicht zu und lächelte sie an: »Entschuldigen Sie! Ich habe nicht zugehört.«

»Ach, lassen Sie«, winkte der alte Mann ab. »Reden wir von etwas anderem.«

Doch die Freundin wollte sich mit dieser Antwort nicht zufrieden geben. Sie legte ihre Hand mit schelmischer Miene auf seinen Arm und bettelte: »Bitte, bitte! Erzählen Sie!«

Der Alte blickte sie an. Er sah nicht die Altersflecken in ihrem Gesicht, nicht die tiefen Falten, er dachte nur, wie warm ihre Augen leuchten und wie hübsch sie aussieht mit ihren weißen Löckchen, die der Wind ein wenig zerzauste. Schade, dass er sie jetzt erst, am Ende seines Lebens kennengelernt hatte.

»Wenn Sie meine Geschichte gehört haben, werden Sie mich nicht mehr mögen«, brummte er und seine Züge verfinsterten sich.

Ungläubig klang ihre Frage: »So schlimm?«

»Noch schlimmer«, antwortete er und beobachtete die kleinen Wellen im See, die zwei friedlich nebeneinander schwimmende Enten erzeugten.

Nach einer Weile des Schweigens, der Praktikant hatte sich längst wieder in seine Zeitung vertieft, begann der alte Mann zu erzählen, hin und wieder unterbrochen von einer Frage seiner Zuhörerin. Niemand von den Dreien bemerkte den Mann, der hinter ihnen auf dem Spielplatz in einem der kleinen Spiel-Häuschen aus Holz saß und angespannt lauschte. Als die Stimme des alten Mannes während seines Berichtes leiser wurde, stand der Fremde auf und stellte sich, um besser zu hören, an den Zaun mit dem Rücken zum See, scheinbar vertieft in das kindliche Treiben auf dem Spielplatz. Aber seine kleine Schauspielerei erwies sich als überflüssig. Die auf der Bank Sitzenden nahmen ihn nicht wahr.

Nachdem der alte Mann geendet hatte, ergriff die Freundin gelassen seine Hand: »Wer hat denn keine Fehler gemacht in seinem Leben?«

Dankbar gab der Alte den Händedruck zurück und lächelte sie zärtlich an.

Es wurde November. Sie trafen sich weiterhin an der Bank, sooft es das Wetter erlaubte. Nun gingen sie gemeinsam spazieren, er langsam, mit seinem Stock, sie im Rollstuhl, und wurden immer vertrauter miteinander, bis die alte Frau eines Tages sagte: »Ich kann vorerst nicht mehr in den Park kommen. Ich muss verreisen.« Sie kicherte über ihre Ausdrucksweise. Dann fuhr sie fort: »Ich fahre über Weihnachten zu meiner Tochter.«

Bekümmert blickte der Alte sie an: »Das geht nicht. Was soll ich denn machen ohne Sie?«

»Sie werden es schon aushalten. In vierzehn Tagen bin ich wieder da«, lächelte seine Freundin, ein wenig geschmeichelt. »Ich warte dann an der Bank auf Sie.«

Aber als die zwei Wochen herum waren und sich die alte Frau voller Vorfreude auf ein Wiedersehn mit dem Freund zu »ihrer« Bank schieben ließ, wurde sie enttäuscht.

Er war nicht da, auch nicht in den nächsten Tagen.

Er kam nie wieder.

1

In der Schwüle einer überfüllten Kneipe in der Kantstraße in Charlottenburg hockten an einem Ecktisch zwei Männer, die in Abständen Bier und Schnaps in sich hineinkippten. Der eine, ein bulliger Typ mit glattrasiertem Kopf, der nur mit äußerster Kraftanstrengung seine Aggressionen zu unterdrücken schien, saß vornübergebeugt da. Mit zusammengezogenen Augenbrauen fixierte er sein Gegenüber, soweit das bei der wegen Zigarettenqualm und Bierdunst trüben Beleuchtung überhaupt möglich war. Sein linker Arm lag mit geballter Faust auf der Tischplatte, während er mit der rechten Hand eine Zigarette nach der anderen bis in die letzten Lungenspitzen inhalierte. In einem Bedürfnis, seine Anspannung zu lockern, öffnete er den Reißverschluss seiner schwarzen Fliegerjacke und krempelte die Ärmel hoch. Als großflächige Tattoos an den Unterarmen sichtbar wurden, lachte sein Gegenüber mit höhnisch herabgezogenen Mundwinkeln.

Die beiden Männer hätten nicht gegensätzlicher aussehen können, denn der andere war ein schlanker, intellektueller Typ mittleren Alters mit dicken, bereits ergrauten Haaren, die er im Nacken zu einem Pferdeschwanz zusammengebunden hatte. Unter seiner braunen Cordjacke lugte ein dunkelroter Cashmere-Pullover hervor. Im Vollbewusstsein seiner Überlegenheit, lehnte er sich entspannt auf seinem Holzstuhl zurück und zeigte auf die Tätowierungen: »Ah! Selbstgemacht? Ob das Angie gefällt? Die steht ja mehr auf bunt!« Er nahm einen Schluck aus seinem Bierglas und genoss es sichtlich, den bereits kurz vor einem Wutanfall Stehenden noch weiter zu reizen.

In demselben Ton fuhr er fort: »Erzähl doch überhaupt mal! Wie geht es meiner Ex? Nicht dass ich Sehnsucht nach ihr hätte.« »Du Dumpfbacke!«, hätte er fast hinzugefügt, beherrschte sich aber. Auch eine Dumpfbacke, selbst wenn sie einen Deal mit ihm vorhatte, ließ sich nicht beliebig provozieren.

»Jedenfalls bessa als mit dia!«, konterte der Glatzkopf, der sich unverhofft auf vertrautem Terrain befand. »Du hast ihr dit ja nie richtich besorjen können, du Vasaga! Aba jetz hör uff mit dem Jelaba!« Er fischte aus seiner Hosentasche zwei verknüllte Fünfzig-Euro-Scheine und warf sie auf den Tisch. »Ick will den Wisch. Los, jib her!«

Der andere schaute ihn einen Moment fast mitleidig an. Wie blöde muss man sein, um ein solches Geschäft zu machen, dachte er. Aber wenn er sein Geld loswerden will, bitte! Mit betont langsamer Bewegung holte er aus seiner Jackentasche einen Zettel heraus, legte ihn auf den Tisch und steckte die beiden Scheine ein.

Der Glatzkopf warf einen Blick darauf: »Biste bescheuert? Da fehlt wat!«
Überrascht blickte der andere auf: »Was denn?«
»Na, wie dit heeßt!«
»Ach so!« Der Cashmere-Mann ergriff das Blatt, auch den Kugelschreiber, den der Glatzkopf ihm hinhielt, aber bevor er schrieb, zog er die Augenbrauen hoch und schüttelte den Kopf: »Das kostet aber extra. Nochmal hundert!«
»Biste varückt jeworden, Alta?« Der Wutschrei klang so durchdringend, dass sich die Männer am Nebentisch umdrehten. »Dit jehört dazu! Dit wa abjemacht!«
»Ey, bleib cool!« Der Schlanke steckte den Zettel wieder in seine Jackentasche. »Wenn du bedenkst, dass die Informationen auf meinem Blatt theoretisch mehr als eine Million wert sind, kann ein weiterer Hunderter doch wirklich nicht zu viel sein.«
Noch immer lächelte er den Glatzkopf herablassend an, aber als dieser mit vor Wut verzerrtem Gesicht aufsprang und sich auf ihn stürzen wollte, zog er doch einen raschen Abgang vor. Er kippte ihm sein halbvolles Bierglas ins Gesicht und tauchte sekundenschnell im Gewühl der Kneipenbesucher unter.

Just in dem Moment, als Anna Kranz kurz nach Mitternacht aus dem Haus in der Kaiser-Friedrich-Straße trat, in dem sie die Geburtstagsparty einer Kollegin aus ihrer Schule besucht hatte, begann es zu regnen und noch ehe sie das Schloss ihres Fahrrads geöffnet hatte, goss es in Strömen. Während das Wasser in den Kragen ihrer Jacke floss und ihre luftig hochgesteckten Haare bereits wie ein nasser Klumpen auf ihrem Kopf thronten, ermunterte sie sich: Positiv denken! und fuhr los. Denn die Temperatur dieser Februarnacht war erstaunlich milde und ihr Weg nach Hause kurz. Mit stoischer Gelassenheit ertrug sie auch die Regenfluten, mit denen vorrüberfahrende Autos sie begossen. Nur ab und zu wischte sie sich über die Augen, wenn ihre Sicht zu stark behindert war. Ohne Hast – nasser konnte sie nicht werden – trat sie in die Pedale und bog in die Kantstraße ein, um zu ihrer Wohnung in der Wundtstraße am Lietzensee zu radeln.
Gerade wollte Anna eine Kneipe mit einer grellen Leuchtreklame passieren, als plötzlich die Tür aufgerissen wurde und ein Mann herausrannte. Er sah sich kurz um, wie um sich zu orientieren, kam dann auf Anna zugelaufen, nahe an ihr Rad heran und hob den Arm. Irritiert versuchte sie ihm auf der nassen Fahrbahn auszuweichen, geriet aber ins Schleudern und konnte nur durch schnelles Abspringen vom Fahrrad einen Sturz verhindern. Mit vor Angst klopfendem Herzen stellte sie das Rad gerade hin, sah dann aber mit Erleichterung, dass der Mann längst die Neue Kantstraße in Richtung Funkturm fortgelaufen war.

Bevor Anna aufatmen und sich wieder auf ihr Fahrrad setzen konnte, wurde ein zweites Mal die Tür der Kneipe aufgestoßen, ein anderer Mann, größer und breiter, ein Glatzkopf, wie es schien, kam herausgestürzt direkt auf sie zu. Erschreckt schaute sie sich um, kein Mensch weit und breit, nur Regen und Dunkelheit, kaum erhellt von dem trüben Licht der Straßenlaternen. Doch der Mann starrte sie nur mit schwarzen Augen an, schrie: »Wo is dit Schwein hin?«, entdeckte im selben Moment den Flüchtenden und rannte ihm hinterher.

»Puh!« Anna atmete auf. Sie war nur durch Zufall in einen ganz ordinären Streit zwischen zwei Besoffenen geraten. Bewusst langsam fuhr sie wieder los, um den Vorsprung der beiden Männer möglichst groß zu halten, denn ihr Weg führte sie ebenfalls über die Neue Kantstraße Richtung Funkturm. Sie hatte kein Bedürfnis nach einer zweiten Begegnung.

Aber diese blieb ihr nicht erspart.

Auf der Brücke über dem Lietzensee, direkt vor dem Relief, mit dem sich 1904 die Erbauer der Brücke verewigt hatten, sah Anna im Heranfahren, wie sich die beiden Männer mit größter Verbissenheit prügelten. Aber es war ein ungleicher Kampf. Während der Glatzkopf mit seinen Fäusten pausenlos auf seinen schmächtigen Gegner einhämmerte, versuchte dieser, hin und her taumelnd, vergeblich den Schlägen auszuweichen, sackte aber langsam in sich zusammen und blieb schließlich gekrümmt vor der Brückenmauer liegen. Voller Angst und um möglichst schnell an den Männern vorbeizukommen, legte Anna einen anderen Gang ein und zog das Tempo an, als plötzlich der Geprügelte sie bemerkte, sich ein wenig aufrichtete und mit ausgestrecktem Arm auf sie zeigte. Er schien etwas über sie gesagt zu haben, denn sofort ließ der Schläger von ihm ab und rannte ihr hinterher. Anna, die bereits die Brücke passiert hatte, drehte sich kurz um und hörte ihn: »Halt!« und »Bleib stehen!« schreien. Wie von Furien gehetzt trat sie noch stärker in die Pedale und jagte die Neue Kantstraße hoch. Ihr Herz hämmerte, sie spürte wie ihre Kräfte schwanden. Wieder drehte sie sich um und atmete auf: Der Verfolger hatte aufgegeben. Aber als sie in die Herbartstraße einbog, hörte sie ihn noch voller Wut brüllen: »Ick krieg dir, du Fotze!«

Auf der abschüssigen Wundtstraße ließ sie, noch immer heftig zitternd, das Rad einfach herabrollen und bog schließlich durch den Torweg ihres Hauses in den Hof ein. Als sie ihr Rad anschloss und einen automatischen Blick nach oben zu ihrer Wohnung warf, stöhnte sie auf: »Auch das noch!« Im Kinderzimmer brannte Licht, das bedeutete, die Jungen waren aufgewacht und warteten auf ihre Rückkehr. Schnell wollte sie ihre Handtasche ergreifen, die sie wie gewöhnlich in den Fahrradkorb geworfen hatte, da stutzte sie. Etwas Helles, Nasses lag in der einen Ecke des Korbes, im Dunkel des Hofes sah es aus wie ein zusammengeknülltes Stück Papier. Sie steckte es in ihre Jackentasche und ging nach oben.

Als ihre Söhne Max und Karl, genannt Kalli, den Schlüssel im Schloss hörten, kamen sie in ihren Schlafanzügen zur Tür gerannt und begrüßten sie erleichtert.

»Warum schlaft ihr denn nicht?« Anna gab beiden einen Kuss.

»Du wolltest spätestens um zwölf nach Hause kommen, jetzt ist es halb eins!« Der zehnjährige Kalli schaute sie vorwurfsvoll mit seinem runden Kindergesicht an, von dem nur die eine Hälfte zu sehen war, während die andere die langen Haare verdeckten, die er sich seit kurzem wachsen ließ.

»So genau kann man das nicht immer abpassen«, meinte Anna vage und zog die Jacke aus.

»Du bist ja klitschnass«, stellte Max, zwei Jahre älter als Kalli, naserümpfend fest und nahm lieber von einer Umarmung Abstand.

»Es gießt eimerweise! Aber jetzt bin ich da, und ihr könnt beruhigt schlafen. Ich muss nämlich sofort unter die Dusche.«

»Ich will, dass Papa endlich wiederkommt«, sagte Kalli plötzlich und bekam so traurige Augen, dass Anna fürchtete, er beginnt wieder zu weinen, wie schon mehrmals seit Martins Abwesenheit.

Schnell bückte sie sich zu ihrem Jüngsten hinunter, umarmte ihn trotz ihrer Nässe und schmiegte ihr Gesicht an seine Wange: »Mir fehlt er doch genauso«, flüsterte sie. Dann lauter und fröhlich: »Aber übernächste Woche ist er wieder da, und dann feiern wir ein großes Fest!«

»Bei Ulli und Rike im Garten? Mit Grillen?« Das müde Gesicht von Max erhellte sich. Die Grillorgien im Garten von Annas Bruder Ulrich und seiner Frau Ulrike waren bei den Jungen höchst beliebt.

»Dafür ist es leider noch viel zu kalt«, dämpfte Anna seine Erwartungen.

Nachdem sie die Kinder ins Bett gebracht, heiß geduscht und sich in ihren Bademantel gehüllt hatte, nahm sie den Zettel aus ihrer Jackentasche und ließ sich aufatmend im Wohnzimmer auf dem Sofa nieder. Sie ergriff das nasse Stück Papier und während sie es glattstrich, versuchte sie, die Vorgänge zu rekonstruieren: der erste Mann musste, ohne dass sie es bemerkte, den Zettel in ihren Korb geworfen haben, weil er nicht wollte, dass der Glatzkopf ihn bekam. Dann allerdings, überlegte sie weiter, nachdem der Glatzkopf ihn eingeholt und auf der Brücke zusammengeschlagen hatte und sie gerade vorbeifuhr, verriet er ihm in seiner Angst, dass der Zettel in ihrem Fahrradkorb lag. Deshalb die Drohung des Glatzkopfs: »Ich krieg dich!«, der den offensichtlich wertvollen Zettel unbedingt in die Finger bekommen wollte. Wenn ich das alles gewusst hätte, ärgerte sich Anna, hätte ich angehalten und er hätte sich den Wisch nehmen können. Zu blöde, jetzt muss ich abwarten, wie sich diese Angelegenheit entwickelt.

Neugierig, welche so überaus wichtige Information das Papier enthielt, las Anna die Worte, die trotz der Nässe noch gut zu erkennen waren. Es waren drei Namen mit den dazugehörigen Adressen. Zwei davon waren ihr unbekannt, aber überrascht starrte sie auf den dritten Namen. Diese Person kannte sie genau: Brigitte Streese, verheiratete Kranz, wohnhaft in Vierraden bei Schwedt an der Oder.

Diese dritte Person war Martins Mutter, ihre Schwiegermutter!

Warum stand ihr Name auf dem Zettel der beiden Männer? Was hatten diese Schläger mit Martins Mutter zu tun? Eine diffuse Angst beschlich Anna. War sie womöglich in Gefahr?

Wenn doch wenigstens Martin hier wäre, dachte sie, mit dem sie alles besprechen könnte. Bei dem Gedanken an ihren Mann wurden ihre Gedanken wieder klarer. Sie wusste genau, wie er reagieren würde. Er würde lachen und sagen: »Gefahr? Ach, Anni, du übertreibst immer so herrlich.«

Anna schaute auf die Uhr, kurz vor eins, in den USA also sechs Uhr nachmittags. Entschlossen griff sie zum Telefon und wählte Martins Handynummer. Er meldete sich sofort: »Anni? Was gibt es? Ist was passiert? Bei Euch ist es doch mitten in der Nacht! Oder wolltest Du mir für meinen Vortrag heute Abend Glück wünschen?«

Den hatte sie völlig vergessen! Martin befand sich zur Zeit in Lexington auf Einladung des Departments of Classical and Modern Languages der University of Kentucky, an der ein Kongress über Deutsche Literatur veranstaltet wurde. Als anerkannter Spezialist für den Dichter Rainer Maria Rilke, über den er sich habilitiert hatte, gehörte er zu den wichtigen Referenten und Diskussionsteilnehmern. Heute Abend sollte er seinen Hauptvortrag halten.

»Nein, ja, auch«, Anna stotterte vor Erleichterung, »ich meine, es ist nichts passiert, ich wollte nur deine Stimme hören. Ich bin gerade von Sandras Geburtstagsfete nach Hause gekommen. Und ich wollte dir natürlich viel Erfolg wünschen. Aber es wird schon gut klappen, deine Vorträge kommen ja immer gut an.«

»Das sagt die liebende Ehefrau«, lachte Martin. Sie unterhielten sich noch ein wenig, dann legten sie auf. Einigermaßen beruhigt ging Anna zu Bett. Aber sie fand keinen Schlaf, unablässig kreisten ihre Gedanken um ihre Schwiegermutter.

Anna selbst stammte aus einer schon fast anachronistisch anmutenden harmonischen Familie und konnte sich daher am Beginn ihrer Beziehung zu Martin kaum die Familienverhältnisse vorstellen, in denen er groß geworden war. Immer nur in Abständen hatte Martin im Laufe ihrer mehr als zehnjährigen Ehe Szenen aus seiner Kindheit und Jugend in der DDR erzählt. Von einem eintönigen Leben in einer Zwei-Raum-Wohnung einer

Plattenbausiedlung in Schwedt an der Oder, in der es kaum etwas zu lesen gab außer einigen Kinderbüchern seiner Mutter und der SED-Zeitung »Neues Deutschland«; von Eltern, die beziehungslos nebeneinander her lebten; von einem cholerischen Vater, Betriebsleiter in irgendeinem VEB, der abends entweder vor dem Fernseher saß oder bei einer der zahllosen Parteiveranstaltungen das große Wort führte, immer mit der Bierflasche in der Hand bzw. im Mund; von einer depressiven Mutter, die als Apothekenhelferin sich heimlich an den Vorräten der Psychopharmaka vergriff und diese konsumierte, bis sie nicht mehr ansprechbar war.

Martin war ein intelligentes Kind, das schnell die einzige Möglichkeit erkannte, dieser Welt zu entfliehen: er wurde der eifrigste Pionier, später ein vorbildlicher FDJ-Aktivist und war immer einer der besten Schüler der Klasse. Schließlich ging die Rechnung auf: Martin wurde als Schüler der Friedrich-Engels-EOS (Erweiterte Oberschule) in Neubrandenburg aufgenommen, einer Eliteschule mit neusprachlichem Zweig, deren Unterricht bereits in der 9. Klasse begann und nicht wie an den normalen EOS erst ab der 11. Klasse. Der Tag, an dem der Fünfzehnjährige sein bedrückendes Zuhause verließ und ein Zimmer im angeschlossenen Internat der Schule beziehen durfte, war der glücklichste seines Lebens.

Ein halbes Jahr später fuhr Martins Vater nachts betrunken gegen einen Alleebaum der Landstraße. Nach der Beerdigung sagte Martin zu seiner Mutter. »Ich bin froh, dass Vater weg ist.«

»Ich auch«, erwiderte diese, »aber Hermann Kranz war nicht dein Vater.«

Das sei der zweitglücklichste Tag in seinem Leben gewesen, erklärte Martin später seiner Frau, als er erfuhr, dass er nicht die Gene dieses Menschen in sich trug, den er Zeit seines Lebens verachtet hatte. Nie, auch später nicht, hatte er das Bedürfnis verspürt, seinen richtigen Vater kennenzulernen, den seine Mutter nur Erzeuger nannte. Ihr striktes Verbot, von ihm zu sprechen oder nach ihm zu fragen, war für ihn überflüssig.

Das Verhältnis zwischen Sohn und Mutter war nach dem Tod des Mannes nicht inniger geworden, obwohl Brigitte Kranz, nun alleinstehend, in ihr Heimatstädtchen Vierraden zurückgezogen war und dort in einer neueröffneten Apotheke arbeitete. Martin hatte kaum Kontakt zu ihr, wie Anna am Anfang ihrer Freundschaft überrascht feststellte. Nach der Hochzeit haben sie mit den Kindern die Großmutter lediglich zweimal besucht und auch diese Fahrten waren schon lange her. Anfangs bemühte sich Anna um ein gutes Verhältnis zu ihrer Schwiegermutter, rief sie an, wollte von der Familie erzählen, von Max und Kalli, schließlich waren die beiden ihre einzigen Enkelkinder. Aber die Resonanz war ernüchternd, ein richtiges Gespräch kam selten zustande. Schließlich begnügte sie sich damit, Martin zu Anrufen zu ermuntern, bis sie auch das aufgab.

Als Brigitte Kranz im vorigen Jahr erkrankt war und ihr nahes Ende bevorstand, besuchte Martin sie häufiger, und in der sterilen Atmosphäre des Schwedter Krankenhauses waren sich Mutter und Sohn ein wenig nähergekommen. Aber über ihre Vergangenheit und die Umstände, die zu seiner Geburt führten, sprach sie auch jetzt nicht.

»Man weiß eigentlich so wenig von ihr, dass man mit Allem rechnen muss«, dachte Anna noch, bevor sie endlich einschlief.

2

Einige Tage später gab es einen Wetterumschwung, die Temperaturen waren wieder stark gefallen. Als Anna morgens in den Hof zu ihrem Fahrrad ging, mit dem sie trotz der Kälte den kurzen Weg zur Lietzenseegrundschule in der Witzlebenstraße machen wollte, in der sie als Musiklehrerin seit einigen Jahren unterrichtete, fielen feine Schneeflocken und bedeckten Straßen, Wege und Bäume wie mit einer zarten Schicht von Puderzucker. Auf dem See hatte sich über Nacht eine Eisschicht gebildet. Anna seufzte, wieder hatte sie ihre Strickmütze und Handschuhe hervorholen müssen, nicht zu vergessen ihren dicken bunten Schal, den sie sich vor Jahren einmal selbst gestrickt hatte, angesteckt durch eine damals unter Frauen herrschende Strickbegeisterung, die bei ihr allerdings nach Fertigstellung ihres ersten Produktes unwiderruflich erlosch.

Anna schob das Rad durch den Torweg ihres Hauses, blieb kurz stehen und überlegte, ob sie um den See herum auf der Straße zur Schule fahren sollte oder durch den Park. Ihr Atem bildete weiße Wölkchen und sie spürte, wie sich die Kälte in ihre Wangen biss und sie erröten ließ. Die wenigen milden Tage hatten ihr und allen anderen sonnen- und wärmehungrigen Menschen einen beginnenden Frühling vorgegaukelt. Nun wurden sie erbarmungslos eines Besseren belehrt. Wahrscheinlich standen ihnen noch eiskalte Wochen bevor.

Sie entschied sich für die Fahrt durch den Park. Der Weg war kürzer, aber sie musste vorsichtig fahren wegen der vielen Löcher in den Wegen. Nur flüchtig hielt sie nach Beamten des Ordnungsamtes Ausschau, die Fahrradfahrer und Besitzer freilaufender Hunde wegen Nichteinhaltung der Parkordnung zur Kasse bitten könnten. Aber im Zuge der behördlichen Sparmaßnahmen war ein Zusammentreffen mit Ordnungshütern so selten wie ein Sechser im Lotto.

Manchmal fuhr Anna mit Kalli zusammen zur Schule, der dort die vierte Klasse besuchte. Aber heute begann ihr Unterricht erst in der dritten Stunde. Als sie links den abschüssigen Weg im Park hinunterfuhr, vorbei an dem ehemaligen Parkwächterhaus, bemerkte sie die Zettel, die in ungewöhnlich großer Zahl an die Bäume geheftet waren. Es war üblich im Park, mit Anzeigen an den Bäumen auf einen Verlust – Hund, Schlüsselbund, Kinderfahrrad usw. – oder eine Veranstaltung aufmerksam zu machen, aber eine derart aggressive Bepflasterung der Bäume war ungewöhnlich. Anna hielt schließlich vor einem Baum neben dem Seniorensportplatz an. Schon vom Fahrrad aus konnte sie die große Computerschrift lesen:

HOHE BELOHNUNG!
NASSE FRAU MIT HELLBLAUEM FAHRRAD!
MELDE DICH!

Dann folgte eine Handy-Nummer. HOHE BELOHNUNG war mit einem roten Filzstift dick unterstrichen.

Obwohl Anna ihr nächtliches Erlebnis mit den beiden Betrunkenen inzwischen als verrückt, aber ungefährlich eingestuft hatte und glaubte, dass es sicher eine harmlose Erklärung gab für den Namen ihrer Schwiegermutter auf dem geheimnisvollen Papier, überfiel sie ein unbehagliches Gefühl. Der Glatzkopf ließ nicht locker, verfolgte sie. Beobachtete sie vielleicht schon. Sie schaute sich um, sah aber nur ein paar Spaziergänger und eine Schar kleiner Kinder aus einer nahegelegenen Kita zum Spielplatz rennen. Anna riss den Zettel vom Baum und steckte ihn in die Jackentasche. Der Glatzkopf hatte trotz Regen und Dunkelheit die auffallende Farbe ihres Fahrrades bemerkt, mit dem sie eindeutig zu erkennen war. Mit gemischten Gefühlen blickte sie an ihrem uralten Rad herunter. Vor undenkbar langer Zeit, sie war damals noch Studentin gewesen, hatte sie es in einem Anfall von Originalitätssucht hellblau gestrichen. Seit dieser Zeit benutzte sie es, trotz seiner mittlerweile mangelhaften Verkehrssicherheit. Sie hatte sich zwar längst auf Martins Drängen ein neues Rad gekauft, aber da in Berlin ständig guterhaltene Fahrräder gestohlen wurden, trug sie ihr neues Rad in den Keller, um es vor demselben Schicksal zu bewahren, und stieg lieber weiterhin auf ihr altes Schrottrad. Die Gefahr des Diebstahls war bei ihm gleich null.

Anna blickte auf die Uhr, in einer Viertelstunde begann ihr Unterricht. Sie musste sich beeilen. Nein, entschied sie im Weiterfahren, sie würde weder ihr Rad austauschen, noch dem Aufruf des Glatzkopfs folgen und ihm damit Martins Mutter ausliefern. Sie würde abwarten.

Am Abend legte sie den Zettel, den sie vom Baum genommen hatte, in ihre Schreibtischschublade zu dem anderen mit den Adressen.

»Tschüss, Mama! Ich fahr dann los!«, rief Max vom Flur aus seiner Mutter zu, die in der Küche den Geschirrspüler ausräumte.

»Dann sing mal schön«, meinte Anna gutgelaunt, »geht ihr hinterher noch aufs Eis?«

»Was die andern machen, weiß ich nicht. Ich komme gleich nach Hause. Ich muss noch Schularbeiten machen, auch üben, wir schreiben morgen Latein.«

Manchmal bedauerte es Anna, dass die Zeit vorbei war, in der sie mit ihren beiden Kindern dieselbe Schule besuchte. Aber im vergangenen Jahr hatten Martin und sie beschlossen, Max in einem altsprachlichen Gymnasium in Wilmersdorf anzumelden, zu dem er jetzt täglich mit der U-Bahn fuhr. Max war ein guter Schüler und lernte leicht, nahm die Schule aber auch ernst.

»Wenn du willst, frage ich dich Vokabeln ab«, bot Anna ihrem Sohn an, der so bewundernswert selbständig seine Angelegenheiten regelte.

»Mal sehen.« Damit war Max verschwunden.

Anna trug das Tablett mit den sauberen Gläsern ins Wohnzimmer und während sie die in den Schrank einräumte, beobachtete sie mit liebevollem Mutterblick durch das Fenster ihren Sohn, der, fast schon so groß wie sie selbst, sein Fahrrad über die Straße zum Parkeingang schob. Mit einer Hand zog er sich gerade umständlich die Kapuze des Anoraks über seinen blonden Schopf. In den letzten Tagen hatte es zwar nicht mehr geschneit, aber nach wie vor herrschte klirrende Kälte. Der Lietzensee, den Anna vom Fenster aus sehen konnte, war zugefroren und zog Scharen von Schlittschuhläufern, schlitternden Kindern und Spaziergängern an, die sich einträchtig auf der dicken Eisdecke vergnügten. Im Park wandte sich Max nach rechts und radelte zur evangelischen Kirche im südlichen Teil des Parks. Er hatte eine schöne Stimme und sang seit einigen Jahren mit anderen Jungen seines Alters den Sopran in einem bekannten Männer-Vokalensemble, das in der Kirche probte.

Anna setzte sich an ihren Schreibtisch, um endlich einen Musik-Test der 5. Klasse zu korrigieren, als das Telefon klingelte. Das Display zeigte die Nummer ihrer Eltern, die auf der anderen Seite des Lietzensees in der Dernburgstraße wohnten, wo Anna und ihr Bruder auch aufgewachsen waren.

Nicht unzufrieden über diese Ablenkung rief sie in den Hörer: »Hallo, Mama, wie geht's?« Sie wusste, dass es nicht ihr Vater war, weil der das Telefonieren lieber seiner Frau überließ.

»Gut. Ich bin leider etwas in Eile – wie immer! Aber du weißt ja, seit ich auf dein Anraten bei den Bürgern mitmache, habe ich immer zu tun.«

Anna, die selbst schon seit vielen Jahren in dem Verein »Bürger für den Lietzensee« aktiv war, lachte: »Nicht übertreiben! Wenn Du so fleißig jeden Tag im Park arbeiten würdest, müsste der eigentlich viel gepflegter aussehen!«

»Das kommt noch! Was ich dich fragen wollte: wir können morgen nicht zu den Philharmonikern, weil ich Besuch von einer alten Schulfreundin bekomme. Willst du die Karten haben?«

»Das ist aber schade für euch«, meinte Anna, die wusste, dass ihre Eltern nur ungern ihr Abonnement-Konzert ausfallen lassen. »Kann die euch nicht ein andermal besuchen?«

»Nein, sie fährt am nächsten Tag wieder nach Hause. Sie kommt zwar schon am Nachmittag, aber ich weiß nicht, wie lange sie bleibt. Sie hat ein schweres Schicksal, der Mann ist gestorben. Da will ich mir auch für sie Zeit nehmen.«

»Ich nehme die Karten natürlich gern, vielen Dank. Ich hole sie morgen Nachmittag ab, wahrscheinlich kommt Carla mit. Was wird denn gespielt?«

»Was Modernes und dann die erste von Mahler«, sagte Annas Mutter. »Leider! Und Simon Rattle dirigiert.«

»Ach, ihr Armen«, rief Anna mitleidig. »Aber für uns ist es Klasse!« Es klingelte. »Ich muss Schluss machen, Mama. Die Kinder kommen nach Hause.«

Es war Kalli, der gleich im Kinderzimmer verschwand, in der Hand ein neues Computer-Spiel, das er sich von seinem Freund Linus geborgt hatte.

Dann klingelte es wieder, diesmal musste es Max sein. Anna ging zu Wohnungstür und drückte auf den Knopf für den Türöffner. Doch als Max dann die Treppe hochgekommen war und vor ihr stand, entglitten ihr die Züge. »Was ist passiert?«, rief sie, während ihr ältester, schon fast erwachsener Sohn, den nicht so schnell etwas aus der Ruhe bringen konnte, weinend in ihre Arme fiel.

»Du blutest ja!« Mit Entsetzen sah Anna, wie aus einer Wunde an der Schläfe Blut sickerte. Seine Jacke und Jeans waren völlig verdreckt und übel zugerichtet, als ob er schwer hingestürzt wäre. »Hattest du einen Unfall?«, fragte sie, ungläubig, denn sie hatte keinen Zweifel an dem umsichtigen Fahrverhalten ihrer Kinder, das sie ihnen als Eltern jahrelang antrainiert hatten.

»Die bescheuerte Frau!«, brachte Max unter Schluchzen hervor und begann sich mit Annas Hilfe auszuziehen, während Kalli neugierig aus seinem Zimmer kam. Beruhigt stellte Anna fest, das außer der Kopfwunde Max keinen ernstlichen Schaden genommen hatte.

»Komm, jetzt wasch Dich erstmal und zieh dir was Sauberes an! Ich helfe dir!«

Wenig später saß Max auf einem Küchenstuhl und während Anna seine Wunde versorgte, erzählte er, was passiert war.

Als nach der Chorprobe die Jungen auf der Straße vor der Kirche zusammen standen, fragte Thorsten in die Runde: »Wer geht mit aufs Eis?«

»Ich komm mit«, riefen die anderen und rannten schon los, während Max bedauernd ablehnte: »Ich nicht, keine Zeit. Ich schreib morgen 'ne Arbeit.«

Auf dem Spielplatz neben der Kirche ließ er sein Fahrrad die Treppe zum Park hinunterhoppeln und schwang sich dann darauf. Die Parkwege waren fast leer, die Menschen schienen für einen Spaziergang den zugefrorenen See zu bevorzugen. Max fuhr quer über die Wiese zum breiten Weg am Ufer und bog schließlich in den schmalen Weg ein, der zum Tunnel unter der Neuen Kantstraße in den nördlichen Teil des Parks führte. An der Kurve vor dem Tunnel stand plötzlich eine Frau vor ihm. Sie war groß, dunkel gekleidet, hatte auch eine schwarze Mütze auf. Sie stand vollkommen still, hatte die Arme ausgebreitet und versperrte ihm den Weg. Max erschrak heftig und bremste mit aller Kraft. Das Rad kam ins Schleudern und knallte gegen den niedrigen Zaun, der den Weg vom Abhang zum See trennte. Er selbst flog in hohem Bogen über den Zaun auf die Böschung des Sees. Sein Kopf landete an einem Baumstamm. Die Frau schaute regungslos zu, wie er sich, noch ganz benommen, hochrappelte. Als sie sah, dass er nicht schwer verletzt war, kam Bewegung in ihre starre Haltung und sie fuhr ihn an: »Was fällt dir ein? Kannst du nicht aufpassen? Du hättest mich beinahe umgefahren!« Bei den letzten Worten ging sie an ihm vorbei und setzte mit schnellen Schritten ihren Weg fort. Max heulte vor Schmerz und Wut: »Sie haben Schuld! Sie haben sich mir in den Weg gestellt!«, schrie er der Frau hinterher, aber die reagierte nicht. Mühsam stellte er sein Rad auf und als er sah, wie stark das Vorderrad verbogen war, begann er erneut zu weinen und ging schließlich langsam, sein Rad schiebend, nach Hause. Er sah nicht mehr, wie die Frau wieder zurückkam und sein Handy aufhob, das ihm, ohne dass er es bemerkt hatte, aus der Tasche gefallen und aufs Eis gerutscht war.

Mit unterdrückter Sorge und Empörung hörte Anna sich seinen Bericht an. Sie überlegte, ob es Sinn hatte, die Frau anzuzeigen. Wie konnte die ein Kind so in Gefahr bringen! Max hätte sich das Genick brechen können. Auch für die Demolierung des Fahrrades war sie verantwortlich und müsste die Reparaturkosten übernehmen.

Um sicher zu gehen, fragte Anna noch einmal nach: »Stand die Frau wirklich plötzlich mitten im Weg? Oder war es vielleicht so, dass du nicht richtig hingeguckt und sie zu spät gesehen hast?«

Mit tränennassen Augen beteuerte Max: »Ich schwöre es! Genauso war es! Die wollte, dass ich hinfalle! Ich weiß nicht warum.«

Wenig später erfuhren sie die Ursache für das Verhalten der Frau.

Das Telefon läutete und als Anna es hochnahm, sah sie auf dem Display eine unbekannte Handynummer. Vorsichtig meldete sie sich mit einem neutralen »Hallo!«

Laut und ordinär klang es ihr aus dem Hörer entgegen: »Wieso haste mir nich anjerufen, du Schlampe! Dit eben wa nur ne Warnung! Dit nächstemal siehste deinen Bengel nie wieda, wenn de nich spurst! Haste vastanden?«

Der Glatzkopf!

Anna hatte das Gefühl, ihr Herz setzt vor Schreck aus, aber es gelang ihr, einigermaßen beherrscht zu antworten: »Was wollen Sie von mir? Wenn Sie sich noch einmal an meinem Sohn vergreifen, rufe ich die Polizei! Ich habe Ihre Handynummer!«

»Quatsch nich so blöd! Ick will meen Eijentum zurück! Morgen stehste Punkt sechs vor de U-Bahn Wilhelmshavener Straße. Mit meenem Zettel, inner Netto-Tüte! Vastanden?«

»Da habe ich keine Zeit«, wollte Anna noch sagen, oder »An welchem Eingang?«, aber da hatte der Kerl, dieser Idiot, schon aufgelegt.

»Wer war denn das? Willst du die Polizei rufen?« Verunsichert sahen die Jungen Anna an, die ihnen nichts von der Regennacht und dem Glatzkopf erzählt hatte. »Das ist eine lange Geschichte«, antwortete sie unbestimmt, »ich habe durch Zufall einen Zettel in die Hand bekommen und den will der Besitzer unbedingt wieder haben. Die Frau war wahrscheinlich seine Freundin. Die wollten mir Angst machen, damit ich den Zettel auf jeden Fall zurückgebe.«

»Das machst du doch auch, oder?«, fragte Max ängstlich.

»Klar, und dann ist alles wieder in Ordnung!«, bekräftigte Anna mit betont munterer Stimme. »Ihr braucht euch überhaupt nicht zu beunruhigen!«

Die beiden müssen mich tagelang beobachtet haben, überlegte Anna. Sie wussten, wo sie wohnte, dass Max ihr Sohn ist, sogar, dass er an diesem Nachmittag zum Chor geht. Aber woher kannten sie ihre Telefonnummer? Eine böse Ahnung überfiel Anna: »Max, holst du mal bitte dein Handy?« Verwundert verließ Max das Wohnzimmer, kam aber sofort zurück.

»Mein Handy ist weg!«, rief er verzweifelt. »Es muss mir bei dem Sturz aus der Tasche gefallen sein.« Er rannte in den Flur und griff schon nach seiner Jacke: »Ich geh nochmal runter, es suchen. Weißt du, wo die Taschenlampe ist?«

Nur mit Mühe konnte Anna ihn zurückhalten: »Es liegt mit Sicherheit nicht mehr dort, Max. Die Frau hat es aufgehoben. Daher hatte der Mann auch unsere Telefonnummer. Es hat keinen Zweck, es zu suchen. Glaub mir!« Sie umarmte und tröstete ihn, weil er wieder zu weinen begann. »Du tust mir so leid! Aber du kannst erstmal das alte Handy von Papa nehmen, oder noch besser: eines von Ulli, der kauft sich doch dauernd neue Handys. Und irgendwann bekommst Du dann auch wieder ein neues!«

Auch Kalli munterte seinen Bruder auf: »Klar! Du hast doch bald Geburtstag.«

Als die Kinder im Bett lagen, stellte Anna den Fernseher an, um sich abzulenken. Aber vergeblich! Ihre Gedanken kehrten immer wieder zurück zu den Ereignissen in der Regennacht und in der Zeit danach. Eines jedenfalls war klar: Wenn der Glatzkopf mit dem Anschlag auf Max sie gefügig machen wollte, so war seine Strategie absolut erfolgreich gewesen. Soll er doch seinen blöden Wisch bekommen, Schwiegermutter hin oder her! Noch einmal wollte sie diese Angst um ihre Kinder nicht durchstehen.

Anna überkam eine Welle der Erleichterung bei dem Gedanken, dass diese beunruhigende Angelegenheit mit der Übergabe des Zettels abgeschlossen wäre. Sie musste nur noch eine entsprechende Plastiktüte besorgen. Den Zettel mit den Adressen hatte sie natürlich längst kopiert.

Der Glatzkopf hatte, seinem offensichtlich bescheidenen Intelligenzquotienten entsprechend, einen ungenauen Treffpunkt angegeben. Ein U-Bahnhof Wilhelmshavener Straße existiert in Berlin nicht, wie Anna wusste, aber sie stellte fest, dass es in Moabit eine entsprechende Straße gibt, an deren Enden jeweils ein U-Bahnhof liegt, im Norden »Birkenstraße«, im Süden »Turmstraße«. Nach kurzer Überlegung entschied sie sich für die Turmstraße. Wenn er dort nicht auftauchte, würde sie ihn eben anrufen. Seine Nummer hatte sie sich vorsorglich auf ihr Handy eingespeichert.

Es war schon dunkel als Anna am nächsten Tag um sechs Uhr ihre Warteposition am U-Bahn-Eingang einnahm. Neugierig blickte sie sich um. Massen von Menschen, vorwiegend jugendlichen Alters und nichtdeutscher Herkunft, drängten an ihr vorbei. Als eine junge Mutter mit einem breiten Zwillingskinderwagen über Annas Fuß fuhr, so dass sie schmerzvoll aufstöhnte, stellte sie sich an die Seite neben einen Döner-Stand. Drei Jugendliche, die ebenfalls dort herumstanden, rauchend und mit Bierflaschen in der Hand, glotzten sie an. Einer machte eine Bemerkung, die sie nicht verstand, woraufhin die drei in wieherndes Gelächter ausbrachen.

Anna zog ärgerlich die Augenbrauen zusammen. Sie war sich ihrer lächerlichen Erscheinung bewusst, wie sie die Netto-Tüte für jedermann gut sichtbar vor den Bauch hielt, und entfernte sich ein paar Schritte. Sie blickte auf die Uhr: zehn nach sechs. Wahrscheinlich stand sie am falschen Eingang. Sie klemmte sich die Plastiktüte mit dem Zettel unter den Arm, um ihr Handy aus ihrer Umhängetasche zu nehmen und zu telefonieren. Doch mitten in der Bewegung wurde ihr mit einem Ruck die Tüte weggerissen. Ehe Anna reagieren konnte, rannte eine dunkelgekleidete Gestalt mit der Tüte weg Richtung Wilhelmshavener Straße. Schnell war sie in dem Gewühl von Menschen verschwunden.

Unschlüssig blickte Anna der Gestalt hinterher, sollte sie hinterherlaufen? Den Bewegungen nach schien es eine Frau zu sein, vielleicht wieder die Freundin vom Glatzkopf, der inkognito bleiben wollte. Der Kleidung nach zu urteilen, wie Max sie beschrieben hatte, könnte es tatsächlich die Fremde aus dem Park gewesen sein.

»Fürn Zehner hol ick dir die Tüte zurück«, hörte sie die Stimme eines der drei Jugendlichen, die das Schauspiel interessiert verfolgten.

»Nee, lass ma, danke, is nich so wichtig!«, sagte Anna, nickte mit einem »Tschau!« den Dreien zu und stieg die Treppen zur U-Bahn hinab. Wenn das keine korrekte Übergabe war, dachte sie, musste sich Glatzkopf etwas anderes ausdenken. Sie hatte ihren Teil getan.

Dennoch verließ sie das diffuse Gefühl einer Bedrohung nicht.

3

Schließlich kam der von allen ersehnte Tag, an dem Martin aus den USA zurückkehrte und Anna mit den Kindern zum Flughafen Tegel fuhr, um ihn abzuholen. Mit Gebrüll stürzten sich die Jungen auf ihren Vater und trotz Jetlag und Erschöpfung nach dem langen Flug ließ es sich dieser nicht nehmen, sie wie kleine Kinder hoch zu heben und herumzuschwenken. Anna wartete geduldig, bis sie selbst ihm um den Hals fallen konnte.

In den folgenden Tagen berichtete nicht nur Martin von seinen Erlebnissen und Eindrücken in Amerika, auch die Kinder fanden kein Ende, dem Vater zu erzählen, was sich in seiner Abwesenheit ereignet hatte. Besonders Max schilderte in großer Ausführlichkeit sein Abenteuer mit der Frau im Park, so dass Martin schon fragende Blicke zu Anna warf. Abends, als die Kinder schliefen und sie mit einem Glas Wein noch beisammen saßen, ergänzte Anna die Geschichte von Max mit ihren eigenen Erlebnissen in allen Einzelheiten, angefangen mit den beiden Betrunkenen, die sich bei strömendem Regen wegen eines Zettels prügelten, der in ihrem Fahrradkorb lag. Stirnrunzelnd hörte Martin seiner Frau zu, starrte ratlos auf den Namen seiner Mutter auf der Kopie dieses Zettels und konnte ebenfalls keine Zusammenhänge erkennen.

»Wenn ich meine Mutter das nächste Mal besuche, werde ich sie fragen«, meinte er achselzuckend. »Vielleicht erzählt sie mir ausnahmsweise etwas.«

Die üppige Grill-Party, die Ulli und Rike aus Anlass von Martins Rückkehr aus den USA veranstalten wollten, konnte zwar mangels frühlingshaften Wetters nicht in ihrem Garten in Karlshorst stattfinden, aber man traf sich trotzdem. An einem kalten Sonntag Anfang März fuhr Familie Kranz am Nachmittag mit dem Auto in Ullis Wohnung in Friedrichshain in der berechtigten Erwartung, sich den Bauch mit Kaffee und Kuchen vollzuschlagen. Martin hatte ein Kinderfahrrad in den Kofferraum gepackt, aus dem die

Jungen herausgewachsen waren und das ihre Kusine, die vierjährige Marta, schon sehnlichst erwartete.

Mit entsprechender Begeisterung wurden sie und das Fahrrad empfangen. Ulli war mit seinen beiden Töchtern dem Besuch schon bis zur Haustür entgegengekommen und noch während er alle begrüßte, begann Marta im Hausflur mit den ersten Fahrübungen, unberührt von dem »Ich auch! Ich auch!«-Geschrei ihrer dreijährigen Schwester Nadja.

Ulli nahm seine Jüngste tröstend auf den Arm, sagte zu Marta: »Jetzt nicht. Wir üben später.« Kalli ergänzte weise: »Ohne Helm darfst du sowieso nicht fahren«, und nachdem Martin das Rad ergriffen und Anna Marta an die Hand genommen hatte, stiegen sie endlich zusammen die Treppe hoch bis in den vierten Stock, wo Rike sie schon vor der geöffneten Tür erwartete.

»Ich muss Oma Kruschi erst mein neues Fahrrad zeigen«, verkündete Marta in einem Ton, der keinen Widerspruch duldete, und drückte auf den Klingelknopf der Nachbarwohnung.

»Oma Kruschi? Ich denke da wohnen Christoph und Lena«, wunderte sich Anna.

»Die sind vor kurzem ausgezogen. Jetzt wohnt eine Frau Kruschinski dort, schon alt, aber noch fit und unheimlich nett«, erklärte Rike. »Die Kinder haben sich sofort mit ihr angefreundet und besuchen sie häufig. Und Oma Kruschi liebt sie genauso.«

»Sehr praktisch, die ideale Babysitterin«, schmunzelte Martin.

In diesem Moment ging die Tür auf und eine ältere Frau in beigefarbener Jerseyhose und passendem, rotbraunkariertem Jackett schaute auf die Ansammlung von großen und kleinen Menschen. Ihre grauen Haare lagen so frisch onduliert um ihren Kopf, als wäre sie direkt vom Friseur gekommen.

»Hallo! Hier ist ja ordentlich was los«, freute sie sich.

Während der Begrüßung und während Ulli seine Schwester und ihre Familie vorstellte, schrie Marta so lange: »Guck mal! Mein neues Fahrrad!« dazwischen, bis Oma Kruschi gebührend ihr Rad bestaunte.

»Ich bin so glücklich«, sagte sie anschließend zu Anna und strahlte über ihr ganzes Gesicht. »So nette Nachbarn! Hier wird man wieder richtig jung. Ich habe leider keine Kinder.«

»Wie ist es, Kruschi, möchten Sie mit uns Kaffee trinken?«, fragte Ulli.

»Das geht nicht, ich bin mit einer Freundin verabredet«, bedauerte die Nachbarin, heftig den Kopf schüttelnd. Fasziniert beobachtete Anna, dass dabei ihre Frisur dank der üppigen Verwendung von Haarspray auch nicht die geringste Spur einer Bewegung zeigte.

Später, die Kinder waren schon längst aufgesprungen und tobten im Kinderzimmer, waren auch die Eltern so laut und lebhaft in ihre Gespräche vertieft, dass Martin das Klingeln seines Handys zunächst nicht bemerkte.

Dann aber, nach einem Blick auf das Display, stand er auf und verließ den Raum.

»Ist etwas passiert?«, fragte Anna erschrocken, als Martin nach einer Weile zurückkam und sich an den Türrahmen lehnte, wie um dort Halt zu suchen. Er war leichenblass und konnte kaum sprechen: »Eben hat das Krankenhaus in Schwedt angerufen. Sie ist tot!«

Er schluckte, Tränen traten in seine Augen. Er blickte Anna, Ulli und Rike hilflos an, ehe er das entscheidende Wort hinzufügte: »Ermordet!«

Die drei starrten ihn in ungläubigem Entsetzen an: »Was sagst du? Ermordet?«

Martin ließ sich auf das Sofa fallen und bedeckte sein Gesicht mit den Händen. Stumm warteten die anderen, bis er sich wieder gefasst hatte und weitersprach: »Sie wurde mit einem Kopfkissen in ihrem Krankenzimmer erstickt. Heute Vormittag, nach der Morgenvisite. Niemand hat es bemerkt.«

Die Fragen, die jetzt durch den Raum schwirrten: »Deine Mutter lag im Sterben! Ein Mord an einer todkranken Frau! Warum?«, konnte Martin nicht beantworten: »Mehr hat der Polizist nicht gesagt. Nur, dass ich so schnell wie möglich nach Schwedt kommen soll, dann würde ich die näheren Umstände erfahren.«

Anna war stumm geblieben, wie erstarrt saß sie da. Ein einziger Gedanke beherrschte sie: Der Zettel mit den Adressen ist eine Todesliste!

»Wenn du willst, komme ich mit«, brachte sie mühsam hervor.

Aber zu ihrer Erleichterung schüttelte Martin den Kopf: »Ist lieb gemeint, aber ich fahre erst einmal allein. Du musst ja auch bei den Kindern bleiben.«

»Soll ich dir eine Tasche für die Nacht packen, Zahnbürste, Schlafanzug usw.?«, fragte die praktische Rike und stand auf. »Dann kannst du gleich von hier aus losfahren.«

Martin nickte dankbar.

Anna erhob sich ebenfalls: »Ich sage den Kindern Bescheid, dass du verreisen musst. Wir bringen dich zum Hauptbahnhof!«

Unruhig wartete Anna den ganzen Abend auf einen Anruf. Endlich klingelte das Telefon und Martin, der jetzt nach den Anstrengungen des Tages auf dem Bett eines Hotelzimmers noch aus sozialistischer Zeit in Schwedt lag, berichtete von seinen Erlebnissen.

Der zuständige Polizeihauptkommissar Ebert, ein übergewichtiger Fünfzigjähriger, hatte ihn trotz der späten Stunde über den Stand der Ermittlungen informiert.

»Es war ein sehr unbefriedigendes Gespräch«, schimpfte Martin. »Der Mensch ist mit dem Fall eindeutig überfordert, hält sich allerdings für kompetent und brüstet sich mit seinen kriminalistischen Fähigkeiten.«

Folgendes erfuhr Martin auf der Polizeiwache:

In dem Krankenhaus herrscht gewöhnlich den ganzen Tag, besonders am Sonntag, ein ständiges Kommen und Gehen der Besucher. Es gibt kaum Sicherheitsvorkehrungen. Warum auch? Keiner rechnet mit irgendwelchen Unregelmäßigkeiten, geschweige denn Gewalttaten. Auch heute hatte niemand Auffälligkeiten bemerkt, keine Fremden auf der Station. Nur eine Lernschwester sah angeblich, wie ein Mann im weißen Kittel, den sie nicht kannte, das Zimmer von Frau Kranz betreten hatte. Er hatte blonde, nach hinten gekämmte, halblange Haare, war aber mit Sicherheit kein Angehöriger des Krankenhauspersonals, wie sie behauptete.

»Wenn Sie mich fragen«, meinte der Kommissar, »wollte sich diese Schwester nur interessant machen. Sie ist neu hier und stellt sich ziemlich ungeschickt an. Da wollte sie wohl einmal in einem Punkt besser sein als alle anderen. Die Angestellten im Krankenhaus kennt sie noch gar nicht so genau.« Er lachte geringschätzig. »Ich für meine Person vermute, dass es sich bei diesem bedauerlichen Verbrechen um die Tat eines Psychopathen handelt, vielleicht sogar um die eines Serientäters, der unter dem Zwang steht zu morden. Aber das müssen die Ermittlungen ergeben.«

Er lehnte sich zufrieden in seinem Schreibtischsessel zurück, und faltete die Hände über seinem Bauch, während Martin die scharfe Antwort unterdrückte, die ihm auf der Zunge lag.

»Allerdings«, räumte der Polizist ein, wobei er mit einer albernen Schnute seinen Kopf hin und her schaukelte, »allerdings passt der Einbruch in die Wohnung Ihrer Mutter nicht so richtig zu dieser Theorie.«

»Wie bitte? Ein Einbruch?« Martins Ärger über die dümmlich selbstgefällige Art des Beamten wuchs. »Davon haben Sie ja noch überhaupt nichts gesagt.«

Jovial lächelnd antwortete dieser: »Jetzt rede ich doch davon! Nicht so ungeduldig! Aber ich habe volles Verständnis dafür, dass dieser schwere Schicksalsschlag Sie etwas durcheinandergebracht hat. Also: in der Nacht zuvor ist in die Wohnung Ihrer Mutter eingebrochen und alles durchwühlt worden. Die Nachbarin, eine Freundin der Verstorbenen, hat am nächsten Tag, allerdings erst gegen Mittag, die aufgebrochene Tür bemerkt und die ganze Bescherung gesehen. Sie hat den Einbruch natürlich sofort der Polizei gemeldet. Wir wissen nicht, ob oder was gestohlen wurde. Es wäre gut, wenn Sie morgen die Wohnung inspizieren würden, um das festzustellen.«

»Ich kenne die Wohnung meiner Mutter kaum«, wandte Martin ein, »aber ich werde die Nachbarin« – Tante Elsi, fügte er im Stillen hinzu – »bitten, mit mir zusammen die Wohnung zu überprüfen.«

Zufrieden erhob sich Herr Ebert und versicherte abschließend seinem Besucher, dass die Vernehmungen fortgesetzt werden und man solange ermittelt, bis dieses Verbrechen aufgeklärt ist. »Da können Sie sich auf uns verlassen! Und wir halten Sie auf dem Laufenden«, bekräftigte er und schloss: »Ist doch aber ein Trost, dass Ihre Mutter krank war und sowieso bald gestorben wäre, meinen Sie nicht?«

Da er wohl in Martins finsterer Miene die Zustimmung vermisste, fügte er noch schnell hinzu: »Naja, oder auch nicht!«

»Wie – wie genau ist denn deine Mutter gestorben?«, fragte Anna am Telefon.

»Es scheint ganz schnell gegangen zu sein. Sie stand ja in letzter Zeit immer unter schweren Schmerz- und Betäubungsmitteln. Vielleicht hat sie auch gerade geschlafen, als ihr das Kissen auf den Kopf gepresst wurde. Das wird alles die gerichtsmedizinische Untersuchung feststellen. Jedenfalls hat sie sich kaum gewehrt, es scheinen unter ihren Fingernägeln keine Hautreste von dem Mörder zu existieren. Der hat nicht einen Kratzer abbekommen! Hatte vielleicht Handschuhe an. Aber, wie gesagt, die Obduktion ist noch längst nicht abgeschlossen.«

»Wir hatten heute Nachmittag keine Zeit darüber zu sprechen, aber als du vom Tod deiner Mutter sprachst, habe ich gleich an den ominösen Zettel vom Glatzkopf gedacht. Du auch?«, fragte Anna weiter. »Vielleicht sollen die Leute auf seiner Liste alle getötet werden und deine Mutter war die erste?« Sie lachte verlegen auf. »Ich weiß, das klingt absurd!«

»Entschuldige, Anni, aber das ist Unsinn«, antwortete Martin auch sofort. »Außerdem darfst du den Einbruch nicht vergessen. Die Person, Mann oder Frau, hat etwas gesucht in der Wohnung. Es könnte sein, dass sie das Gesuchte nicht gefunden hat und es deshalb am nächsten Tag von meiner Mutter erfahren wollte. Da sie es nicht sagen konnte oder wollte, hat der Mörder sie erstickt. Vielleicht aus Wut, oder auch, damit er nicht wiedererkannt wird.«

»Hast du überhaupt dem Kommissar etwas von der Liste und dem Glatzkopf erzählt?«

»Nur kurz. Er machte gleich ein so ungläubiges und dann gelangweiltes Gesicht, dass ich davon Abstand genommen habe. Die Geschichte klingt ja auch völlig verworren. Und dieser sogenannte Hauptkommissar bevorzugt sowieso die einfache Lösung: ›Tat eines armen Irren‹. Außerdem ist er der Meinung, dass zwischen Einbruch und Mord nicht unbedingt ein Zusammenhang bestehen muss.«

Martin gähnte: »Das war ein Tag! Morgen gehe ich noch einmal ins Krankenhaus, um selbst von der Schwester zu hören, was sie gesehen hat. Dann fahre ich nach Vierraden zu Tante Elsi, und durchsuche mit ihr die Wohnung. Außerdem werde ich sie fragen, ob sie die Beerdigung organisieren will. Auch wenn dann alle im Dorf denken, dass ich mich vor meinen Sohnespflichten drücke, Elsi kann das am besten. Und dann komme ich nach Hause.« Er seufzte: »Ach, Anni! Es hilft nichts! Da müssen wir durch! Und dabei ist die wichtigste aller Fragen völlig ungeklärt. Warum wurde meine Mutter ermordet? Sie war alt, sterbenskrank, sie besaß nichts! Es ist zum Verzweifeln!«

Auch Anna war ratlos: »Vielleicht wusste sie etwas, war irgendeiner Sache auf die Spur gekommen, hat irgendetwas versteckt.«

Ungeduldig klang es aus dem Hörer: »Was sollte meine Mutter denn wissen, die ist nie aus ihrem Provinzkaff herausgekommen.«

»Immerhin lebte sie früher mal in Berlin, hast du mir erzählt«, wandte Anna ein.

»Ja, aber nur sehr kurze Zeit und das ist ewig her. Und hier, in dieser gottverlassenen Ecke von Meck-Pom gab und gibt es keine Geheimnisse. Hier kann man überhaupt nichts verraten. Weil hier jeder sowieso über jeden und alles Bescheid weiß.«

Am nächsten Tag holte Anna ihren Mann vom Hauptbahnhof ab. Er gab Anna einen Kuss, warf Rikes Tasche auf die Rückbank, sich selbst in den Beifahrersitz und schloss für einen Moment die Augen. Anna fuhr los. Wie abgespannt und ausgelaugt musste er sich fühlen, dachte sie, wenn er nicht einmal selbst fahren wollte.

Während sie sich mühsam durch den nachmittäglichen Berufsverkehr schlängelte, berichtete er ausführlich von seinen Gesprächen:

Als er Elsi in Vierraden besuchte, umarmte sie ihn unter Tränen und dankte ihm für sein Vertrauen. Er hätte ihren tiefsten Herzenswunsch erraten, nämlich ihrer Freundin einen letzten Liebesdienst zu erweisen und eine wunderschöne Beerdigung zu veranstalten, an die sich alle Beteiligten noch lange erinnern würden.

»Und stell dir vor! Sie erzählte, dass vor ein paar Tagen sich ein Mann in der ›Linde‹, der Ortskneipe, nach Brigitte Kranz erkundigt hätte, die eine entfernte Verwandte von ihm sei. Der Wirt hat ihm ohne Bedenken ihre Adresse gegeben, ihn aber auch zum Krankenhaus in Schwedt verwiesen, ihm sogar die Station genannt, wo sie liegt. Dann hat der Mann noch gefragt, ob ihr Sohn noch immer in Schwedt wohnt, und der Wirt hat ihm gesagt, dass Martin schon lange in Berlin an irgendeiner Universität arbeitet.«

»Er hat dem Fremden deinen Namen genannt?« Anna drehte sich erschrocken zu Martin, der grimmig nickte. Hinter ihr hupte jemand wütend, es war grün geworden. Sie gab Gas: »Der Wirt hat das hoffentlich der Polizei gemeldet?«

»Ja, und der Kommissar meinte, er würde der Sache nachgehen.« Martin zuckte mit den Schultern: »Ob er es macht – ich weiß es nicht. Aber ich bin fest überzeugt, der Unbekannte war derselbe Mann, der meine Mutter im Krankenhaus umgebracht hat. Denn die junge Schwester, mit der ich sprach, behauptete auch mir gegenüber steif und fest, dass sie einen Mann gesehen hatte, der nicht ins Krankenhaus gehörte. Sie war ganz empört, dass ihr niemand glaubte. Der Wirt hatte allerdings nicht von einem blonden Mann gesprochen, sondern von einem mit halblangen braunen Haaren.«

»Können Perücken gewesen sein«, überlegte Anna. »Das war sicher beide Male derselbe Mann. Ich wette, es war der Glatzkopf, der sich verkleidet hat.«

»Ich kann nicht glauben, dass der Glatzkopf bis nach Schwedt gefahren ist nur wegen der Adresse auf dem Zettel«, widersprach Martin. »Aber selbst wenn er es gewesen wäre. Was nützt uns das? Wir wissen nichts von ihm. Kennen nicht seinen Namen, seine Adresse, wissen nicht, wie er aussieht. Nur, dass es ihn gibt. Das scheint mir ein bisschen wenig.«

»Wir kennen seine Handynummer!«, trumpfte Anna auf. »Aber jetzt erzähle, was die Durchsuchung der Wohnung deiner Mutter gebracht hat.«

Martin lachte unfroh: »Du kannst dir nicht vorstellen, was dort für ein Chaos herrschte. Alles herausgerissen. Die paar Bücher aus dem Regal, die Schränke, die Schubladen. Elsi schaute sich alles genau an und begann die Sachen wieder einzuordnen, aber ihrer Meinung nach fehlte nichts, außer dem einzigen wirklich wertvollem Stück, das meine Mutter besaß: ein dunkelrotes Etui mit einer goldenen Taschenuhr. Diese hatte der Großvater meiner Mutter von seiner Firma geschenkt bekommen als Dank für 25 Jahre treue Dienste als Prokurist. Meine Mutter war sehr stolz auf die Uhr und hatte sie gut sichtbar in das Regal neben ihre Bücher gelegt. Da Elsi meine Mutter in der Zeit, bevor sie ins Krankenhaus kam, täglich besucht und versorgt hat, kann man sich auf ihre Einschätzung verlassen. Der Einbrecher hat nicht das gefunden, was er gesucht hat und wurde wahrscheinlich deshalb zum Mörder. Die Uhr nahm er so nebenbei mit.«

Zu Hause, noch während Martin die Jungen begrüßte, ergriff Anna das Telefon und wählte die Handy-Nummer des Glatzkopfes. Aber sie hörte nur in der Endlos-Schleife die Ansage einer elektronischen Stimme: »Diese Rufnummer ist uns nicht bekannt. Bitte fragen Sie bei der Auskunft nach.«

4

Harre meine Seele, harre des Herrn!
Alles ihm befehle, hilft er doch so gern!
Sei unverzagt, bald der Morgen tagt,
und ein neuer Frühling folgt dem Winter nach.
In allen Stürmen, in aller Not,
wird er dich beschirmen, der treue Gott.

Dicht an Martin gedrängt stand Anna in der ersten Reihe der Trauergemeinde auf dem Friedhof von Vierraden. Wie schon vorhin in der kleinen Kapelle war sie sich der neugierigen Beobachtung durch die Anwesenden voll bewusst, eine Schar alter Leute, Freunde und Nachbarn der Verstorbenen, alle sonntäglich angezogen, wie es sich für eine Beerdigung gehörte.

Anna schaute kurz zum Himmel. Es war ein kalter, trüber Tag, keine Sonne in Sicht, immerhin auch kein Regen. Gern hätte sie mitgesungen, aber sie kannte das Lied nicht, obwohl sie mit Kirchenliedern vertraut war. Dem Text und der gefühlvollen Melodie nach zu urteilen, war es ein pietistisches Lied aus dem 19. Jahrhundert, vermutete die Musiklehrerin in ihr, das wahrscheinlich aus den heutigen Gesangbüchern entfernt worden war.

Anna fror in ihrem schwarzen Blazer. Sie hätte doch die dicke, schwarz-weiße Jacke anziehen sollen, die wärmte mehr. Links einige Meter entfernt von ihr stand ein Mann, der ihr schon in der Kapelle aufgefallen war, weil er in dem Bild »Beerdigung auf dem Lande« fehl am Platze schien. Und das nicht nur wegen seiner dünnen Haare, die sich im Nacken kringelten, und wegen seiner Kleidung, schwarze Lederjacke, abgetragene Jeans, sondern auch weil er jünger war als die anderen Trauergäste. Die Worte der Pfarrerin ließ er lustlos über sich ergehen und schaute gelangweilt umher, bis sein Blick für eine Weile an Annas Beinen hängenblieb. Anna zog ärgerlich die Stirne kraus. Was glotzt der so? Sie wusste selbst, dass der Rock für eine trauernde Schwiegertochter viel zu kurz war, aber sie besaß nun einmal keinen längeren in schwarz. Als der Mann ihren Blick spürte, nickte er ihr mit anerkennender Miene zu. Schnell schaute sie weg. Unangenehmer Typ! Unverständlich, was er auf dieser Beerdigung zu suchen hatte.

Die zweite Strophe begann.
Harre meine Seele, harre des Herrn!
Alles ihm befehle, hilft er doch so gern!

Wenn alles bricht, Gott verlässt uns nicht.
Größer als der Helfer ist die Not ja nicht.
Ewige Treue, Retter in Not,
rett auch unsre Seele, du treuer Gott!

Aus dem Augenwinkel registrierte Anna die missbilligenden Blicke der Frau, die neben ihr mit erhobenem Kopf voller Inbrunst und am lautesten von allen das Lied sang, auswendig wohlbemerkt, schien ihre Haltung zu signalisieren, und zwar alle beiden Strophen.

Anna schaute zu Martin, der mit unbeweglichem Gesicht neben ihr stand. Er hatte die Unterlippe vorgeschoben, wie er es immer tat, wenn er sich unwohl fühlte. Jetzt rieb er, von den anderen unbemerkt, seinen Arm an ihrem, wie um sie zu trösten und ihr Mut zu machen, weil sie nun bald alles überstanden hätten. Ihre Züge entspannten sich und sie rückte noch ein bisschen näher an ihn heran.

Der letzte Ton des Liedes war verklungen. Anna betete nun mit den anderen halblaut das Vaterunser. Erleichtert stellte sie fest, dass ihr bei der gesamten Trauerfeier nicht ein einziges Mal die Tränen gekommen waren, mit denen sie sonst bei Beerdigungen immer zu kämpfen hatte.

Nun gab die Pfarrerin ein Zeichen. Martin und Anna traten an das Grab, nahmen eine Handvoll Erde aus dem Ständer und warfen sie nacheinander auf den Sargdeckel. Dann stellten sich beide an der Seite auf, bereit, die Beileidsbekundungen der Trauernden entgegenzunehmen. Anna drückte in der nächsten Viertelstunde ungefähr zwanzig fremde Hände jeglicher Beschaffenheit, breite oder schwielige, knochige oder zarte, blickte in faltige Gesichter und tränennasse Augen und hörte tröstende und besinnliche Worte. Sie lächelte alle freundlich an, fast beschämt angesichts der allgemeinen Trauer, von der sie selbst nichts verspürte. Dankbar empfand sie jetzt Martins Entschluss, nicht an der Trauerfeier im Gemeinschaftshaus teilzunehmen, wo Tante Elsi erwartungsgemäß eine üppige Kaffeetafel geordert hatte. Mit den Worten, er würde alles bezahlen, könnte aber nicht anwesend sein, weil er am Abend eine wichtige Sitzung in der Universität hätte, hatte Martin ihre sofortige Abreise erklärt.

Schließlich war die Beerdigung beendet. Während die Trauergemeinde sich zum Kuchenessen und Plaudern ins Gemeinschaftshaus begab, gingen Martin und Anna aufatmend zu ihrem Auto, das sie vor der Friedhofsmauer geparkt hatten.

Plötzlich hörten sie schnelle Schritte hinter sich und eine Stimme: »Warten Sie! Ich muss mit Ihnen reden.« Der Mann, der Annas Beine angestarrt hatte, kam hinter ihnen hergelaufen.

Mit einem vertraulichen Lächeln sagte er: »Darf ich mich vorstellen? Mein Name ist Hans-Olaf Reimann. Ich bin der Sohn von Franz Reimann.«

Als er nicht weitersprach, meinte Anna mit spöttischem Unterton: »Wie schön für Sie. Aber wir wollen jetzt losfahren.« Der Mann hörte nicht auf sie, sondern wandte sich an Martin, der einen halben Kopf größer war, so dass er zu ihm hochblicken musste. »Ich sehe, mein Name sagt Ihnen nichts.« Jetzt wurde sein Lächeln breiter: »Halten Sie sich fest! Ich bin Ihr Bruder! Vielmehr Halbbruder! Ich bin wie Sie der Sohn von Franz Reimannn. Ich soll Grüße von ihm bestellen.«

Martin und Anna starrten ihn ungläubig an. »Der lügt«, dachte Anna. Ein solcher Proll kann unmöglich Martins Bruder sein, hat auch nicht die geringste Ähnlichkeit mit ihm. Allerdings glaubte sie, den Namen schon irgendwann gehört zu haben.

Martin musterte den Mann mit abweisender Miene und entgegnete unfreundlich: »Das glaube ich nicht. Wir müssen jetzt gehen. Auf Wiedersehen.« Er nahm Annas Arm und ging mit ihr weiter.

Sein angeblicher Bruder gab nicht so schnell auf, er lief ihnen hinterher: »Warten Sie doch! Mein Vater konnte nicht kommen. Es geht ihm schlecht. Aber er will Sie kennenlernen, deswegen hat er mich zu dieser Beerdigung geschickt. Brigitte wollte ihm ja Ihre Adresse nicht geben.«

Martin blieb wieder stehen. Sein Ton wurde schärfer: »Mein angeblicher Vater interessiert mich nicht. Aber war es nötig, dass er meine kranke Mutter belästigt?«

»Er hat sie nicht belästigt«, widersprach Hans-Olaf Reimann in aggressivem Ton. Sein blasses Gesicht rötete sich vor Ärger. »Er hat sich mit ihr ausgesprochen. Die beiden haben sich einmal geliebt! Brigitte Kranz hat sich über seine Besuche gefreut! Mein Vater möchte sich jetzt auch mit Ihnen aussprechen!« Dann wurde sein Ton wieder entgegenkommender. Er wies auf das Nummernschild des Autos: »Ich sehe, Sie kommen aus Berlin. Mein Vater wohnt auch in Berlin, in Charlottenburg, nicht weit vom Funkturm.«

Auch noch in unserer Nähe! Anna überlegte schnell. Zweifellos war der Mensch unsympathisch und vielleicht ein bodenloser Lügner. Aber möglicherweise sagte er die Wahrheit! Sie bekam Herzklopfen vor Aufregung: plötzlich eröffnete sich völlig unerwartet eine unglaubliche Chance, die Lücken in Martins Lebenslauf zu schließen. Ihrer Meinung nach sollte Martin die Kontaktaufnahme zu seinem Vater nicht ablehnen, vorausgesetzt, er war tatsächlich der Erzeuger. Aber um das festzustellen, gab es heutzutage die DNA-Analyse.

Als sie Luft holte, um etwas Diesbezügliches zu äußern, zog Martin sie weiter. Ärgerlich flüsterte sie ihm zu: »Sei doch nicht so stur. Ein Gespräch mit ihm ist sicher ganz aufschlussreich.« Martin zischte: »Nein!« Laut sagte er zu seinem angeblichen Halbbruder: »Ich habe mich wohl deutlich genug ausgedrückt: Mit Ihnen und Ihrem Vater habe ich nichts zu besprechen! Also bitte behelligen Sie mich nicht weiter!«

»Lass mich ihm wenigstens meine E-Mail-Adresse geben«, bat Anna leise. »Dann kann er uns schreiben und Du überlegst, ob Du antworten willst. Bitte, Martin!« Anna blieb stehen und suchte schon in ihrer Tasche nach einem Stück Papier.

Martin zögerte: »Na gut, wenn Du unbedingt willst.«

Sie krakelte ihre E-Mail-Adresse auf die Rückseite eines Kassenbons von Kaisers und hielt ihn Hans-Olaf Reimann hin, der, nervös abwartend, ein paar Schritte zurückgeblieben war. Jetzt ergriff er schnell den Zettel und sofort schlug seine Stimmung um. Er knüllte das Papier in seine Hosentasche und grinste Anna an: »Na bitte, geht doch!«

»Blödmann!« Anna gab sich keine Mühe, leise zu sprechen.

Als Martin und Anna ins Auto stiegen, winkte er übertrieben heftig und schrie ihnen: »Tausend Dank!« hinterher, in einem so triumphierend klingenden Tonfall, dass Martin die Stirn runzelte: »Merkwürdig! Irgendwie habe ich das Gefühl, er hat uns 'reingelegt.«

Anna zuckte mit den Schultern und klickte den Sicherheitsgürtel ein: »Ich auch. Aber was soll er von uns wollen?«

Schweigend schlugen sie den Weg nach Schwedt ein, wo sie mit Polizeikommissar Ebert eine Verabredung in seiner Dienststelle hatten. Er wollte sie über den neuesten Stand der Ermittlungen im Mordfall Kranz informieren.

Ebert erhob sich, als Martin und Anna sein Dienstzimmer betraten, bot ihnen einen Kaffee an, den sie dankend ablehnten, und redete dann wortreich, wieder in seinem Sessel mit gefalteten Händen über dem Bauch sitzend, von seinen unermüdlichen Nachforschungen und den zahlreichen Spuren, die er bereits verfolgt hatte, bislang allerdings ohne Ergebnis. Schließlich ließ er durchblicken, dass er jetzt tatsächlich die Version eines Geisteskranken bevorzugte, der sich unerkannt in das Krankenhaus geschlichen und den Mord verübt hat.

Martin zog die Augenbrauen hoch: »Und der Mann im Gasthaus?«, fragte er scharf.

»Wir konnten den Mann in der Kneipe nicht identifizieren. Es hatte ihn vorher oder hinterher niemand gesehen. Und wenn er wirklich eine Perücke trug –. Tut mir leid! Dann ist eine Festnahme sehr unwahrscheinlich. Wir haben nicht einmal Fingerabdrücke von ihm, da er Handschuhe trug. Niemand weiß auch, ob er mit dem Mord im Krankenhaus zu tun hat.« In herablassendem Ton fuhr er fort: »Und der Unbekannte im Krankenhaus – selbst wenn die junge Frau ihn tatsächlich gesehen hat, ihre Täterbeschreibung führt uns auch nicht weiter.«

Schließlich erhob er sich: »Mehr kann ich Ihnen heute nicht sagen. Aber wir bleiben in Kontakt.«

Er schaute Anna und Martin aufmunternd an, die ebenfalls aufgestanden waren, und streckte ihnen seine breite Hand hin: »Wenn es Neuigkeiten gibt, sind Sie die ersten, die sie erfahren! Versprochen!«

»Versprochen«, äffte Martin ihn nach, als sie das Polizeigebäude verließen. »So ein dämlicher Dorfpolizist! Der findet doch nie etwas heraus.«

Anna fuhr ungern weite Strecken über Land, auch bezüglich Auto fahren war sie ein Stadtmensch. Trotzdem machte sie Martin jetzt ein Angebot: »Soll ich vielleicht lieber fahren?«

Martin lachte kurz auf: »Danke, nein! So mitgenommen bin ich nun doch nicht, dass ich nicht mehr fahren kann.«

Anna atmete tief durch: »Das vorhin auf dem Friedhof war wirklich der Hammer. Plötzlich steht dein angeblicher Bruder da und erzählt etwas von deinem Vater!«

»Erzeuger«, war Martins einsilbige Antwort. Sein Ton bedeutete ihr, dass er kein Gespräch wünschte. Schweigend verließen sie Schwedt.

Hinter Schwedt schlug Anna vor: »Wir haben noch Zeit. Deine Uni-Sitzung fällt nämlich aus, glaube ich.« Sie lächelte. »Wir könnten noch in den Nationalpark fahren und ein bisschen spazieren gehen. Es ist so schön dort.«

Sie hatten einmal mit den Kindern einen Ausflug in das Untere Odertal gemacht, das laut Tourismus-Information die schmeichelhafte Bezeichnung »Toskana des Nordens« trug. Mit ihren Rädern waren sie mehrere Stunden auf den neuen Radwegen durch die weite Hügel- und Flusslandschaft geradelt und hatten die Vielfalt der Natur genossen. Selbst die Jungen waren begeistert gewesen.

Aber Martin knurrte nur: »Bitte nicht! Bloß weg hier! Ich will nach Hause.«

Wieder Schweigen.

Sie hatten schon Angermünde durchquert und näherten sich der Autobahn, als Martin zu reden begann: »Wie gut, dass die Kinder nicht mitgekommen sind.«

Anna nickte stumm. Sie hatten überlegt, ob sie die Jungen zur Beerdigung der fast unbekannten Großmutter mitnehmen sollten, dann aber aus mehreren Gründen davon Abstand genommen. Stattdessen durften Max und Kalli zwei Tage zu Annas Eltern »verreisen« auf die andere Seite des Lietzensees.

»Stell dir vor«, fuhr Martin fort, »sie erfahren plötzlich, dass der andere Großvater lebt. Sie kriegen doch einen Schock fürs Leben.«

»Er lebt aber«, wollte Anna einwenden, aber sie schwieg.

»Sie denken doch, mein Vater ist seit Jahren tot! Wie soll man das erklären!«

Nach einer Pause redete er weiter:

»Und dieser Mann, selbst wenn es sich tatsächlich um meinen Erzeuger handelt, ist nicht ihr Großvater, so wenig wie er mein Vater ist«, widersprach er Annas Einwand, als ob sie ihn ausgesprochen hätte: »Vater sein bedeutet, seine Kinder ein Leben lang zu lieben und für sie zu sorgen.« Er schüttelte heftig den Kopf und wurde lauter: »Nee! Bloß mal irgendeine Frau bumsen und dann abhauen… Nee! Das ist kein Vater!« Es klang verbittert und wütend.

»Schade, dass deine Mutter nicht einmal kurz vor ihrem Tod erzählt hat, was damals passiert ist.«

»Sie war depressiv! Neurotisch! Der Kerl hat ihr Leben zerstört. Sie verbot sich und allen anderen, darüber zu sprechen.«

Nach einer kurzen Pause fügte er hinzu: »Letzten Endes ist es auch egal, was wirklich passiert ist.«

»Das würde ich nicht sagen«, wagte Anna einzuwenden. »Du könntest jetzt viele Einzelheiten erfahren. Dein Vater – oder Erzeuger – würde sie dir möglicherweise gern erzählen.«

Martin antwortete nicht. Er tat Anna leid, wie er mit verbissenem Gesichtsausdruck das Steuerrad hielt und auf die Autobahn starrte. Sie beugte sich zu ihm hinüber, legte den Arm um seine Schulter und versuchte, ihm einen Kuss auf die Wange zu drücken.

Das Auto geriet für eine Sekunde ins Schlingern. »Vorsicht!«, rief Martin, »willst du uns umbringen?« Aber er lächelte.

Anna zog sich wieder auf ihren Platz zurück und musterte ihn zufrieden:

»Eines muss man dir jedenfalls lassen. Trotz deiner fürchterlichen Kindheit hast du dich zu einem richtig netten Mann entwickelt, der weder besonders schwierig noch verklemmt ist. Sondern im Gegenteil attraktiv, ausgeglichen, einfühlsam, humorvoll, gebildet, liebenswürdig …« Sie sprach immer langsamer, schließlich stoppte sie ihre Aufzählung und beschwerte sich:

»Hey, du widersprichst ja gar nicht.«

»Warum sollte ich? Stimmt doch alles.« Martins Stimmung hatte sich offensichtlich wieder gehoben.

Endlich erreichten sie Berlin. Sie verließen die Autobahn an der Ausfahrt Kaiserdamm und bogen in die Sophie-Charlotten-Straße ein, an deren Ende hinter dem Springbrunnen mit seinem dürftigen, kaum sichtbaren Wasserstrahl die großen, noch blattlosen Bäume des Lietzenseeparks ihnen zuzuwinken schienen. Als Martin und Anna am Park entlang zu ihrem Haus fuhren und im Hof das Auto abstellten, waren beide so erleichtert, wieder zu Hause zu sein, als hätten sie eine lange, beschwerliche Reise hinter sich.

Aufatmend warf Martin die Wohnungstür hinter ihnen zu und noch im Flur zog er Anna an sich. Er küsste sie wie schon lange nicht mehr und flüsterte ihr mit heiserer Stimme ins Ohr. »Ich bin so froh, dass alles vorbei ist!« und »Ich bin so froh, dass ich dich habe!« Anna schloss die Augen und erwiderte seine Küsse.

Später, sie lagen noch im Bett und Anna hatte ihren Kopf in Martins Armbeuge geschmiegt, lachte dieser leise: »Nichts gegen unsere Jungen. Aber ohne sie ist es auch mal ganz schön.«

»Man hat mehr Bewegungsfreiheit«, stimmte Anna ihm träge zu.

Sie rührten sich nicht, als das Telefon im Arbeitszimmer klingelte.

»Ist nichts Wichtiges«, murmelte Martin.

Wenig später stand Anna, einer Eingebung folgend, plötzlich auf, ging zu ihrem Schreibtisch im anliegenden Zimmer und wühlte in der Schublade herum, in der sie unterschiedlichen Kram aufbewahrte. Schließlich fand sie, was sie suchte: die kopierte Adressenliste des Glatzkopfes.

Mit dramatischem Blick reichte sie Martin das Stück Papier und legte sich wieder zu ihm:

»Der Name von Deinem angeblichen Vater kam mir gleich so merkwürdig bekannt vor. Jetzt weiß ich, warum. Er steht ebenfalls auf der Liste!«

»Tatsächlich!« Martin las vor: »Franz Reimann. Helga Prochanke.« Beunruhigt fügte er hinzu: »Ich möchte wirklich wissen, was das alles bedeutet!«

»Es *ist* eine Todesliste!«, prophezeite Anna düster.

5

Hans-Olaf Reimann ließ seinen Arm sinken, als seine neuen Verwandten außer Sicht waren und auf seinem Gesicht erlosch das aufgesetzte Lachen.

Arrogante Schnösel, dachte er, hielten sich für was Besseres. Die Frau zeigt hemmungslos ihre langen Beine und wenn man als Mann entsprechend reagiert, spielt sie die feine Dame. Und sein bisher unbekannter Bruder hat ihn kaum eines Blickes gewürdigt, und wenn zufällig doch, dann nur voller Verachtung. Machte ein Geheimnis um seine blöde Adresse, obwohl er diese natürlich längst kannte, genauso wie die Telefonnummer. Immerhin hatte er sein Ziel erreicht und konnte jetzt seinem Vater die erfolgreiche Kontaktaufnahme mit seinem »verlorenen« Sohn melden.

Seit der Alte vor einem Jahr seinen ersten Besuch in Vierraden gemacht hatte, um eine alte Freundin zu besuchen, wie er sagte, ist er mehrmals dorthin gefahren und kam eines Tages sogar mit dem Namen eines angeblichen Sohnes nach Hause, dessen Mutter sie war.

»Ich muss diesen Martin Kranz kennenlernen! Wo er wohnt, was er macht. Er arbeitet an einer Universität in Berlin. Finde alles über ihn heraus«, hatte er ihm mit seiner dünnen Altmännerstimme befohlen. Vor Erregung atmete er schneller und griff sich an die Brust.

»Beruhige dich«, beschwichtigte ihn Hans-Olaf und führte ihn zu seinem Sessel am Fenster, bevor er aus der Küche ein Glas Wasser holte.

»Schon besser? Reg dich nicht immer gleich so auf, du bist nicht mehr der Jüngste.«

»Das weiß ich selbst«, entgegnete der Vater zänkisch und schloss, den Kopf zurückgelehnt, für ein paar Minuten die Augen.

Mit Widerwillen betrachtete Hans-Olaf den alten Mann vor sich, seine spärlichen weißen Haare, die tiefen Falten in seinem Gesicht und die schlaff herunterhängenden Wangen. Die altmodisch klobige Brille saß verrutscht auf seiner Nase. Wieder trug er die zerschlissenen Hausschuhe, obwohl er, Hans-Olaf, ihm vor einiger Zeit neue gekauft hatte, richtig gute aus echtem Filz. Aber er musste wohl erst über seine alten Latschen stolpern, ehe er sich von ihnen trennt, dachte Hans-Olaf gereizt. Die Scherereien mit Arzt und Krankenhaus hätte er als Sohn wie immer auszubaden. Der Vater hatte ihm nie nahegestanden, als zu kalt, zu ungeduldig hatte er ihn sein ganzes Leben lang empfunden, zu unzufrieden mit allem, was er, sein Sohn, begann. Dennoch erfüllte Hans-Olaf seine Pflichten. Erst neulich hatte der Arzt dem Alten mitgeteilt, der Zustand seines Herzens sei besorgniserregend, und er müsse sich sehr schonen, viel Bewegung, nicht rauchen. Natürlich änderte der Alte seinen Lebensstil nicht, saß vorwiegend im Sessel, rauchte seine Zigarren und trank seinen Schnaps.

Hans-Olaf hatte zu seinem Leidwesen große Ähnlichkeit mit ihm, mittelgroß, blasse Haut, dünnes helles Haar. Dagegen hatte dieser neue Halbbruder Martin seine große Gestalt und das volle Haar offenbar von seiner Mutter geerbt. Unverschämt, wie viel besser der aussah. Auch die Frau war ganz sein Typ gewesen. Wie sie ihn mit ihren dunklen Augen angefunkelt hatte, als er ihre Beine begutachtete. Sie war groß und schlank und die braunen Haare hatte sie zu einer Hochfrisur zusammengesteckt, so dass sie noch größer wirkte.

Der Vater schlug wieder die Augen auf: »Du müsstest das eigentlich mit Leichtigkeit herausfinden. Schließlich arbeitest du in der Medienbranche.« Höhnisch stieß er den letzten Satz hervor.

Längst schon ließ sich Hans-Olaf nicht mehr von den abfälligen Auslassungen seines Vaters über seine berufliche Tätigkeit provozieren, über die unterschiedlichen Jobs bei den verschiedenen Produktionen von Daily-Soaps in Babelsberg, mit denen er mal mehr, mal weniger Geld verdiente. Der Alte hatte noch immer nicht begriffen, dass die Zeiten vorbei waren, in denen es reichte, mit breitem Hintern hölzerne Beamtenstühle blank zu polieren, wie er es jahrzehntelang in seiner langweiligen Baubehörde getan hatte, um dafür später auch noch eine fette Pension zu kassieren.

»Das kann jeder Idiot herausfinden, dazu muss man nicht in der Medienbranche tätig sein«, antwortete er ungerührt.

»Willst du damit sagen, ich bin ein Idiot?«

Am liebsten hätte Hans-Olaf zugestimmt, aber er hielt sich zurück. Bloß keine nutzlosen Diskussionen. Ich muss sehen, dass ich hier wegkomme, dachte er. Seine Gesichtszüge entspannten sich bei dem Gedanken an den bevorstehenden Abend, an dem er mit einer neuen Freundin verabredet war, einer Lehrerin. Vielleicht würde das etwas Ernstes. Die Frau schien ganz in Ordnung zu sein, vielleicht ein bisschen dick, aber schöne blonde Haare, die sich so nett um ihr Gesicht kringelten. Lehrer beziehen ein gutes Gehalt, wogegen er nichts einzuwenden hätte. Hans-Olaf hatte sie bei einem Liederabend mit Rainald Grebe bei den »Wühlmäusen« getroffen, den er allein besuchen musste, weil seine Freundin Iris gerade mit ihm Schluss gemacht hatte. Aber das war kein Verlust gewesen. Auf die Dauer konnte er mit diesen Powerfrauen, die morgens dynamisch aus dem Bett sprangen, um Karriere zu machen, und dasselbe von ihm erwarteten, sowieso nichts anfangen.

Die Frau wartete in der Pause vor ihm in der Schlange an der Theke. Sie war auch allein. Als sie sich dann unterhielten, mit ihren Gläsern anstießen, stellten sie belustigt die erste Gemeinsamkeit fest: auch die Frau hatte sich gerade von ihrem Freund getrennt.

Hans-Olaf wandte sich wieder dem Vater zu: »Ich werde zu Hause ins Internet gehen. Ich komme morgen oder übermorgen wieder, dann sage ich dir Bescheid.«

Bereits am nächsten Tag erstattete er Bericht, seine Informationen stammten hauptsächlich aus der Homepage der Freien Universität Berlin:

Martin Kranz war geboren in Schwedt, hatte nach der Wende an der FU Germanistik studiert, promoviert und sich habilitiert und war seit 2007 dort als Akademischer Rat beschäftigt. Es folgten Adresse – ganz in seiner Nähe, Franz Reimann staunte über den Zufall – dann Telefonnummer, E-Mail.

»Endlich warst du mal zu was nütze«, brummte der Alte in seinem Sessel.

Hans-Olaf erhob sich: »Du kannst ihn jetzt anrufen oder besuchen.«

»Nein, auf keinen Fall! Und halt du dich da raus«, fuhr der Alte ihn an. »Die Begegnung mit diesem Burschen muss ich mit Überlegung vorbereiten, sonst knallt er mir die Türe für immer vor der Nase zu. Ich werde mir etwas überlegen.«

»Was willst du überhaupt von dem?«, fragte Hans-Olaf, bevor er sich von seinem Vater verabschiedete. Aber er wartete die Antwort nicht ab, sie interessierte ihn nicht.

Der Zufall kam Franz Reimann zu Hilfe. Als er einige Tage später wie gewöhnlich im Schwedter Krankenhaus anrief, um sich nach einem geeigneten Zeitpunkt für einen Besuch bei Brigitte Kranz zu erkundigen, wurde ihm mitgeteilt, dass sie verstorben, genauer gesagt, ermordet sei. Er nahm die Information einigermaßen verwundert zur Kenntnis und bat darum, ihm den Termin der Beerdigung mitzuteilen.

»Ich bin zu alt und schwach für die Beerdigung. Aber du wirst für mich hinfahren«, befahl er seinem Sohn Hans-Olaf. »Du stellst dich Martin Kranz als Bruder vor und gibst ihm die Gelegenheit, sich an den Gedanken zu gewöhnen, einen Vater zu haben. Bring ihn dazu, dir seine Adresse und Telefonnummer zu geben und mir zu erlauben, Kontakt mit ihm aufzunehmen. Sag ihm auf keinen Fall, dass wir schon über ihn Bescheid wissen.«

Zuerst weigerte sich Hans-Olaf strikt: »Das ist völlig überflüssig. Schreib ihm einen Brief, dann kann er sich auch an den Gedanken gewöhnen.«

»Du machst, was ich dir sage«, zeterte der Vater. »Und zieh dir was Anständiges an, nicht diese speckige Lederjacke und diese dreckigen Jeans, die du immer trägst.« Verdrossen glitt sein Blick über den Sohn. Er zögerte: »Ich wollte eigentlich nicht darüber sprechen, aber ich habe meine Gründe, warum ich diesen Sohn kennenlernen will. Er besitzt wahrscheinlich etwas, was mir gehört und was er mir wiedergeben soll.«

Genervt blickte Hans-Olaf den Vater an. Wovon sprach der Alte? Er wurde doch nicht zu allem Überfluss noch dement? Schließlich gab er nach und machte sich übelgelaunt auf die Reise nach Vierraden zur Beerdigung, selbstverständlich in seiner üblichen Kluft. Wenigstens konnte er einen gewissen Erfolg verbuchen. Die Frau hatte ihm ihre E-Mail-Adresse gegeben. Überhaupt schien diese Anna zugänglicher zu sein als ihr verklemmter Ehemann. Aber das war die Sache seines Vaters. Er hatte seine Sohnespflicht abgeleistet.

6

Einige Tage später, es war Sonntag, sie hatten gerade das Frühstück beendet, sah Anna am Computer ihre Post durch und entdeckte die erste E-Mail von Martins Vater Franz Reimann. Ein paar Zeilen mit der Bitte um ein Treffen. Anna druckte den Brief aus und hielt ihn Martin hin, der zeitunglesend auf der Couch lag.

»Dein Vater hat geschrieben. Ich dachte schon, er meldet sich doch nicht. Und stell dir vor, er wohnt ganz in der Nähe von uns, in der Suarezstraße. So ein Zufall!«

Martin las den Brief und stand auf: »Ich geh jetzt laufen. Kommst du mit?« Seine Joggingsachen hatte er bereits angezogen.

»Warte! Was soll ich ihm antworten?«

»Nichts.«

Zwei Tage später kam der nächste Brief, dann noch einer, dann ein weiterer. Immer kurz und sachlich, mit der Bitte um ein Treffen. Schließlich gab Martin sich geschlagen: »Ich sehe, er gibt keine Ruhe.« Anna überlegte: »Wir könnten Freitagnachmittag hingehen und bleiben höchstens ein Stündchen. Was meinst du?«

»In Ordnung. Aber schreibe, dass ich bei ihm auf gar keinen Fall seinen Sohn treffen will. Dann bin ich sofort wieder weg.«

Wie verabredet, machten sich die beiden auf den Weg zu der ersten Begegnung mit Martins unbekanntem Vater. Sie fuhren mit ihren Fahrrädern durch den frühlingshaften Park. Eine Mischung aus Nervosität und neugieriger Erwartung ließ Annas Herz schneller schlagen, auch Martin, schweigsam und ungewöhnlich blass, konnte seine Anspannung nicht verbergen. Schließlich hielten sie vor dem Haus von Franz Reimann in der Suarezstraße, schräg gegenüber der Feuerwehr, und suchten auf dem Klingelschild nach seinem Namen. Kaum hatten sie auf den Knopf gedrückt, als auch schon der Türöffner surrte. Offenbar hatte der Vater auf ihre Ankunft an der Tür gewartet.

»Ihr müsst durch das Vorderhaus gehen, ich wohne im Gartenhaus links, zwei Treppen hoch«, klang es scheppernd aus der Sprechanlage.

»Nicht schlecht.« Martin blickte sich überrascht in dem Hinterhof um, der wie ein Garten bepflanzt und eingerichtet war, mit freundlichen Holzbänken und einem kleinen Spielplatz für Kinder. Ein Junge schaukelte wild im Stehen, als wollte er in den Himmel fliegen. Plötzlich schrie er: »Hallo, Frau Kranz!« und sprang im hohen Bogen von der schwingenden Schaukel, dass Anna den Atem anhielt. Aber da war der Junge schon wohlbehalten auf der Erde gelandet und kam auf sie zu gerannt.

»Was machen Sie denn hier?«, rief er schon von weitem.

»Das ist Bruno aus der fünften Klasse«, stellte Anna Martin ihren Schüler vor, einen kräftigen Jungen mit dicken Haarschopf und zahlreichen Sommersprossen im Gesicht, das vom extensiven Schaukeln glühte.

»Kommen Sie zu uns?«, fragte er erwartungsvoll. »Keine Bange«, lachte Anna, »wir besuchen einen Bekannten.« Brunos rundes Gesicht signalisierte Enttäuschung, als hätte er gegen einen Besuch der Lehrerin nichts einzuwenden: »Wen denn? Ich kenne hier alle.«

»Auch Herrn Reimann?«

»Klar, der wohnt da drüben, der ist ganz alt und meckert immer, dass die Kinder so laut sind. Soll ich Sie hinbringen?«

»Nein, danke! Wir finden schon. Aber vielleicht weißt du, wo wir unsere Räder anschließen können«, fügte Anna als gute Pädagogin hinzu, die Bruno die Möglichkeit gab, doch noch behilflich zu sein.

»Dahinten«, eifrig rannte Bruno vor und zeigte auf eine Ecke des Hofes, in der bereits eine Anzahl von Rädern wirr durcheinander abgestellt war.

Mit einem »Tschüs!« verabschiedeten sich Martin und Anna von ihm und betraten das schmale Treppenhaus im Seitenflügel. Während sie hochstiegen, hörten sie noch Brunos Stimme: »Tschüs, bis morgen, ach nee, übermorgen.«

Ein dünner alter Mann mit stark gebeugtem Rücken wartete schon an der geöffneten Wohnungstür, Franz Reimann, Martins Vater. Er hat sich für uns fein gemacht, war Annas erster Gedanke, die mit einem Blick sein weißes Hemd, die dunkelblaue Hose und den hellgrauen Pullunder registrierte. Nur die ausgelatschten Hausschuhe passten nicht dazu.

Franz Reimanns Augen waren hinter der dicken Brille kaum zu erkennen, aber sie schienen sich zu einem Lächeln zu verschieben. Er hielt Martin die Hand hin und nuschelte undeutlich: »Na endlich. Guten Tag.« Dann schüttelte er auch Anna die Hand, die ihn freundlich anlächelte.

»Kommt rein.« Er schlurfte voran, vorbei an Bad und Küche ins Wohnzimmer und blieb dort stehen.

»Wollt ihr etwas trinken? Ich habe Apfelsaft«, verkündete er und machte sich wieder auf den Weg zurück in die Küche.

Sie blickten sich um. Franz Reimann schien schon lange in dieser Wohnung zu leben und sich nie von seinen Möbeln getrennt zu haben. An einem niedrigen Holztisch stand ein schon ziemlich abgenutztes Sofa, auf der anderen Seite am Fenster ein bequemer Ohrensessel, daneben ein wuchtiger alter Schrank, mit zwei Türen an den Seiten und Regalbrettern in der Mitte, die vollgestopft waren mit undefinierbarem Kram und einigen Büchern. Allein der große Flachbildfernseher war neueren Datums. Am Fenster breitete eine hochgewachsene Fleischerpalme ihre Blätter aus.

»Erstaunlich hell für einen Hinterhof. Hier müsste man nur mal renovieren und ein paar Möbel austauschen«, meinte Martin.

Als sie den Alten in der Küche klappern hörten, ging er hin, ihm zu helfen, während Anna die Bücher in dem Schrank betrachtete. Am häufigsten vertreten waren Abenteuerromane von B. Traven und Jack London.

»Haben Sie die Bücher alle gelesen?«, fragte Anna, als die beiden zurückkamen, Martin mit dem Tablett in den Händen, auf dem eine Packung Apfelsaft und Gläser standen.

»Ja, natürlich, das sind meine Lieblingsbücher. Aber warum sagst du ›Sie‹ zu mir. Wir sind verwandt, ich bin Franz, du Anna.«

»In Ordnung«, lächelte Anna. Der Alte bemüht sich um eine gute Stimmung, dachte sie, auch für ihn ist die Situation nicht einfach.

»Setzt euch, aber auf das Sofa«, befahl er. »Der Sessel gehört mir, da darf kein anderer draufsitzen.«

Er nestelte nervös an seinem Pullunder, dann fragte er: »Ich habe gehört, dass Brigitte gestorben ist, sogar ermordet. Wisst ihr Einzelheiten?«

»Nein«, antwortete Anna, da Martin keine Anstalten machte zu sprechen. »Die Polizei ermittelt noch.«

»Schrecklich! Wer hat das getan und vor allem, warum? Sie lag doch sowieso schon im Sterben.« Er schüttelte den Kopf.

In der folgenden Stunde bemühten sich Martin und Anna mit dem alten Mann ins Gespräch zu kommen, vor allem Einzelheiten über seine Beziehung zu Brigitte Kranz zu erfahren, aber mit geringem Erfolg. »Weiß ich nicht mehr, ist alles schon so lange her«, war seine stereotype Antwort.

»Das bringt doch nichts«, raunte Martin mehrmals Anna zu. »Komm, wir gehen.«

»Sei nicht so ungeduldig! Er braucht Zeit.«

Schließlich konnten sie durch hartnäckige Nachfragen dem alten Mann einige, wenn auch lückenhafte Erinnerungen entlocken. Immerhin erhielten sie einen Eindruck von den Ereignissen, die sich Anfang der siebziger Jahre des vorigen Jahrhunderts im geteilten Berlin abgespielt hatten. Sie konnten sich die Geschichte von Martins Mutter zusammenreimen, einer jungen, lebenshungrigen Kleinstadtschönheit aus Brandenburg, die nach Ostberlin gekommen war, um hier ihr Glück zu versuchen. Die, wenn es ihr schon verboten war, die Welt kennenzulernen, sich wenigstens in der aufregenden Hauptstadt der DDR ein Leben voller Abenteuer erhoffte. Die in einer Apotheke in Lichtenberg arbeitete und dort sich glühend in Franz Reimann, ihren Märchenprinzen aus dem Westen, verliebte, der sie mitnehmen und auf sein Schloss bringen würde, wo sie zusammen in Reichtum und Glück leben würden, bis an ihr Lebensende. Und die, als sie schwanger geworden war und sich der Märchenprinz als treuloser kleiner Spießer entpuppte und sie verließ, für immer allen Mut verlor und depressiv und verbittert dahinvegetierte, bis an ihr Lebensende.

»Du hast sie ausgenutzt! Hast ihr Hoffnungen gemacht und dann einfach sitzenlassen.« Martin legte so viel Verachtung in seine Worte, dass der Vater aufgeregt gestikulierte und hochrot im Gesicht anlief:

»Was sollte ich denn machen? Ich konnte doch nichts dafür, dass sie mich so angehimmelt hat. Sie sagte mir, dass sie die Pille nimmt. Was sollte ich denn machen, als sie ein Kind bekam? Du hast doch gehört, ich war verheiratet, hatte einen Sohn. Meine Frau wusste von nichts. Ich habe deiner Mutter einen Brief geschrieben, aber sie hat nicht einmal geantwortet. Ich fuhr nochmal zu ihrer Wohnung, aber sie war weg. Wollt ihr noch ein bisschen Apfelsaft?«

»Komm, Anna, wir gehen!« Martin stand auf und zog seine Jacke an. Der Alte erhob sich ebenfalls, Martin unsicher durch seine Brille anblinzelnd.

»Bist du mir böse?« Er zögerte: »Ich habe nämlich eine Bitte an dich. Brigitte hat mir bei meinem letzten Besuch erzählt, dass sie dir einen Koffer gegeben hat mit Erinnerungsstücken an ihre Jugend, also auch aus ihrer Berliner Zeit mit mir. Ich würde mir so gern irgendetwas davon aussuchen zur Erinnerung an sie. An meine vergangene Liebe, die mir am Ende ihres Lebens so nahe gekommen ist«, endete er rührselig.

Als Martin nicht antwortete, fügte er in demselben Ton hinzu: »Meinst du, ich könnte mal den Inhalt des Koffers sehen?«

Seinen Sohn beschäftigte ein anderer Gedanke: »Warum hat meine Mutter mir nie erzählt, dass Du sie angeblich im Krankenhaus mehrmals besucht hast?«

»Aus Angst«, eifrig machte der Alte einen Schritt auf ihn zu, »sie hatte Angst vor dir, weil du von einem Vater nichts hören wolltest.« Er schniefte.

Martin trat einen Schritt zurück: »Woher weiß ich, dass du wirklich mein Erzeuger bist?«

»Ich bin es! Du kannst es untersuchen lassen«, beteuerte der Alte. »Deine Mutter hatte niemanden außer mir, das weiß ich genau.« Und mit einem gewissen Stolz: »Ich war der Erste.«

Er unterdrückte ein Gähnen: »Ich bin müde. Das Erzählen hat mich sehr angestrengt, und ihr habt das meiste erfahren. In Zukunft werden wir uns ja sicher öfter sehen und bis dahin fallen mir bestimmt noch mehr Einzelheiten ein. Ich bring euch zur Tür.«

Er erwartet doch nicht einen Abschiedskuss, überlegte Anna, als der Vater ihr umständlich in die Jacke half. Aber es blieb beim ausgiebigen Händeschütteln, währenddessen er allerdings Martin wiederholt ermahnte: »Vergiss nicht den Koffer! Ich will die Sachen deiner Mutter sehen.«

Als Martin und Anna den Heimweg antraten, dämmerte es schon, der See schimmerte dunkel, nur noch wenige Spaziergänger befanden sich im Park. Flott fuhren die beiden nebeneinander auf ihren Rädern. Von weitem klangen die Stimmen der Alkoholiker herüber, die auf den Bänken am Kaiserdamm ihren Stammplatz hatten.

»Puh!« Erleichtert stieß Martin die Luft aus: »Gott sei Dank, ich hab's überstanden!«

Anna war ebenso glücklich, nach dem anstrengenden Hin und Her mit dem Alten nun in der klaren Luft durch den leeren Park zu radeln.

»Der ist mir so unsympathisch, du glaubst es nicht«, rief Martin ihr zu. »Jetzt kann ich meine Mutter auch besser verstehen. Sie tut mir wirklich leid. Hatte ihre ganze Hoffnung auf diesen Kerl gebaut, ihre Zukunft, ihr Leben, und dann haut er einfach ab, als sie schwanger war. Ist doch klar, dass sie für das Kind keine Liebe verspürte. Und dieser verantwortungslose Mensch hält sein Verhalten noch heute für richtig.«

Anna hieb in dieselbe Kerbe: »Sie tut ihm überhaupt nicht leid! Wahrscheinlich hat er sie gar nicht geliebt, sondern ist nur aus seiner langweiligen Ehe geflüchtet.«

»Natürlich! Zur Liebe ist der überhaupt nicht fähig. Ich war ihm ja auch gleichgültig. Er hat mich nicht ein einziges Mal als Sohn angesprochen oder sich nach unserm Leben erkundigt. Aber ich hätte sowieso nichts gesagt. Das geht den überhaupt nichts an.«

Widerwillig nahm Anna ihn in Schutz: »Das kann man ihm nicht zum Vorwurf machen. Schließlich haben wir ihn pausenlos bedrängt, von früher zu erzählen, und am Ende war er müde. Über dich und uns können wir ja beim nächsten Treffen reden.«

»Noch so ein Treffen?! Ohne mich! Da kannst du allein hingehen.«

»Welchen Koffer meint dein Vater eigentlich, den er unbedingt sehen will?«, wechselte Anna das Thema. »Hat deine Mutter dir einen gegeben, mit besagten Erinnerungsstücken?«

»Koffer! Der Alte ist doch senil«, Martin lachte höhnisch. »Meine Mutter hat mir kurz vor ihrem Tod einen alten Schuhkarton aufgedrängt mit allem möglichen Kram.«

»Und wo ist der jetzt?«

»Ich habe ihn gleich in den Keller gebracht, damit er nicht oben bei uns 'rumsteht.«

»Hast du mal 'reingeschaut?«

»Nee, der war zugeschnürt.«

Anna mit ihrer Vorliebe für Geheimnisse, die sie aufdecken konnte, zeigte großes Interesse für diesen Nachlass:

»Hast du etwas dagegen, wenn ich den Inhalt mal in Augenschein nehme?«

»Ach wo, mach damit, was du willst!«

7

Nach dem Abendbrot verabschiedete sich Anna von ihrer Familie, denn sie ging zum Chor.

Seit vielen Jahren sang sie im Kirchenchor der evangelischen Gemeinde am Lietzensee in der Herbartstraße. Jeden Mittwochabend um halb acht Uhr schloss sie, mehr oder weniger pünktlich, ihr Fahrrad vor der braunen schweren Eingangstür des Gemeindehauses an und lief die breite Treppe hinunter in den Großen Saal, wo sich ungefähr vierzig Männer und Frauen zum Singen versammelten.

Manchmal, wie heute, stellte die Chorleiterin Kerstin neue Chorsänger vor: »Unser Tenor hat sich vergrößert durch Jonas. Er hat schon in vielen Chören gesungen, auch Solo.« Sie lächelte Jonas an: »Also wir können dich gut gebrauchen und hoffen, du bleibst bei uns.«

Da die Männerquote im Chor noch lange nicht erfüllt war, klatschten alle und schauten sich nach dem Neuen um, einem gutaussehenden jungen Mann mit randloser Brille und dunklen, gelockten Haaren, der sympathisch verlegen lächelte. Ein Frauenflüsterer, schätzte Anna ihn sofort ein.

Nach einer Stunde konzentriertem Singen, man probte für das nächste Konzert eine moderne Messe von Simone Candotto, gab es eine Unterbrechung und aus der Küche wurde ein Wagen mit Wasserflaschen und Gläsern geschoben.

Unter den Chorleuten herrschte ein freundschaftliches Verhältnis, daher stand man in der Pause gewöhnlich in kleinen Grüppchen herum und unterhielt sich. Anna erzählte allen, die es hören wollten, von dem Besuch bei ihrem unbekannten Schwiegervater, denn von der Zettel-Odyssee, Max' Unfall durch die fremde Frau und dem Mord an ihrer Schwiegermutter hatte sie natürlich schon früher berichtet. Während sie sprach, bemerkte sie, dass der Neue, Jonas, der etwas entfernt in ein Gespräch mit zwei Frauen verwickelt war, ständig zu ihr hinüberschaute, fast mehr ihr zuhörte als seinen Gesprächspartnerinnen und, wenn sich ihre Blicke trafen, sie schnell anlächelte. Anna lächelte zurück und überlegte, ob sie ihn kennt, kam aber zu keinem Ergebnis.

Die Erklärung erfolgte nach dem Ende der Probe. Als die Chorleute ihre Stühle ordnungsgemäß an der Seite des Saals zu Türmen stapelten und sich untereinander verabschiedeten, denn heute wollte niemand mehr in die Kneipe gehen, sprach Jonas sie an: »Du bist Anna, stimmt's?«

Anna blieb stehen: »Ja, wieso? Kennen wir uns?«

Jonas nestelte an seiner Brille, die auf seiner schmalen Nase heruntergerutscht war.

»Nicht wirklich, aber durch dich bin ich in diesen Chor gekommen.« Er lächelte Anna verschmitzt an.

»Wie bitte?«

»Durch deinen Mann.«

»Durch Martin?« Anna verstand gar nichts mehr.

Jonas lachte, ließ Anna ein bisschen zappeln, dann sagte er: »Ja, ich studiere Germanistik und hatte im vorigen Semester ein Seminar bei Dr. Kranz belegt. Wir kamen auf Chöre zu sprechen. Ich erwähnte in diesem Zusammenhang, dass ich neu in Berlin bin und einen guten Chor suche. Mir wurden sofort von den anderen Studenten verschiedene Chöre vorgeschlagen, und schließlich nannte Herr Kranz auch den Chor seiner Frau.«

Anna lachte ihm ins Gesicht: »Martin macht öffentlich Reklame für mich und unseren Chor? Das hätte ich ihm gar nicht zugetraut. Er hält sich in seinen Seminaren immer sehr zurück mit Äußerungen über sein Privatleben. Hat es dir denn wenigstens hier bei uns gefallen?«

Begeistert kam die Antwort: »Und wie! Phantastisch! Ich bleibe natürlich!«

Wieder zu Hause, rief Anna, während sie ihre Jacke im Flur aufhängte und die Schuhe auszog, durch die offenstehende Tür ins Wohnzimmer Martin zu: »Weißt du, wer neu in unserm Chor ist? Ein Student von dir. Jonas!«

Martin stellte das »heute-journal« leiser: »Jonas? Wer soll das sein?«

Anna setzte sich auf das Sofa, zog die Beine hoch und nahm einen Schluck aus Martins Bierglas: »Den Nachnamen weiß ich nicht. Er hatte im vorigen Semester ein Seminar bei dir belegt.«

Als Martin stirnrunzelnd den Kopf schüttelte, half Anna nach: »Er sagte, er suche einen Chor.«

»Ach, der!« Jetzt erinnerte sich Martin. »Der nahm an dem Seminar ›Gottfried Keller in Berlin‹ teil, sozusagen als Gast. Er studierte eigentlich an einer anderen Uni, ich glaube in Potsdam, aber das Thema würde ihn sehr interessieren, erklärte er mir. Da ließ ich ihn teilnehmen. Er ist mir allerdings nur durch seine häufige Abwesenheit aufgefallen. Das Thema schien ihn doch nicht so zu interessieren.«

»Und wie kam das Gespräch auf den Chor?«

»Es gab eine hitzige Diskussion über die Aussprache des Lateinischen. In irgendeinem Zusammenhang sprach eine Studentin den Satz ›Dona nobis pacem‹ italienisch aus, also ›patschem‹, dem sofort zwei andere widersprachen, es müsse ›pakem‹ bzw. ›pazem‹ heißen. Ich gab schließlich meinen Senf dazu, indem ich sagte, dass der Chor, in dem meine Frau singt, auch oft die italienische Aussprache benutzt. Daraufhin erkundigte sich dieser Student nach guten Chören in Berlin. Die andern machten einige Vorschläge und ich nannte dann auch euren Chor.«

»Jedenfalls singt er gut und ist sehr nett. Hoffentlich bleibt er bei uns«, beendete Anna das Thema und stellte den Fernseher wieder lauter: »Mal sehen, wie das Wetter wird. Max hat morgen Wandertag.«

8

Am Montag begann Annas Unterricht immer erst zur zweiten Stunde. Als sie heute ihr Fahrrad vor der Schule in der Witzlebenstraße anschloss und die Stufen zum großen Eingangstor hochging, wurde sie von einer entschlossen blickenden blonden Frau von kräftiger Statur eingeholt, die sich nach der Lage des Lehrerzimmers erkundigte. Eine Mutter, die sich beschweren will, argwöhnte Anna.

Aber sie irrte sich, denn die Frau fuhr fort: »Sind Sie Lehrerin hier? Ick bin eine neue Kollegin, Musiklehrerin.«

»Wie nett! Ich auch. Ich heiße Anna Kranz.« Anna blieb stehen und lächelte ihre zukünftige Kollegin an, die ihr jetzt die Hand hinstreckte: »Anjenehm! Madeleine Krause. Aber jeschrieben, wie man's spricht: Mad - leen, mit zwei e!«

Anna konnte sich ein Grinsen nicht verbeißen: »Aus Marzahn-Hellersdorf?«

»Nee«, lachte jetzt auch Frau Krause, »Lichtnberg! Tut mir leid, aber ick bin für die Mode mit den Vornamen damals in der DDR nich verantwortlich.«

»Ich wollte Ihnen nicht zu nahe treten«, meinte Anna entschuldigend, »aber durch bestimmte Vornamen erkennt man einfach die Herkunft.«

»Wem sagen Se das!« Madleen Krause war weit davon entfernt, gekränkt zu sein. »Was meinen Se, wie viele Cindys oder Ricos es in meiner Schule gab! Hier im Westen fällt man mit so einem Namen natürlich uff. Aber dis stört mich nicht! Die DDR is ja Gott sei Dank vorbei!«

»Allerdings«, stimmte Anna ihr zu. »Dann kommen Sie mal mit! Sie werden bei uns schon sehnlichst erwartet.«

»Jetzt übertreiben Sie.« Madleen Krause blickte skeptisch, aber Anna widersprach lebhaft:

»Wirklich! Unser alter Musiklehrer wurde nämlich zum Schuljahresende pensioniert. Seitdem warten wir auf einen Ersatz. Ich bin hier die einzige Fachlehrerin an der Schule, aber kann natürlich mit meinen paar Stunden nicht alle Klassen bespielen. Daher wursteln wir uns so durch mit gutwilligen, aber fachfremden Kolleginnen. Also: auf gute Zusammenarbeit!«

Madleen Krause hatte im Bezirk Lichtenberg im Osten der Stadt an einer Hauptschule unterrichtet, die im Zuge der neuesten Schulreform aufgelöst wurde. Da sie mit einem Mann befreundet war, der in Charlottenburg wohnte, ließ sie sich hierher versetzen und bezog eine kleine Neubauwohnung in der Fritschestraße. Madleen entpuppte sich als versierte Lehrerin – sie unterrichtete auch das Fach Deutsch – und lebhafte, zuverlässige Kollegin, die schnell im Kollegium integriert war. Allerdings fiel sie durch ihren bisweilen sehr ausgeprägten Berliner Dialekt auf.

Als Anna einmal nach dem Unterricht den Musikraum aufräumte, kam Madleen herein und rief: »Warte, ick helf dir!« Zusammen trugen sie die Keybords und andere Musikinstrumente an die Seite, während Madleen munter drauflosredete: »Dis gefällt mir prima an eura Schule! Hier is 'ne viel bessre Atmosphäre als da, wo ick herkomme.«

»Freut mich! Du passt auch gut in unser Kollegium. Auch wenn du für unsere Verhältnisse ein bisschen stark berlinerst.« Anna lachte kurz auf.

Madleen reagierte weder überrascht, noch beleidigt, sondern seufzte: »Ick jebe – ich gebe mir wirklich Mühe, hochdeutsch zu sprechen, kannste mir glauben. Aber im Osten von Berlin, wo ich herkomme, berlinern alle, auch gebildete Leute. Mein Freund beschwert sich ooch manchmal darüber! Ich will mich umstellen, aber das braucht seine Zeit.«

»Klar! Du machst auch schon Fortschritte!«

»Mein Freund stört eigentlich gar nich so meine Aussprache, aber neulich hab' ick mit ihm seinen Vater besucht. Der hat mich danach bei ihm janz schlecht jemacht, dass ick als Freundin unpassend für ihn bin wegen dem Berlinern. Da hab ich mich geärgert, aber mein Freund sagte, das soll ich nich so ernst nehmen, der muss immer meckern.«

Madleen seufzte noch einmal: »Du hast es jut, Anna, ein' netten Mann und zwei Kinder! Ich habe bisher immer den Falschen erwischt. Aber vielleicht klappt es ja diesmal!« Sie lachte ein wenig, wie um sich selbst Mut zu machen.

»Wird schon noch werden. Vielleicht ist dein neuer Freund wirklich der Richtige. Wie alt ist er denn?«

»Hans-Olaf? So Anfang fünfzig, aber für'n Mann ist das ja kein Alter.«

Überrascht, beinahe entsetzt, unterbrach Anna das Ordnen von Noten und blickte zu ihrer Kollegin. Bitte nicht! fuhr es ihr durch den Kopf, aber da redete Madleen schon entzückt weiter: »Hans-Olaf Reimann heißt er. Der wird dir jefallen. Du musst ihn unbedingt kennenlernen.«

Anna schluckte einen Moment, um diesen Schlag zu verdauen, dann sagte sie: »Ich kenne ihn.«

Madleen riss ihre hellen Augen auf: »Du kennst ihn? Woher denn?«

»Man kann sagen«, Anna zögerte, »er ist mein Schwager.«

Sie musste über Madleens Reaktion lachen, die sich fassungslos auf den nächsten Stuhl fallen ließ. Der Packen Liederhefte, den sie gerade in den Schrank räumen wollte, glitt ihr aus den Händen und verteilte sich im ganzen Raum: »Dein Schwager?«

»Ja, aber deswegen brauchst du nicht gleich die Hefte wegzuwerfen«, witzelte Anna, und während die beiden Frauen sie wieder einsammelten, erklärte sie: »Martin und Hans-Olaf haben denselben Vater, Franz Reimann. Allerdings war Martins Mutter nie mit ihm verheiratet. Die beiden sind Halbbrüder. Aber von dem Vater und Hans-Olaf wissen wir kaum etwas. Erst vor kurzem haben wir sie überhaupt kennengelernt.«

Madleens Gesicht hatte sich vor Aufregung gerötet, begeistert machte sie Pläne: »Das müssen wir feiern! Ich lade euch zusammen mit Hans-Olaf ein. Wir haben bestimmt viele gemeinsame Themen, über die wir reden können.«

»Mal sehen«, war Annas zurückhaltende Antwort.

9

An einem ruhigen Nachmittag hatte Anna endlich Zeit, den Karton mit Brigittes Nachlass aus dem Keller heraufzuholen und in Augenschein zu nehmen. Sie kippte den Inhalt auf ihren Schreibtisch und breitete ihn aus.

Ihr erster Blick fiel zu ihrer Überraschung auf ein Päckchen Briefe ohne Briefumschläge, die mit einem Bindfaden zusammengebunden waren. Vorsichtig knotete Anna ihn auf und legte die Briefe nebeneinander. Es waren zehn Briefe, von denen neun gleich aussahen, dünnes, im Laufe der Jahre bräunlich gewordenes, kariertes Papier, wie aus einem Rechenheft, eng beschrieben mit einer kindlich steilen Handschrift. Der zehnte Brief war auf einem besseren Papier geschrieben und mit einer anderen Handschrift.

Diesen ergriff Anna zuerst und begann zu lesen: es war Franz Reimanns Abschiedsbrief. Nachdem er beim letzten Besuch offenbar von der Schwangerschaft seiner Freundin erfahren hatte, teilte er ihr jetzt in dürren Worten das Ende ihrer Freundschaft mit. Er könne leider nicht anders, er sei verheiratet, eine Tatsache, die er ihr jetzt gestehen müsste. Er hoffe auf ihr Verständnis. Selbstverständlich würde er zahlen, entweder für die Abtreibung oder den Unterhalt, ansonsten bedanke er sich für die schöne Zeit mit ihr.

Anna schluckte und starrte auf das Blatt Papier. Obwohl ihr bekannt war, auf welche Art Franz Reimann die Beziehung zu seiner Freundin beendet hatte, war sie doch von der unglaublichen Gefühlskälte und Egozentrik schockiert, die in dem Brief zum Ausdruck kam.

Dann griff Anna zu den anderen neun Briefen. Sie begannen alle mit »Liebe Elsi!« und endeten mit »Viele Grüße Deine Brigitte«. Es gab keinen Zweifel: es handelte sich um die Briefe von Martins Mutter Brigitte aus Berlin an ihre Freundin Elsi in Vierraden, die Anna auf der Beerdigung kennengelernt hatte. Elsi hob die Briefe auf und gab sie irgendwann Brigitte zurück, die sie in den Karton zu den Erinnerungsstücken für ihren Sohn legte. Wollte sie, dass er nach ihrem Tod doch noch Einzelheiten ihres Schicksals erfuhr?

Anna betrachtete ihren Fund. Endlich, dachte sie erwartungsvoll, können wir von Martins Mutter selbst etwas erfahren über ihr Leben als junges Mädchen in Ost-Berlin vor mehr als vierzig Jahren. Dann begann sie, die Briefe nach dem Datum zu sortieren.

Der erste wurde geschrieben am 20. September 1969:

»Liebe Elsi!
Ich habe Dir zwar versprochen, sofort zu schreiben, wenn ich in Berlin angekommen bin, aber nun ist doch schon eine ganze Woche vergangen! Entschuldige bitte, aber ich erlebe hier soviel Schönes und Schreckliches, daß mir bisjetzt die Zeit zum Schreiben gefehlt hat.«

Nein, beschloss Anna, ich werde die Briefe nicht so nebenbei lesen, sondern in Ruhe, wenn ich mehr Zeit habe, und dann alle neun hintereinander.

Sie wandte sich nun wieder den anderen Dingen auf dem Schreibtisch zu, aber nach diesem außergewöhnlichen Fund war ihr Interesse für die übrigen Erinnerungsstücke stark zurückgegangen. Trotzdem zwang sie sich, sie sorgfältig durchzusehen. Aber selbst bei genauer Prüfung, schienen sie nur belangloses Zeug zu sein: ein kleines Silberarmband, ein Paar altmodische Nylonstrümpfe mit einer Laufmasche, ein bunter Schal, ein Kugelschreiber und ähnliche Kleinigkeiten, wahrscheinlich alles Mitbringsel. In große Unkosten hatte sich Franz Reimann offenbar nicht gestürzt bei seinen Geschenken. Außerdem ein paar Eintrittskarten, für den Tierpark, ins Kino Babylon, ein Opernprogramm von »Hoffmanns Erzählungen« und anderes.

Anna schloss den Karton wieder. Sie war neugierig, was sich der Alte als Erinnerungsstück aussuchen würde. Seinen Brief hatte sie herausgenommen und ihn zusammen mit Brigittes Briefen weggelegt.

Schon am nächsten Tag machte sie sich wieder auf den Weg in die Suarezstraße, diesmal allein, eine große Plastiktüte mit dem Schuhkarton im Fahrradkorb.

Heute ließ sie ihr Fahrrad gleich an der Hauswand stehen. Dann musste sie, nachdem sie auf den »Reimannn«-Knopf gedrückt hatte, so lange auf den Summton warten, dass sie schon vermutete, der alte Mann hätte ihren angekündigten Besuch vergessen. Aber schließlich konnte sie doch das Haus betreten und schlängelte sich wieder auf dem Hof an überall abgestellten Fahrrädern vorbei zu dem Hauseingang.

Für ihren zweiten Besuch hatte sich Martins Vater nicht fein gemacht, sondern trug ein kariertes Hemd und eine bekleckerte Weste. Wie sich herausstellte hatte er auch keinen Apfelsaft gekauft und war nicht an einem

Gespräch interessiert. Als Anna nämlich vor ihm stand, blieben seine Augen sofort an der Plastiktüte hängen, in der er den Karton vermutete. Und bevor Anna ihn richtig begrüßen konnte, hatte er ihr mit den Worten: »Zeig mal her, was du mitgebracht hast« die Tüte aus der Hand genommen und schlurfte voran ins Wohnzimmer.

»Nun, mal langsam.« Anna, halb belustigt, halb verärgert, kam ihm hinterher.

Sichtlich aufgeregt und mit zitternden Händen öffnete Franz Reimannn den Karton und ließ den Inhalt auf den kleinen Tisch fallen.

»Wo ist meine Brille? Ich kann nichts sehen«, brummelte er ungeduldig und begann im Zimmer herumzutapsen.

»Vielleicht in der Küche? Ich schau mal nach.« Nach ein paar Sekunden kam Anna mit der Brille zurück: »Bitte sehr!«

Nun nahm der alte Mann die einzelnen Stücke in Augenschein, aber er schien nicht zufrieden. Immer schneller und ungeduldiger wühlte er zwischen den Sachen herum, bis er schließlich seinen Besuch mit bösen Blicken ansah: »Was soll das? Wollt ihr mich reinlegen? Da fehlt was!«

»Wie bitte?«, fragte Anna fast belustigt, weit entfernt davon, ihm seine aggressive Haltung übelzunehmen. Der Alte führt etwas im Schilde, dachte sie. Das kann spannend werden.

»Was soll denn fehlen?«

»Das Buch fehlt! Das weißt du genau!«

»Es waren keine Bücher dabei«.

»Du lügst!«

Martins Vater, der die ganze Zeit vor dem Tisch gestanden hatte, griff sich plötzlich ans Herz, taumelte zu seinem Sessel und ließ sich keuchend fallen. Dort saß er so lange unbeweglich und mit geschlossenen Augen, dass Anna in Panik geriet:

»Franz! Ist dir nicht gut? Kann ich dir helfen? Sag doch was!«

Endlich schlug er die Augen auf, noch immer schweratmend brachte er hervor: »Ich habe Brigitte ein Buch geschenkt, das will ich wiederhaben.«

Anna beugte sich beschwörend zu ihm herunter: »Glaub mir, bitte! Es war kein Buch in dem Karton! Mehr als das, was dort auf dem Tisch liegt, hat Martin von seiner Mutter nicht bekommen. Welches Buch fehlt denn? Ich kann es dir besorgen. Das ist überhaupt kein Problem.«

Kaum verständlich nuschelte der Alte: »Mein Gott, bist du dumm! Doch nicht irgendein Buch! Das Buch, das ich ihr geschenkt habe.«

»Wie hieß denn der Titel?«

»Weiß ich nicht mehr! Irgendwas mit Satan!« Der Alte schloss wieder die Augen, sein faltiges Gesicht war leichenblass.

Satan! Der ist nicht mehr richtig im Kopf, dachte Anna. Bloß weg hier!

Sie wartete, bis sich Franz Reimann wieder erholt hatte. Dann stand sie auf: »Ich muss jetzt gehen. Die Sachen nehme ich wieder mit, oder willst du sie behalten?«

»Pack den Plunder ein«, winkte der alte Mann ab. »Was soll ich damit?«

In diesem Moment klingelte es. Überrascht sahen sich beide an.

»Soll ich aufmachen?«, fragte Anna.

»Nee, lass mal«, mühsam wälzte sich der Alte aus dem Sessel hoch. »Ich geh schon.«

Franz Reimannn, gefolgt von einer neugierigen Anna, öffnete die Tür.

Eine unbekannte Frau stand im Treppenhaus.

Anna starrte sie überrascht an, Ende vierzig, schätzte sie, eine alltägliche Erscheinung, dunkle Hose und Jacke, ein hellgemustertes Tuch achtlos um den Hals geschlungen. Nur die kurzgeschnittenen, in einem auffallenden Kastanienrot gefärbten Haare fielen aus dem Rahmen. Die Frau trug einen der kleinen Blumensträuße in der Hand, wie sie gewöhnlich die Blumenläden schon fertig gebunden für eilige Kunden anbieten.

Mit einem aufgesetzten Lächeln blickte die Besucherin den alten Mann an, aber bevor sie etwas sagen konnte, blaffte dieser: »Wie sind Sie ins Haus gekommen?« Das Lächeln verschwand. »Ein Bewohner hat mich hereingelassen«, antwortete sie sachlich. »Guten Tag, Herr Reimann. Darf ich mich vorstellen? Mein Name ist Renate Herold. Ich bin die Tochter von Paul Herold. Mein Vater ist vor kurzem gestorben. Aber vor seinem Tod hat er mir noch den Auftrag gegeben, Ihnen einen Gruß von ihm auszurichten und Ihnen einen Blumenstrauß zu bringen.«

Mit diesen Worten streckte sie dem Alten den Strauß entgegen, aber dieser blickte nur mit gerunzelter Stirn auf die Frau, dann auf die Blumen.

Jetzt mischte sich Anna ein: »Willst du die Dame nicht hereinbitten?«

»Nee! Ich kenne die nicht, auch nicht ihren Vater«, antwortete er schroff und zu der Besucherin gewandt: »Gehen Sie!« und wollte die Tür schließen.

»Nehmen Sie wenigstens die Blumen«, forderte Renate Herold mit erhobener Stimme. »Natürlich kennen Sie meinen Vater«, fuhr sie fort. »Sie waren mit ihm vor langer Zeit befreundet. Sie besitzen ein Buch, das ihm gehört.« Ihre Worte klangen wie eine Drohung.

»Gehen Sie«, keuchte der Alte und drehte sich um.

»Mein Vater ist vor kurzem gestorben, aber ich bin noch da. Ich komme wieder«, rief die Besucherin ihm hinterher. Sie nickte Anna zu, und wandte sich mit einem »Auf Wiedersehen!« zum Gehen. Die Blumen nahm sie wieder mit.

Ohne diesen seltsamen Besuch zu verstehen, packte Anna nun den Nachlass der Schwiegermutter ein, während Martins Vater, der wieder in seinem Sessel Platz genommen hatte, vor sich hinstarrte.

»Brauchst du noch Hilfe?«, fragte Anna, bevor sie sich verabschiedete.

»Nee, nur meine Ruhe.«

Trotzdem erhob sich Franz Reimann, um sie zur Tür zu bringen.

Dann schleppte er sich mühsam zu seinem Sessel zurück. Hatte das Schicksal ihn doch noch eingeholt! Schlimm genug, dass er noch immer nicht das Buch in den Händen hielt, nun hatte er auch noch Pauls Tochter auf dem Hals, und sie machte nicht den Eindruck, als ob sie auf ihre Ansprüche, Erbe nannte sie es wahrscheinlich, verzichten würde. Dabei wusste Paul, dass er das Buch nicht mehr besaß. Auch seine derzeitigen Bemühungen, es wieder in seinen Besitz zu bringen, waren offensichtlich gescheitert, wie der Besuch von Anna eben gezeigt hatte. Aber eines war klar: jetzt, nach Pauls Tod gehörte das Buch ihm allein, wo auch immer es sich befand.

Er grübelte minutenlang, aber es fiel ihm keine andere Lösung ein, als seinen Sohn einzuweihen und ihn um Hilfe zu bitten. Missmutig angelte er nach dem Telefon, das neben ihm auf dem kleinen Tischchen stand und begann mit unruhigen Fingern auf die eingespeicherte Nummer zu drücken.

Als Anna die Treppe hinunterging, hörte sie, wie der Alte das Schloss zweimal herumdrehte und die Kette vorlegte. Entweder hat er ein düsteres Geheimnis, dachte Anna, oder Alzheimer. Wieder auf der Straße wandte sie sich nach rechts, wo sie ihr Fahrrad neben der Haustür abgestellt hatte, und blieb überrascht stehen. Der Platz war leer.

Anna war empört: »Das Rad ist weg!«, sagte sie laut zu sich selbst und blickte sich suchend um. »Das glaube ich nicht!« Ihr Schrottrad war gegen Diebstahl gefeit, hatte sie gedacht, aber nun hatte es doch noch einen Liebhaber gefunden. Verärgert wollte sie sich zu Fuß auf den Heimweg machen.

»Ist etwas passiert?«, erklang eine Stimme hinter ihr. Die Besucherin von Franz Reimann kam auf Anna zu.

Einen Moment lang vergaß Anna ihren Ärger: »Haben Sie auf mich gewartet?«

»Ob ich Ihnen aufgelauert habe, meinen Sie? Um Himmels willen, nein!« Renate Herold lachte so herzlich, dass sich ihre tiefliegenden Augen fast zu Schlitzen zusammenzogen.

»Ich habe mir nur einmal diesen wunderbaren Antiquitätenladen neben dem Haus hier angesehen.« Sie ließ ihren Blick über die Suarezstraße schweifen. »Die ganze Straße ist ja voll von diesen herrlichen Läden. Da möchte man tagelang stöbern«, plauderte sie, während sie wie selbstverständlich neben Anna herging. »Ich habe übrigens gesehen, wie ein junger Kerl mit dem Rad weggefahren ist, das hier an der Hauswand stand. Es war nicht angeschlossen. War das Ihr Fahrrad?«

»Allerdings. Ich vergesse leider oft, es anzuschließen«, bekannte Anna schlechtgelaunt. »Aber es war so alt, dass es nie geklaut wurde.«

Zusammen überquerten sie die Suarezstraße und bogen in die Steifensandstraße ein. Hier hob sich Annas Stimmung schlagartig, als sie nach ungefähr hundert Metern das Fahrrad am Boden liegen sah. »Da ist es ja.« Anna stellte es erfreut wieder auf: »Hoffentlich ist der Dieb damit hingestürzt, weil er nicht bremsen konnte. Der Rücktritt funktioniert ja nicht richtig und die Handbremse auch nur mit einem Trick«, meinte sie rachsüchtig.

Frau Herold schüttelte missbilligend den Kopf: »Sie leben gefährlich.« Gleich darauf rief sie »Da ist er!«. Beide beobachteten einen jungen Mann, der in Richtung Lietzenseepark humpelte. »Das scheint tatsächlich der Dieb sein«, fuhr sie fort, »wahrscheinlich ist er mit Ihrem Rad hingefallen.«

Anna sagte streng: »So schnell klaut der kein Rad wieder.«

Inzwischen waren sie am Eingang zum Lietzenseepark an der runden Blumenrabatte angelangt, in deren Mitte eine Stahlskulptur aufgestellt war. Renate Herold sah sich um: »Ich werde noch einen kleinen Spaziergang durch diesen wunderschönen Park machen. Eine herrliche Gegend ist das hier.«

Anna gefiel die Frau und ihre unverblümte Art. Statt auf ihr Rad zu steigen und loszufahren, schlug sie vor: »Soll ich Sie noch ein Stückchen begleiten? Ich wohne hier ganz in der Nähe.«

Frau Herold nickte: »Das würde mich sehr freuen.« Und neugierig fügte sie hinzu: »Darf ich fragen, woher Sie Franz Reimann kennen? Ist er ein Verwandter von Ihnen?«

»Ja«, erwiderte Anna ohne Begeisterung, »er ist gewissermaßen mein Schwiegervater.«

»Ach, Sie sind mit seinem Sohn verheiratet? Sie sind Frau Reimann?!« Renate Herold war fassungslos vor Erstaunen.

Anna zögerte. Was ging ihre Familiengeschichte die fremde Frau an? Aber diese schaute sie so neugierig an, dass sie doch eine kurze Antwort gab. »Nein. Die Mutter meines Mannes war mit Franz Reimann nie verheiratet.«

»Ach so«, sagte Renate Herold nur. Plötzlich schien ihr die Lust am Plaudern vergangen zu sein, denn schweigend ging sie neben Anna her, wie tief in Gedanken versunken. Als sie am Café am Lietzensee vorbeikamen, das malerisch am nördlichen Ende des Sees unterhalb des ehemaligen Kammergerichtes lag, unterbrach Anna die Stille und wies auf das Wasser: »Wir haben neuerdings wieder zwei Schwäne. Die kommen und gehen, wie sie wollen.«

Augenblicklich schlug die Stimmung von Frau Herold wieder um: »Schön haben Sie es hier!«, rief sie enthusiastisch. »Der See, die großen Bäume, die schönen alten Häuser drüben an der Straße! Und den Funkturm sieht man auch!« Angesichts solcher Begeisterung konnte Anna, Lietzensee-Anwohnerin und Berlinerin aus Leidenschaft, sich nicht mehr zurückhalten, und während sie von der Eiszeit berichtete, in der der See entstanden war, und von dem General von Witzleben, der das unwegsame Waldgelände in einen Sommersitz umgestaltet hatte, hörte Frau Herold aufmerksam zu. Als aber der Name von Erwin Barth fiel, der vor hundert Jahren den heutigen Landschaftspark angelegt hatte, rief sie überrascht: »Das ist eine Parkanlage von Erwin Barth?«

»Ja, er hat halb Berlin gestaltet. Aber woher kennen *Sie* ihn denn?«, fragte Anna verwundert.

Frau Herold machte eine winzige Pause, bevor sie antwortete: »Er stammt doch aus Lübeck, genau wie ich. Zu seinem 80. Todestag habe ich einen ausführlichen Artikel in den ›Lübecker Nachrichten‹ geschrieben. Ich bin Journalistin. Welche Parks in Berlin stammen denn außerdem von ihm? Ich bleibe noch ein paar Tage in der Stadt und hätte Lust und Zeit, mir ein paar anzusehen.«

»Wie gesagt, es gibt viele in den verschiedenen Bezirken.« Anna überlegte kurz. »Ich habe zu Hause ein Buch über ihn und seine Arbeit. Ich könnte es Ihnen borgen, wenn Sie versprechen, es mir zurückzugeben, bevor Sie Berlin wieder verlassen.« »Das würden Sie tun?«, freute sich Renate Herold. »Vielen Dank! Selbstverständlich bekommen Sie das Buch wieder.«

Im Weitergehen stellte Anna nun ihrerseits die neugierige Frage: »Und woher kennen Sie bzw. kennt Ihr Vater Franz Reimannn?«

»Ich kenne ihn gar nicht. Aber er scheint ein alter Freund meines Vaters gewesen zu sein. Trotzdem hat er mir kaum etwas über ihn erzählt.«

»Und warum haben Sie ihm Blumen gebracht?«

Frau Herold verzog unwillig das Gesicht. »Ich kam mir ziemlich blöde vor, das können Sie mir glauben. Aber was sollte ich machen, mein Vater wünschte das so. Er ist vor zwei Monaten nach langer Krankheit an Krebs gestorben. Vorher hat er mir noch diverse Aufträge erteilt, die ich nach seinem Tod erledigen sollte. Kleine Schulden bezahlen, bestimmte Briefe verschicken und eben Blumensträuße abliefern. Um sich noch einmal in Erinnerung zu bringen, vermute ich.«

»Aber Ihr Abschied klang fast wie eine Drohung: ich komme wieder. Fast im Sinne von: ich lass dir keine Ruhe.«

Renate Herold lachte auf: »Klang das so? Nee, das habe ich nicht gewollt! Aber wenn der Alte das ebenso verstanden hat, soll es mir sehr recht sein. Ich habe mich über sein abweisendes Verhalten geärgert. Er hätte doch die Blumen einfach nehmen können. Aber vielleicht darf ich sie *Ihnen* schenken?«

»Klar, danke! Blumen kann ich nie genug haben.«

Inzwischen waren die beiden Frauen an der Kleinen Kaskade vorbeigekommen und betraten den Weg am Parkwächterhaus vorbei, der zur Wundtstraße hochführte, Anna immer noch das Fahrrad schiebend. Als sie auf die Straße traten, wies Anna auf das gegenüberliegende Wohnhaus: »Dort wohnen wir.« Frau Herold schaute sich bewundernd um: »Beneidenswert diese Wohnlage! Wenn ich an meine Wohnung denke. Neubausiedlung am Stadtrand. Aber ich habe einfach keine Zeit, mir eine andere Wohnung zu suchen.«

In der Wohnung angekommen, forderte Anna ihren Besuch auf: »Nehmen Sie doch Platz.« Sie wies ins Wohnzimmer. »Ich hole schnell den Barth-Band.« Als Anna zurückkam, stand Frau Herold vor den Bücher-Regalen, die die eine Wand des Raumes völlig bedeckten, und musterte die Buchtitel. »Sie haben aber viel Bücher«, staunte sie. »Hier ist ja die gesamte deutsche Literaturgeschichte versammelt.«

»Ja, unsere Wohnung ist total vollgestellt mit Büchern«, lachte Anna. »Wir lesen gern. Außerdem ist mein Mann Hochschullehrer, Germanist an der FU.« »Wirklich interessant«, murmelte Renate Herold. Das Barth-Buch, das Anna auf den Tisch gelegt hatte, würdigte sie keines Blickes, dafür ließ sie ihre Augen nach wie vor über die Regalreihen gleiten.

Dann drehte sie sich zu Anna um: »Ah, das Buch! Vielen Dank! Haben Sie zufällig auch …«, sie stockte, fuhr aber schnell fort: »… einen Plan vom Lietzenseepark, der von Erwin Barth stammt?«

»Einen Plan?« Anna schaute sie fragend an. Als Renate Herold eifrig nickte, meinte Anna: »Kann ich Ihnen auch geben, wenn Sie unbedingt wollen. Aber den muss ich erst heraussuchen. Das wird ein Weilchen dauern.«

»Macht nichts, ich schau mir unterdessen das schöne Buch an.« Zufrieden lächelnd ließ sich Frau Herold mit dem Buch in der Sofaecke nieder.

Anna musste mehrere Kisten durchsehen, bis sie einen geeigneten Plan fand, den sie verborgen konnte. Als sie schließlich wieder ins Wohnzimmer trat, blieb sie verwundert auf der Schwelle stehen: der Raum war leer. Das Buch über Erwin Barth lag verlassen auf dem Couch-Tisch.

War Renate Herold im Badezimmer? Oder gar in der Küche? Anna schaute in jeden Raum, aber es gab keinen Zweifel: Frau Herold war gegangen, ohne sich zu verabschieden. Anna fand keine Begründung für ihr seltsames Verhalten. Aber da sie das Barth-Buch nicht mitgenommen hatte und auch sonst in der Wohnung alles an seinem Platz war, hörte Anna auf, darüber nachzugrübeln.

Als Martin nach Hause gekommen war, berichtete Anna von dem Besuch bei seinem Vater und seinem seltsamen Verhalten hinsichtlich eines bestimmten Buches, das sie ihm angeblich vorenthielten.

»Ich glaube, dein Vater wollte sich nur mit uns treffen, damit du ihm dieses Buch gibst. Er kennt nicht mal den Titel – irgendwas mit Satan!, sagt er – und denkt, du hast es von deiner Mutter bekommen. Ich verstehe das alles nicht.«

»Soll mir nur recht sein, wenn er uns nicht mehr sehen will. Ich habe kein Bedürfnis nach einem Kontakt mit ihm oder seinem Sohn.«

Anna nickte und begann von der ebenso merkwürdigen Begegnung mit der Journalistin Renate Herold zu sprechen, als Martin, der der Bücherwand gegenübersaß, sie plötzlich unterbrach: »Moment mal! Da fehlt doch was!«

Jetzt sah auch Anna die Lücke in der Mitte des Regals. Martin stand auf und nach ein paar Sekunden stellte er fest: »Die Bücher von E.T.A. Hoffmann fehlen. Hast du sie herausgenommen?«

Anna stand schon neben ihm und starrte ebenfalls auf den leeren Platz, an dem eigentlich drei Bücher von E.T.A. Hoffmann stehen sollten. Seine Hauptwerke »Die Separationsbrüder«, »Lebensansichten des Kater Murr« und »Die Elixiere des Teufels« waren im Besitz von Familie Kranz – gewesen!

»Natürlich nicht«, stotterte Anna, dann wurde sie lebhaft: »Aber diese Frau, Renate Herold, die Journalistin. Deswegen ist sie heimlich abgehauen. Sie hat die Bücher gestohlen.«

Martin schüttelte den Kopf. »Warum denn? Die Bücher sind nichts wert. Dabei stehen hier im Regal ein paar wertvolle Bücher, die zu klauen sich wirklich lohnt.«

»Seltsam.« Anna setzte sich wieder in ihren Sessel und ging in Gedanken noch einmal die Ereignisse des Nachmittags durch:

»Der Auftritt dieser Frau bei deinem Vater war sehr merkwürdig, aber als ich sie darüber im Park befragte, hatte sie eine überzeugende Erklärung für alles. Wir haben uns ganz ungezwungen unterhalten. Aber wenn ich jetzt darüber nachdenke, hat sie sich eigentlich von Anfang an regelrecht an mich 'rangeschmissen, hat vor der Haustür auf mich gewartet, ist dann einfach neben mir hergegangen, hat mit mir über das Rad und den Dieb gesprochen, mir geholfen, es aufzuheben usw. Schließlich fand ich sie so nett, dass ich freiwillig mein Rad geschoben und sie durch den Park begleitet habe. Einmal aber verhielt sie sich merkwürdig, nämlich als sie hörte, dass ich mit einem Sohn von Franz Reimann verheiratet bin. Da verstummte sie regelrecht, obwohl sie sonst viel redete. Da musste sie wohl nachdenken. Dann haben wir weiter geplaudert, sie hat Interesse für Erwin Barth gezeigt – geheuchelt, würde ich jetzt sagen – und sich so vertrauenswürdig verhalten, dass ich sie mit in unsere Wohnung genommen habe. Hier ging sie sofort zur Regalwand mit den Büchern, schickte mich unter einem Vorwand weg, um in Ruhe die Bücher, die sie suchte, herauszunehmen und damit zu verschwinden.

Das war ein durchdachter Plan. Die Bücher müssen eine Bedeutung haben, die wir nicht kennen.«

Zufrieden mit ihren Schlussfolgerungen blickte Anna ihren Mann beifallheischend an.

Dieser lachte: »Entschuldige, Anni, aber du hast einfach zu viel Phantasie! Ich verstehe das auch nicht, aber an einen derart geplanten Diebstahl glaube ich nicht.«

Anna presste unwillig ihre Lippen aufeinander: »Warum nicht? Ich bin sicher, diese Herold hat etwas zu verbergen«, und nach kurzer Überlegung: »Vielleicht haben die Inhalte der Bücher eine besondere Bedeutung. Den ›Kater Murr‹ und die ›Separationsbrüder‹ habe ich früher mal gelesen, aber ›Die Elixiere des Teufels‹ kenne ich nicht. Weißt du, wovon das Buch handelt? Der Titel klingt jedenfalls sehr nach Schauerroman.«

Martin lachte: »Genau das ist er! Er wird zur Literatur der Schwarzen Romantik gezählt. Diese Art Romane, die uns heute reichlich makaber und dekadent erscheint, handelt von dunklen, dämonischen Mächten, die in das Leben der Menschen eingreifen und sie zu teuflischen, inklusive pervers-erotischen Handlungen verführen!«

Jetzt lachte auch Anna: »Meine Güte! Ich wusste gar nicht, was wir für aufregende Literatur besitzen! Worum geht es denn in diesem Schauerroman?«

»Es ist eine fiktive Autobiographie eines Mönchs namens Menardus«, begann Martin zu dozieren, »der von dem Teufelselixier trinkt, und von da ab bestimmt der Teufel sein Handeln. Der Mönch verlässt das Kloster und durchlebt nun tausend Scheußlichkeiten, begeht selbst alle möglichen Untaten, auch, von ›fleischlichen Begierden‹ getrieben, grässliche Morde und hat plötzlich einen wahnsinnigen Doppelgänger usw. usw.! Zum Schluss aber gelingt es Menardus den Fluch zu brechen und er kehrt in sein Heimatkloster zurück, wo er alles aufschreibt und dann stirbt.«

»Danke, Herr Professor!«

»Gern geschehen«, grinste Martin.

Dann wurde er wieder ernst: »Um den Inhalt kann es nicht gehen, sonst hätte die Frau nicht *unsere* Bücher mitnehmen müssen, sondern sie sich einfach gekauft.«

»Stimmt!« Anna überlegte weiter: »Der ›Kater Murr‹ und die ›Separationsbrüder‹ stammen von mir, billige Goldmann-Taschenbuchausgaben aus den fünfziger Jahren. Völlig ausgeschlossen, dass die irgendwie interessant sind. Die ›Elixiere des Teufels‹ hast du mitgebracht. Weißt du noch, woher du das Buch hattest?«

»Ich habe es als Student in irgendeinem Antiquariat für eine Mark gekauft. Diese Art von Büchern kriegt man ja fast umsonst.«

»Aber es war ein altes Buch, oder?«

»Naja, vielleicht zwanziger, dreißiger Jahre erschienen, festgebunden, dunkelrotes Leinen, aber nichts Besonderes.«

»Das verstehe ich alles nicht. Wer ist die Frau?«

»Ich schau mal nach.« Martin ging hinüber ins Arbeitszimmer und stellte seinen Computer an. Er gab den Namen von Renate Herold ein, aber kein einziger Eintrag dieses Namens bezog sich auf eine Journalistin aus Lübeck. Auch auf der Website der »Lübecker Nachrichten« war ihr Name nicht verzeichnet. Anna, die hinter ihm stehend die aufgerufenen Seiten mitlas, klopfte ihm auf die Schulter: »Siehst du! Alles gelogen! Wahrscheinlich ist sogar der Name falsch.«

Wenig später kamen die Jungen nach Hause und gemeinsam deckte Familie Kranz den Abendbrottisch. Während des Essens saß Max ungewöhnlich still neben den anderen. Er zögerte, von seinem Abenteuer am Nachmittag zu erzählen, weil er sich noch genau an die Aufregung seiner Mutter erinnerte wegen seines Unfalls neulich im Park. Schließlich gab er sich einen Ruck und mitten in Kallis lebhaft vorgetragenem Bericht von einer neuen Frechheit seines Klassenkameraden Dominik sagte er zu seinen Eltern: »Ihr dürft jetzt nicht sauer sein, aber ich habe etwas gemacht, ohne euch vorher Bescheid zu sagen.«

»Was denn?« Drei Augenpaare richteten sich so neugierig auf Max, dass dieser, nun überzeugt, keine Vorwürfe für seinen Alleingang zu ernten, triumphierend verkündete: »Ich weiß, wie die Frau heißt, wegen der ich damals hingeflogen, und wo sie wohnt!«

»Wie bitte?« Überrascht starrten seine Eltern ihn an.

»Sie heißt A. Kremer und wohnt in der Wilhelmshavener Straße in Moabit«, fuhr Max fort.

Anna lachte kurz auf: »Die Straße allerdings kenne ich.«

»Interessant! Erzähl mal«, ermunterte Martin seinen Ältesten.

Dann berichtete Max: Als er nach dem Besuch bei seinem Freund Hugo nach Hause kam, sah er eine Frau aus der Haustür treten, die um die Ecke in die Grünanlage rannte. Max blieb stehen, er hatte ihr Gesicht sofort erkannt, obwohl sie diesmal keine Mütze trug, sondern kurze dunkelrote Haare sichtbar waren. Er überlegte nicht lange, sondern folgte ihr. Da er seine Monatskarte bei sich hatte, konnte er ihr auf den Fersen bleiben, mit ihr in der U-Bahn fahren, umsteigen, und ihr bis zu ihrem Haus in Moabit hinterher gehen. Es war nicht einmal notwendig, sich besonders vorzusehen, denn die U-Bahn war, wie üblich zu dieser Tageszeit, überfüllt. Auch wirkte die Frau ziemlich angespannt und achtete kaum auf die anderen Menschen.

Als sie mit dem Schlüssel die Tür aufschloss und im Haus verschwand, stand er, ein paar Schritte entfernt, unschlüssig da, denn schließlich wollte er auch ihren Namen erfahren. Da ging die Haustür wieder auf und eine türkische Oma im langen Rock mit einem Einkaufsroller erschien. Max hielt ihr die Tür auf, die alte Frau bedankte sich so freundlich, dass er sie spontan fragte:

»Ich habe die Frau nicht genau gesehen, die eben hineinging, aber war das meine Tante?« Die Frage war dämlich, aber etwas Besseres fiel ihm so schnell nicht ein, und sie tat ihre Wirkung.

Die alte Frau lachte herzlich: »Weiß nicht«, sagte sie, »Weiß nur Frau Kremer«, und ging los.

Auf dem Namensschild sah Max dann den Namen A. Kremer. Dann fuhr er wieder zurück. Vor der Haustür traf er Kalli und gemeinsam gingen sie nach oben.

»Es war total harmlos. Das könnt ihr mir glauben«, schloss Max.

»Alles klar«, bestätigte Martin und wechselte einen Blick mit seiner Frau. Sie wussten, was der andere dachte: Es war immer dieselbe Frau! Renate Herold, besser A. Kremer, mit größter Wahrscheinlichkeit die Freundin des Glatzkopfs, die Max im Park zu Fall gebracht hatte, die Netto-Tüte mit den Adressen an sich gerissen und heute die Bücher gestohlen hatte. Die beiden führten etwas völlig Rätselhaftes im Schilde, das mit ihnen, Anna und Martin, und ihrer Familie – vermutlich gehörte die unbekannte Frau auf dem ominösen Zettel mit Vornamen Helga auch in irgendeiner Weise dazu – und den Büchern von E.T.A. Hoffmann im Zusammenhang stand.

Auch vor Gewalttaten – Erpressung, Diebstahl, wahrscheinlich sogar Mord – schienen sie nicht zurückzuschrecken. Anna lehnte sich voll böser Vorahnungen in ihren Stuhl zurück. Ihr war der Appetit vergangen.

Martin, eher unbeeindruckt, lobte seinen Sohn: »Hast du gut gemacht.«

»Sehr gut«, bekräftigte auch Anna, »Vielleicht können wir den Namen und die Adresse einmal gebrauchen.«

»Die Verfolgung hat richtig Spaß gemacht. Wie im Film!« Max griff nach einer weiteren Stulle, während Kalli ihn neidisch anblickte: »Schade, dass ich nicht dabei war.«

Nach dem Abendessen schlug Martin vor: »Hast du Lust, noch eine Runde zu Joggen? Ich habe heute wieder so viel gesessen und muss mich bewegen!«

»Ich komme mit«, stimmte Anna sofort zu, »obwohl ich mich über Bewegungsmangel wirklich nicht beklagen kann.«

Es dämmerte schon und eine abendliche Kühle hatte sich über Wiesen und Bäume gelegt. Nur noch wenige Menschen, die meisten Jogger wie sie selbst, hielten sich im Park auf. Anna und Martin liefen ihre gewohnte Runde. Sie schlugen ein maßvolles Tempo an, damit sie sich noch unterhalten konnten.

»Nochmal zu diesem Buch, das dein Vater bei den Erinnerungsstücken suchte, dessen Titel er vergessen hatte, das aber für ihn ungemein wichtig war aus Gründen, die wir nicht kennen«, begann Anna, als sie durch den Tunnel in den südlichen Park liefen. »Er konnte sich, wie gesagt, nur an irgendetwas mit Satan erinnern. Ich dachte, er ist nicht ganz richtig im Kopf, aber vielleicht meinte er ›Die Elixiere des Teufels‹ von E.T.A. Hoffmann. Satan gleich Teufel.«

»Schon möglich. Du hast ja gesagt, die Frau sprach auch von einem Buch meines Vaters, das aber eigentlich ihrem Vater gehörte und das sie wiederhaben wollte. Vielleicht war das dieses Satan-Buch bzw. die ›Elixiere‹. Alles sehr seltsam!«

»Und da sie das Buch von deinem Vater nicht bekam, nahm sie bei seinem Sohn, bei uns, alle Hoffmann-Bücher mit, in der Hoffnung, dass dein Vater es uns gegeben hat.«

Martin überlegte einen Moment: »Sie wusste offensichtlich nur den Autor, E.T.A. Hoffmann, aber nicht den Titel. Deswegen hat sie alle drei mitgenommen.«

»So war es«, bekräftigte Anna. »Aber was kann denn an einem Buch so wichtig sein?«

In diesem Moment fiel ein Schuss.

Erschrocken blieben beide stehen. Sie befanden sich gerade am Fuß der Treppe, die zur Herbartstraße führte, und schauten sich um. Sie schienen die einzigen Menschen im Park zu sein. Aber inzwischen war es so dunkel geworden, dass sie nicht weit blicken konnten.

»Da oben«, flüsterte Martin, »im Gebüsch.«

»Was sollen wir machen? Wir haben nicht mal ein Handy dabei«, flüsterte Anna zurück. Da krachte ein zweiter Schuss. Martin zerrte Anna hinter einen Strauch und schrie in die Dunkelheit: »Hören Sie auf! Die Polizei kommt gleich!«

Plötzlich stand oben an der Treppe eine schemenhafte Gestalt, dunkel gekleidet, wahrscheinlich mit Kapuze, jedenfalls kaum zu erkennen. Ein Auflachen, eine Stimme: »Keine Panik! Ich habe einen Waffenschein. Ich mache nur Schießübungen.« Dann lief die Gestalt aus dem Park auf die Straße.

»Puh! Der ist wohl verrückt geworden. Ballert hier in der Dunkelheit herum!« Anna atmete tief durch.

»So ein Idiot!« Auch Martin war erleichtert. »Aber jetzt ist er weg. Nichts wie nach Hause!«

Halb belustigt, halb ernst überlegte Anna auf dem Rückweg: »Was ist bloß aus unserm Park geworden? Kindesentführungen, Schießübungen! Was kommt als nächstes?«

10

Anna lag auf dem Sofa und las die Briefe ihrer Schwiegermutter.

Liebe Elsi!
Ich habe Dir zwar versprochen, sofort zu schreiben, wenn ich in Berlin angekommen bin, aber nun ist doch schon eine ganze Weile vergangen! Entschuldige bitte, aber ich erlebe hier soviel Schönes und Schreckliches, daß mir bisjetzt die Zeit zum Schreiben gefehlt hat. Eigentlich wollte ich am Wochenende nach Hause fahren, und dann hätten wir uns alles erzählen können, was in der Zwischenzeit passiert ist, aber ich bin hier in Berlin die ganze Zeit herumgelaufen, abends nach der Arbeit und auch am Sonnabend, Sonntag, auf der Suche nach einem Zimmer, wo ich wohnen kann. Aber davon später.
   Meine Arbeit gefällt mir ganz gut. Die Apotheke ist genauso groß wie unsere in Schwedt. Sie liegt in Lichtenberg, in einem alten Haus mit viel Stuck, das früher bestimmt sehr ansehnlich aussah, heute aber ziemlich heruntergekommen ist. Sie hat auch ungefähr 20 Angestellte, die mich alle nett aufgenommen haben. Zur gleichen Zeit hat hier auch eine andere Apothekenfacharbeiterin angefangen zu arbeiten, ist also genauso neu wie ich. Das ist sehr angenehm und wir haben uns auch gleich angefreundet. Sie heißt Fräulein Schulz und kommt aus Magdeburg. In der Apotheke mache ich dasselbe wie früher in unserer Apotheke: Zäpfchen gießen, Salben rühren, Verbandskästen packen, Medikamente für Krankenhäuser zusammenstellen usw. Du weißt schon. Wir arbeiten hier in zwei großen Räumen hinter dem Laden. Wenn es aber mal nötig ist, dürfen wir sogar, anders als in unserer Apotheke in Schwedt, auch zum Handverkauf in den Laden, also wie richtige Apotheker die Kunden bedienen. Da freue ich mich schon drauf! Also mit der Arbeit in der Apotheke bin ich sehr zufrieden.
   Aber die Suche nach einer Unterkunft ist furchtbar. Ich habe noch immer nichts gefunden. Erstmal sind die Häuser hier in der Gegend alle schrecklich heruntergekommen oder sogar halb verfallen.
   Viele Leute wollen auch ausziehen und lieber in die modernen Neubauten aus Platten umziehen, wo alles sauber und Fernheizung ist. Aber da kommt man nicht so leicht rein, weil es noch nicht so viele davon gibt. Ich möchte aber gar nicht da wohnen, sondern hier in der Gegend bleiben. Ich habe auch den Schein, dass mir eine Unterkunft zusteht, aber das Wohnraumlenkungsamt kümmert sich überhaupt

nicht um mich. Die vertrösten mich immer, und ich traue mich nicht, mich zu beschweren. Daher renne ich nach der Arbeit sofort selber auf Wohnungssuche los und frage überall, ob jemand was weiß. Die ersten Nächte habe ich bei meiner Chefin zu Hause auf dem Sofa geschlafen, dann hat sie mich weitervermittelt an einen Kindergarten, wo ich mir abends eine Liege aufstelle, wenn die Kinder weg sind. Aber das ist ja kein Dauerzustand! Also drück mir mal die Daumen, daß ich bald etwas finde.

Du siehst: Arbeit und Wohnungssuche – das sind bisher leider meine einzigen Beschäftigungen! Ehrlich gesagt, das Leben in der Hauptstadt habe ich mir aufregender vorgestellt, aber was nicht ist, kann ja noch werden! Aber manchmal habe ich direkt ein bisschen Heimweh und weiß gar nicht, warum ich unbedingt wegwollte aus Vierraden!

Jetzt muss ich Schluss machen. Fräulein Schulz und ich wollen nämlich spazierengehen. Heute mal nicht nach einer Wohnung suchen, sondern einfach nur die Gegend kennenlernen. Sie wohnt übrigens bei ihrer Tante in einem eigenen Zimmer. Die hat es gut!

Du bleibst aber immer meine beste Freundin, liebste Elsi!

Viele Grüße

Deine Brigitte

Anna legte den Brief beiseite und begann den nächsten zu lesen. Langsam tauchte sie in eine fremde, vergangene Welt ein, in der ein junges Mädchen von seinen ersten Erfahrungen berichtete, sein Leben selbstständig und zur eigenen Zufriedenheit zu führen.

Die Wohnungssuche war schließlich erfolgreich:

»… Endlich, endlich!! Ich habe eine ›Wohnung‹! In der Rigaer Straße. Das ist schon Friedrichshain, aber trotzdem nicht weit von der Apotheke entfernt. Ich kann von dort aus sogar zu Fuß gehen. Du weißt, längere Strecken zu laufen macht mir nichts aus. Einmal, als es furchtbar goss, bin ich mit der S-Bahn gefahren. Das ist aber sehr umständlich, weil man da umsteigen muss. Auch mit der U-Bahn kommt man dorthin, aber damit fahre ich nicht so gern. Das ist immer so dunkel.

Meine neue Wohnung stell Dir bitte nicht großartig vor! Es ist nämlich nur eine Küche, die von einer großen Wohnung abgetrennt ist. Man erreicht meine Küche vom Hof aus durch den Dienstmädchenaufgang über eine Hintertreppe. Solche Mietskasernen mit einem Vorder- und mehreren Hinterhäusern gibt es in Schwedt gar nicht, erst recht nicht in Vierraden. Du musst mich mal besuchen kommen und Dir das ansehen! Jedenfalls habe ich mir mein ›Zimmer‹ schon ein bisschen eingerichtet und will auch von zu Hause was mitnehmen, auf jeden Fall mein hübsches Regal, das Du auch kennst. Wenigstens habe ich jetzt eine Bleibe...«

Dann hielt Anna den entscheidenden Brief in den Händen. Auf der zweiten Seite hieß es:

»Jetzt muß ich Dir noch ein Geheimnis anvertrauen, aber Du darfst es niemandem erzählen. Stell Dir vor, ich habe einen Freund! Und stell Dir vor: einen Mann aus dem Westen!!! Ich habe ihn vor zwei Wochen in der Apotheke kennengelernt. Das kam so: Es war ein Sonnabend. Zum erstenmal durfte ich selbst verkaufen, weil eine Apothekerin krank geworden war. Das war schon allein sehr aufregend. Dann kurz vor der Schließung um eins, kam ein Mann in die Apotheke und wollte Kopfschmerztabletten für seine Tante kaufen, die er regelmäßig besuchte, wie er mir später erzählte. Er sieht eigentlich nicht nach was Besonderem aus, aber auffallend sind seine leuchtend blauen Augen. Mit denen sah er mich an, erst normal, aber dann auf einmal immer intensiver und dabei lächelte er, dass mir ganz anders wurde. Ich lächelte zurück, bestimmt bin ich rot geworden, und gab ihm die Tabletten. Ich war ganz durcheinander. Dann ging er. Kurz danach wurde die Apotheke geschlossen. Als ich heraustrat und nach Hause gehen wollte, stand er auf der anderen Straßenseite und wartete auf mich!

Jedenfalls sind wir dann zusammen spazieren gegangen und haben uns die ganze Zeit unterhalten. Er hat kein Geheimnis daraus gemacht, dass er sich auf Anhieb in mich verliebt hat und mich wiedersehen wollte! Ich habe erstmal gar nichts gesagt, war aber auch sofort verliebt! Er wohnt in Westdeutschland, irgendwo bei Braunschweig, also ziemlich in der Nähe der Grenze, und kommt ab und zu seine alte Tante besuchen. Mit dem Auto. Er hat einen Mercedes! Aber den muss er natürlich in Westberlin stehenlassen. Wir haben uns sehr gut unterhalten, und ich war sehr, sehr glücklich!«

Zwei Wochen später:

»Mir geht es gut, was ich auch von Dir hoffe. Ich habe jetzt gar nicht mehr so viel Zeit zum Briefeschreiben, weil ich entweder arbeite oder mich mein neuer Verehrer besucht, was immer wahnsinnig toll ist! Herr Reimann kommt mittlerweile fast jedes Wochenende. Wir gehen dann immer aus und unternehmen etwas, denn es wäre mir peinlich, ihn in meine »Küche« mitzunehmen. Über die Hintertreppe! Obwohl ich ihm versprechen musste, sie ihm doch einmal zu zeigen. Ich glaube, er möchte mal das echte Ostberlin kennenlernen, die Stadtteile außerhalb der wiederaufgebauten Mitte um den Alexanderplatz, die die Berlin-Besucher bei ihren Rundfahrten oder -gängen gewöhnlich nur sehen.

Meistens gehen wir erst spazieren, dann Kaffeetrinken, oft ins Café Moskau, so viel andere gibt es ja hier nicht, aber immer noch mehr als in Schwedt, abends gehen wir essen, oder ins Kino oder tanzen. Dadurch dass Herr Reimann Westgeld hat, das – stell Dir mal vor! – ungefähr viermal so viel wert ist wie unser Geld, ist er sehr großzügig und kauft alles, was ich mir wünsche. Er staunt immer, wie billig bei uns das Essen, Bücher, eigentlich alles ist, und wenn dann noch die Umrechnung von 1:4 dazukommt, kostet das für ihn nur ein paar Pfennige. Aber der Nachteil ist, daß man oft gar nichts kaufen kann, weil keine Waren da sind, anders als im Westen. Und die besseren Sachen, Kaffee, Schokolade, Apfelsinen, Nylonstrümpfe, Seife, Parfüm usw. gibt es sowieso nur im Intershop, wo man mit Westgeld bezahlen muß und dann spart er wieder gar nichts. Jedenfalls ist er unheimlich großzügig, und ich bin wirklich sehr in ihn verliebt!

Gestern waren wir zum erstenmal in der Oper, an der Straße Unter den Linden. Das Opernhaus ist ein bedeutender Barock-Bau. Ich hatte mich festlich angezogen, meinen neuen dunkelblauen Rock und eine weiße Bluse, am Hals ein kleines buntes Seidentuch, das mir Herr Reimann geschenkt hatte. Wir haben uns eine Oper über einen Dichter angesehen, die hieß ›Hoffmanns Erzählungen‹.

Als die Oper zu Ende war, war es schon so spät geworden, daß mich Herr Reimann nicht mehr nach Hause bringen konnte, da er als Westdeutscher unbedingt vor Mitternacht am Grenzübergang sein muß, um die DDR zu verlassen. Sonst wird er verhaftet!

In der Pause haben wir im Programmheft gelesen, daß E.T.A. Hoffmann nicht nur ein Dichter, sondern von Beruf eigentlich Jurist war, dann später auch Komponist und Maler. Was der alles konnte! Und er hat sogar in Berlin gelebt, ganz in der Nähe der Oper, am Platz der Akademie, der damals Gendarmenmarkt hieß. Herr Reimann hat gesagt, daß er ein Buch von ihm besitzt, das will er mir borgen.

Von der Apotheke gibt es nichts Neues zu berichten. Ich bin froh, daß ich mit Inge zusammenarbeite. Wir verstehen uns gut und mit ihr kann man sich so schön über Frau Bode aufregen, unsere allesbesserwissende Chefin!«

»Liebe Elsi!

Das ist ja zum Schreien komisch! Hermann Kranz hat sich in Dich verliebt und rennt Dir dauernd hinterher? Du Arme! Der ist doch so ein blöder Angeber und will immer alle herumkommandieren! Und hat doch schon als Schüler ziemlich viel gesoffen! Also sieh bloß zu, dass Du ihn loswirst!

Allerdings richtiges Verliebtsein kann ich jetzt verstehen! Es ist wunderbar! Franz und ich – wir duzen uns längst – haben uns gegenseitig unsere Liebe gestanden! Ich bin unbeschreiblich glücklich, dass er mich genauso liebt, wie ich ihn! Denn bisher hat er sich sehr zurückgehalten. Aber jetzt küssen wir uns ständig und zeigen uns auch sonst auf alle mögliche Art, wie sehr wir uns lieben. Du verstehst schon, wie ich es meine!!

Übrigens hat er mir bei seinem nächsten Besuch das versprochene Buch von E.T.A. Hoffmann mitgebracht, das mich etwas enttäuschte. Es heißt ›Die Elixiere des Teufels‹, schon ein komischer Titel. Außerdem ist das Buch innen vollgekrakelt, zig Abschnitte sind angestrichen und Worte unterstrichen und am Rand stehen überall kleine Zahlen. Als ich was sagte, entschuldigte sich Franz und meinte, er hätte es so von einem Freund geschenkt bekommen. Schöner Freund, der so ein olles Buch verschenkt!

Jedenfalls fing ich an zu lesen, aber komme nicht so richtig voran. Die Handlung spielt im Mittelalter und ist eine wirre Geschichte. Das Lesen wird stellenweise erschwert durch die zahlreichen Bleistiftstriche (s.o.). Ich habe angefangen, sie wegzuradieren, aber das ist auf die Dauer zu mühsam. Schade, denn sonst sieht das Buch wirklich hübsch aus, etwas altmodisch, mit gelben Ornamenten auf den Buchdeckeln und einem Leineneinband mit Goldaufdruck. Franz hat es mir übrigens geschenkt, nicht nur geliehen. Ich freue mich darüber, denn ich besitze ja noch nicht sehr viele Bücher.«

Anna ließ das Blatt sinken und nickte zufrieden. Sie kam voran, zwar im Schneckentempo, aber immerhin. Der Brief enthielt zwei wichtige Informationen: bei dem gesuchten Buch handelte es sich tatsächlich um »Die Elixiere des Teufels«. Sogar das Äußere, den Einband kannte sie jetzt. Allerdings war es unverständlicherweise »ziemlich vollgekrakelt«, was noch aufgeklärt werden musste. Und zweitens: Hermann Kranz, »ein blöder Angeber«, der schon als Schüler gesoffen hat, war in ihre Freundin Elsi verliebt und Brigitte riet ihr dringend, ihn sich vom Leibe zu halten. Trotzdem hat sie ihn selbst später geheiratet.

Schließlich hielt Anna den letzten Brief von Martins Mutter in den Händen. In konfusen, abgehackten Sätzen voller Schreibfehler, kündigte Brigitte ihre Rückkehr nach Vierraden an. Ihr Leben sei zerstört, es sei etwas Schreckliches passiert, sie wüsste nicht, wie sie weiterleben sollte.

Dieser verzweifelte Brief, der im krassen Gegensatz zu Brigittes vorherigen, unbekümmerten Berichten ihres Berliner Alltags stand, berührte Anna zutiefst, vor allem auch die Tatsache, dass Martins Mutter lieber den abscheulichen Hermann Kranz geheiratet hat, als in ihrem kleinbürgerlichen Heimatort mit der Schande eines unehelichen Kindes leben zu müssen.

Anna packte die Briefe wieder ein. Sie wusste nun mit Sicherheit, dass ihre Ausgabe der »Elixiere des Teufels«, gebunden in rotes Leinen und ohne Krakeleien, die Glatzkopfs Freundin gestohlen hatte, nicht das Buch war, das Franz Reimann suchte.

11

Als nach den Osterferien, mit Beginn der Schule und des Sommersemesters, der Alltag bei Familie Kranz wieder eintrat, schienen die Irritationen vergessen, die der Tod von Martins Mutter, das Auftauchen seines Vaters und die rätselhaften Aktionen des Glatzkopfes und seiner Freundin hervorgerufen hatten. Auch die Tatsache, dass nach endlos langen Wochen der Kälte die Temperaturen frühlingshaft angestiegen waren, man sich ohne wärmende Jacke im Freien aufhalten konnte und die Familie gestern zum ersten Mal in diesem Jahr auf ihrem Balkon Abendbrot gegessen hatte, hob Annas Stimmung beträchtlich.

Seit einer Stunde spielte sie Klavier. Klavierspielen war seit ihrer Kindheit ihre Leidenschaft und auch später das Hauptfach ihres Musikstudiums. Heute stand aber keine Klassik auf dem Programm, auch keine Vorbereitung für den Musikunterricht, heute übte sie mit Hingabe Filmmusik. Kalli, der seit einiger Zeit Cello-Unterricht nahm und dabei ungewöhnliche Fortschritte machte, wollte mit ihr zusammen unbedingt seine Lieblingsmelodien aus »Starwars« spielen. Martin saß am Schreibtisch in seinem Arbeitszimmer bei geöffneter Tür, um sie zu hören. Er behauptete, bei ihrem Klavierspiel könne er besser arbeiten.

Es klingelte. Da Anna nicht reagierte, stand Martin auf und drückte auf den Türöffner. Max, Kalli und noch ein Junge kamen nach oben gestürzt, völlig erhitzt, und rannten durch den Flur in die Küche, um sich eine Apfelschorle zu mixen. Sie tranken hastig und waren im Nu wieder verschwunden. Zur Zeit spielten sie mit einer Horde anderer Kinder bis zum Abwinken an den Tischtennisplatten im Park »Chinesisch«.

Martin blickte auf die Küchenuhr, Zeit für eine Kaffeepause. Als er den Kaffee in den Filter schüttete, kam Anna aus ihrem Zimmer: »Hat es geklingelt?«

»Ist schon alles vorbei! Die Kinder haben sich nur etwas zu trinken geholt.«

»Diese ›Starwars‹-Musik klingt richtig gut, findest du nicht? Ist auch gar nicht so einfach!«

»Du hast ja richtig rote Backen bekommen vor Anstrengung«, schmunzelte Martin.

Anna ergriff das Tablett, belud es mit Bechern, Milch und Zucker, und schaute nach, ob noch ein paar Kekse in der Dose waren. Martin nahm die Kaffeekanne von der Maschine und zusammen gingen sie auf den Balkon.

Anna liebte ihren kleinen Balkon, der ebenso wie die Wohnung dem Lietzenseepark genau gegenüber lag. Im Sommer bot er einen schönen Blick auf die grüne Front der Parkbäume, jetzt in der Frühlingszeit herrschten dagegen noch dunkle Brauntöne vor. Dafür erlaubten die kahlen Baumstämme und Äste, mit dem zartgrünen Schimmer der ersten Blättchen, jetzt noch einen Blick auf die Wiesen und Wege des Parks, den See und die gegenüberliegenden Häuser am Lietzensee-Ufer. Rechts konnte man sogar in der Ferne die Brücke an der Neuen Kantstraße sehen, auf der Anna vor Wochen die beiden betrunkenen Männer sich prügeln sah.

Da ihr jedes gärtnerische Talent fehlte, bepflanzte gewöhnlich Martin die braunen Terrakotta-Balkonkästen mit verschiedenen Blumensorten, die unter seinen Händen genauso gut gediehen, wie der an den Wänden sich hochrankende Knöterich.

»Guck mal, wie die Leute in den Park strömen.« Anna beobachtete eine Mutter mit drei Kindern, die eben ihr Auto auf dem letzten freien Parkplatz abgestellt hatte und nun mit einer großen Tasche voller Buddel-Utensilien und einer Decke ihren bereits vorgerannten Kindern hinterhereilte.

Nach dem Kaffeetrinken beschlossen Anna und Martin noch ein Eis zu essen im Café am Lietzensee.

Als sie aus ihrer Haustür traten, bemerkten sie vor der Toreinfahrt ein junges Mädchen in Jeans und weißem T-Shirt, klein und zierlich. Die schwarzen Haare hatte es nach hinten gekämmt und mit einem Gummi zusammengebunden. Das Mädchen hielt einen Stadtplan in der Hand, den es mit gerunzelter Stirn studierte. Dann blickte es hoch und der ratlose Blick ihrer dunklen Augen fiel auf Anna.

»Kann ich Ihnen helfen?«, fragte diese.

»Ich weiß nicht.« Die dunkle Schönheit lächelte sie an, ihre Wangen hatten sich gerötet. Sie antwortete mit einem ausgeprägtem amerikanischen

Akzent: »Ich suche nach dem Königsweg, aber ich finde diese Straße auf dem Stadtplan gar nicht. Er muss aber hier sein an dem Lietzensee. Das will ich nicht verstehen.«

Anna lächelte ebenfalls: »Sie haben einen alten Stadtplan. Inzwischen gab es hier verschiedene Straßenumbenennungen«, sagte sie.

Annas Leben entsprach in einem Punkt nicht den üblichen Normen. Sie war niemals in eine andere Gegend gezogen, sondern wohnte Zeit ihres Lebens am Lietzensee. Als Kind mit ihren Eltern und ihrem Bruder gegenüber der Großen Kaskade in der Dernburgstraße und seit ihrer Heirat auf der anderen Seite des Lietzensees in der Wundtstraße. Im Laufe der Jahre entwickelte sich in ihr ein starkes heimatkundliches Interesse und sie begann, sich intensiv mit der Geschichte des Parks und seiner Umgebung zu befassen. Inzwischen besaß sie ein umfangreiches Wissen und konnte daher fast jede Frage hinsichtlich ihres Wohnbezirks beantworten. Martin als Zugezogener hatte weniger Ahnung von seiner Umgebung, aber die Frage der attraktiven jungen Frau konnte er trotzdem schon beantworten: »Die Wundtstraße hieß früher Königsweg, stimmt's, Anni?«

»Genau«, bestätigte diese und fragte: »Woher haben Sie denn den alten Stadtplan?«

»Von zu Hause, aus New York.«

»Aha, aus New York!« Anna lachte kurz auf, das Mädchen gefiel ihr. »Liegt ja gerade um die Ecke! Welche Hausnummer suchen Sie denn?«

»Nr. 16«, erwiderte es eifrig.

»Königsweg 16 ist heute das Haus Wundtstraße 38, das Eckhaus an der Sophie-Charlotten-Straße.« Anna zeigte in die Richtung und bevor sie weitere Erklärungen abgab, fragte sie: »Wer hat Ihnen denn diese Adresse gegeben?«

»Mein grandpa. Dieser hat sie von seinem grandfather. Der ist schon lange tot ist, aber er hat früher gelebt im Königsweg 16.«

»Ach!« Anna schaute sie mit plötzlich erwachter Neugier an. »Das ist ja interessant. Diese Adresse gab es nämlich nur bis 1938, dann wurden der Name der Straße und auch die Nummerierung verändert. Hier unser Haus«, sie zeigte auf die Fassade, »hieß früher Königsweg 20. Das weiß heute niemand mehr.«

»Wie gut, weil ich gerade Sie getroffen habe.« Unbefangen strahlte das junge Mädchen Anna an. »Das wird stimmen. Der grandfather meines Opas, also mein ...«, sie zog die Augenbrauen zusammen und dachte angestrengt nach, bis Martin einhalf: »Ihr Ururgroßvater.« »Danke«, sie nickte ernsthaft. »Er hat gewohnt Königsweg 16. Aber er ist emigriert am Anfang des Jahres 1936, nach New York. Ich wollte mir einmal angucken sein Wohnhaus und die Umgebung.«

Anna überlegte: »In dem Haus Ihres Uropas wohnt eine Freundin von mir. Wenn Sie wollen, könnte ich sie fragen, ob es noch alte Bewohner gibt, die ihn möglicherweise gekannt haben.«

»Das würde ich mich sehr freuen. Ich möchte Ihnen meine Handynummer aufschreiben, damit Sie mich anrufen können, darf ich? Mein Name ist Deborah Zukerman, mein …« Hilfesuchend blickte sie zu Martin, der ihr wieder lächelnd weiterhalf: »Ururopa!« »… hieß Abraham Zuckermann«, fuhr Deborah eifrig fort, dann suchte sie in ihrer Tasche nach einem Kugelschreiber und Zettel und schrieb ihre Handynummer auf.

Anna steckte den Zettel ein. »Ich melde mich auf jeden Fall«, versprach sie. »Wir sind übrigens Anna und Martin Kranz.«

»Many thanks, Anna und Martin! Das kann ich mir merken«, verabschiedete sich die junge Frau und während sie die Straße hinunterlief zum Haus ihrer Vorfahren, schlenderten Anna und Martin über die Straße in den Park.

»Für eine Amerikanerin spricht Deborah Zukerman sehr gut Deutsch. Außerdem sieht sie süß aus«, bemerkte Anna.»Vielleicht lernen wir sie ja näher kennen. Sie hat wahrscheinlich eine interessante Familiengeschichte«, meinte Martin.

Als sie zum großen Spielplatz am Parkwächterhaus kamen, auf dem derselbe Hochbetrieb herrschte, wie an den Tischtennisplatten, riefen sie ihren dort herumjagenden Söhnen zu: »Wir gehen Eis essen, wollt ihr mitkommen?« Beide kamen sofort mit ihren Kellen in der Hand angerannt. »Ich muss sowieso mal eine Pause machen«, erklärte Kalli atemlos.

Zu viert schlenderten sie durch den Park. Wie erwartet, war der Besucherandrang auf den Wegen erheblich, ebenso der Verkehr von Kinderwagen, Rollern und Fahrrädern. Dennoch herrschte eine friedliche Atmosphäre. Auf der Schillerwiese und an den schrägen Uferwiesen des Sees lagerten die ersten Sonnenbadenden, und die kürzlich gepflanzten, noch jungen Pappeln bogen sich im frischen Wind. Das Café am See, ein Selbstbedienungsrestaurant, war erwartungsgemäß überfüllt, aber eine alte Dame, die allein an einem Tisch am Wasser vor ihrer leeren Kaffeetasse saß, forderte sie auf, sich dazuzusetzen, sie würde ohnehin gleich gehen. Anna plauderte noch ein wenig mit ihr, während Martin und die Kinder sich nach dem Eis anstellten, dann verabschiedete sich die Seniorin.

Langsam und genießerisch verzehrte Familie Kranz ihre Eisportionen, umgeben von Spatzen, die von Tisch zu Tisch hüpften und sich ungeniert das reichhaltige Angebot von Brot- oder Kuchenkrümeln einverleibten, und Enten und Fischen, die durch intensives Herumkurven im Wasser vor der Terrasse ebenfalls ihren Wunsch nach Fütterung signalisierten.

Max und Kalli waren schon längst aufgesprungen und wieder davongelaufen, als eine laute Stimme ihre Eltern aufschreckte:

»Hallo! So ein Zufall! Dürfen wir uns zu Euch setzen! Wir suchen gerade einen Platz!« Strahlend, in etwas zu engen weißen Jeans, die im vorigen Jahr vielleicht noch gepasst hatten, stand Madleen vor ihnen, neben ihr verlegen Hans-Olaf mit zwei Cappucinotassen in der Hand. Madleen redete ohne Pause weiter: »Meinen Freund brauch' ich euch ja nich vorzustellen! Ihr seid ja mit ihm verwandt.« Sie nahm ungeniert Platz, offensichtlich ohne Gespür für die peinliche Situation, und forderte ihren Freund auf: »Hans-Olaf, setz dich!« Doch dieser blieb stehen.

Martins verschlossenes Gesicht sprach Bände, aber Madleens sonniges Gemüt entzifferte die Botschaft nicht. Sie lächelte ihn arglos an: »Schön, dass ick Sie endlich mal kennenlerne. Anna hat schon viel von Ihnen erzählt.«

Martin stand auf: »Ich hole uns noch ein Wasser.« Jetzt endlich bemerkte auch Madleen seine abweisende Haltung. Sie schaute ihm ratlos hinterher: »Was hatta denn? Solln wir lieber gehn?« Nein, dachte Anna, Martin konnte einer Begegnung mit seinem Halbbruder nicht sein Leben lang ausweichen. Bisher war es ihr zwar gelungen, eine Einladung von Madleen immer wieder zu vertagen, aber hier ergab sich eine gute Gelegenheit, ganz unverbindlich zu viert zusammenzusitzen und zu plaudern.

»Warum denn?« Anna rückte den anderen leeren Stuhl für Hans-Olaf zurecht: »Setzen Sie sich auch! Ist doch ein netter Zufall, dass wir hier zusammengetroffen sind.«

Die nächsten fünf Minuten verbrachten die drei mit einem Gespräch über das Wetter, die gute Zusammenarbeit der Frauen in der Schule und Madleens schöne Wohnung. Hans-Olaf steuerte zum Gespräch auf Annas Frage nur die Information bei, dass seine Wohnung in der Bismarckstraße Ecke Wilmersdorfer Straße liegt. Anna wollte gerade von dem Besuch bei seinem Vater erzählen, als Martin mit einer Wasserflasche und zwei Gläsern zurückkam und die Unterhaltung ins Stocken geriet. Aber schließlich bereicherte Martin sie durch einige lieblose Bemerkungen über den gemeinsamen Vater, denen sein Halbbruder schweigend zustimmte, indem er mehrmals mit dem Kopf nickte. Anna atmete auf angesichts des Waffenstillstandes zwischen den beiden Männern.

Madleen hatte aufgehört zu reden und blickte auf den See. Sie saß zurückgelehnt auf ihrem Stuhl, und hielt das Gesicht in die Sonne, in der Hoffnung auf schnelle Bräune ihrer hellen Haut.

Plötzlich begann Martin unruhig zu werden. Er schaute umher, schnüffelte, rümpfte die Nase und fragte schließlich: »Riecht ihr das auch?«

»Ja. Es stinkt«, bestätigte Madleen unverblümt und richtete sich auf, »und ich glaube, da schwimmt was.« Sie stach mit dem Zeigefinger in Richtung Funkturm: »Da! Da schwimmt doch was.«

Jetzt schauten alle vier hinaus auf den See. Der Wind war stärker geworden und trieb das Wasser in kleinen Wellen zu der Terrasse des Cafés hin, das zur Hälfte in den See gebaut war.

»Tatsächlich! Was Dunkles!« Martin beugte sich über das Geländer, um besser zu sehen.

»Tote Fische können es ja wohl nicht wieder sein«, meinte Anna.

»Tote Fische?«, fragte Hans-Olaf.

»Vor ein paar Jahren sind im Winter alle Fische im Lietzensee erstickt, weil die Eisschicht zu dick war«, erzählte Anna, ohne den Blick von der seltsamen Erscheinung auf dem Wasser zu wenden. »Als der See aufgetaut war, wurden hier massenhaft riesige tote Karpfen und Welse angeschwemmt. Das ist aber kein Fisch, das ist größer und dunkler.«

Inzwischen waren die anderen Besucher des Cafés ebenfalls aufmerksam geworden, und drängten zum Geländer der Terrasse, um das dunkle Etwas besser beobachten zu können, das durch den Wind langsam auf sie zu getrieben wurde. Erregte Kommentare schwirrten durch die Luft: »Erkennst du was?« »Was kann das sein?« Schließlich die Rufe: »Ein Mensch! Da schwimmt eine Leiche!«

Auch Spaziergänger auf den anliegenden Parkwegen hatten inzwischen die merkwürdige Erscheinung auf dem See bemerkt und blieben stehen. Das dunkle Etwas trieb langsam zum Ufer hin an die linke Seite des Cafés und war von der Terrasse nur noch wenige Meter entfernt. Jetzt erkannte man deutlich, dass es sich tatsächlich um einen toten menschlichen Körper handelte. Er schwamm mit dem Gesicht nach unten und ließ im trüben Seewasser die herabhängenden Arme und Beine erahnen. Seine dunkle Bekleidung schien sich schon weitestgehend aufgelöst zu haben. Ein starker Verwesungsgeruch ging von dem Toten aus.

Anna schluckte. »Mir wird gleich übel. Wer weiß, wie lange die Leiche schon im See liegt.«

Überraschenderweise erwies sich Hans-Olaf als Experte: »Das kann man erst nach genauer Untersuchung sagen. Der Mensch kann vor ein paar Tagen ertrunken sein oder vor Monaten. Der See war ja lange zugefroren. Im eiskalten Wasser bilden sich bei einer Leiche keine Fäulnisgase, deswegen kann sie wochenlang dort unter der Eisdecke liegen. Erst wenn es wärmer ist, wird die Leiche durch den Verwesungsprozess wie ein Ballon aufgedunsen und steigt dann an die Oberfläche.«

»Igitt! Hör auf!« rief Madleen, aber dann schaute sie ihren Freund bewundernd an: »Was du alles weißt.« »Fernsehen bildet«, erklärte Hans-Olaf. »Ich hatte mal einen Job bei einem ›Tatort‹, da kam eine Wasserleiche vor.« Martin ergänzte: »So war es auch bei Rosa Luxemburg. Sie wurde damals im Januar in den Landwehrkanal geworfen und erst im Mai tauchte sie wieder auf.«

In diesem Moment kündigten ohrenbetäubende Sirenenklänge das Eintreffen von Polizei und Feuerwehr an. Im Nu war der Witzlebenplatz zugeparkt von blauweißen und roten Einsatzwagen mit eingeschaltetem Blaulicht. Polizeibeamte sprangen heraus, drängten die Schaulustigen zurück und sperrten mit rotweißen Plastik-Bändern die Wege ab, während ein Notarztwagen der Feuerwehr bis an den See neben die große Sumpfzypresse fuhr. Alarmiert durch den Lärm der Martinshörner kamen von allen Seiten weitere Neugierige angerannt, auch die Kinder vom Spielplatz, unter ihnen Max und Kalli, begierig, keine Einzelheit dieses einmaligen Ereignisses zu verpassen.

Die Besucher des Cafés allerdings genossen besondere Privilegien, da sie nicht von ihrem Aussichtsplatz vertrieben wurden und die Bergung der Leiche am besten verfolgen konnten,

»Wie im Fernsehkrimi«, murmelte Anna, als zwei Männer im Taucheranzug und mit Atemmasken in den See stiegen, der hier nicht viel tiefer als ein Meter schien, und mit einer langen Stange den auf sie zu treibenden Körper ans Ufer und auf die Wiese zogen. Anschließend nahmen Männer in weißen Plastikanzügen eine erste kurze Untersuchung an der Leiche vor. Dann wurde der oder die Tote in eine weiße Plane eingewickelt, auf eine Trage gelegt und schließlich in den mit offenen Türen bereitstehenden roten Wagen der Berliner Feuerwehr geschoben.

Nach diesem letzten Akt des Dramas verließen erst die Einsatzwagen den Ort des Geschehens, anschließend auch nach und nach die Zuschauer, unter ihnen Madleen und Hans-Olaf, während Martin und Anna noch an ihrem Tisch am Wasser sitzenblieben und in der wieder eingekehrten Ruhe über das Geschehen sprachen, besonders über die Frage, ob dieser grausige Fund in einem Zusammenhang stand mit ihren eigenen Erlebnissen oder vielleicht sogar der vom Glatzkopf auf der Brücke zusammengeschlagene Mann war.

12

Wie zu erwarten, informierten die Berliner Zeitungen am nächsten Tag ihre Leser ausführlich über die Ereignisse am Lietzensee: es handelte sich um eine männliche Leiche mittleren Alters, deren Identität noch nicht geklärt sei, die Ermittlungen zur Todesursache würden durchgeführt, eine Obduktion sei angeordnet. Dann der übliche Schluss: Sachdienliche Hinweise nehmen die Kriminalpolizei in der Charlottenburger Chaussee und jede andere Polizeidienststelle entgegen.

Der zweite Artikel bezüglich des Toten im Lietzensee am nächsten Tag versetzte Anna in helle Aufregung. Es hatte sich ein Zeuge einer nächtlichen Schlägerei am 12. Februar auf der Brücke über der Neue Kantstraße gemeldet. Aufgrund seiner Aussage und der Anzeige von Hausbewohnern aus der Dernburgstraße, die ihren Nachbarn seit mehreren Wochen nicht mehr gesehen hatten, konnte der Tote als der 49jährige Unternehmensberater Robert Herold identifiziert werden.

Anna ließ die Zeitung sinken, ihre schlimmsten Befürchtungen hatten sich bewahrheitet. Sie ging zu Martin, der am Schreibtisch im Arbeitszimmer saß und hielt ihm die Zeitungsseite hin: »Hier! Lies mal! ›Der Tote im See‹. Es ist tatsächlich so, wie wir befürchtet haben: der Tote ist der Mann, der mir den Zettel in den Fahrradkorb geworfen hat. Damals in der Regennacht. Der Glatzkopf hat ihn zusammengeschlagen und in den See geworfen. Der Glatzkopf ist der Mörder. Der hat auch deine Mutter umgebracht.« Ihre Stimme zitterte.

Martin lehnte sich zurück und überflog den Artikel: »Tatsächlich!«

Als er Annas verschrecktes Gesicht sah, fuhr er schnell fort: »Du hast damit nichts mehr zu tun, Anni! Du gehst morgen zur Polizei und erzählst die ganze Story. Du hast doch sogar die alte Handy-Nummer von ihm. Du machst deine Aussage, und dann ist für uns die Sache erledigt. Der Rest ist Aufgabe die Polizei. Und ob er auch meine Mutter getötet hat, wird sich herausstellen.«

»Und wenn sich der Glatzkopf dafür an mir rächen will, bevor ihn die Polizei fasst? Er kennt alles von uns. Adresse, Telefon, Kinder, alles. Ich habe Angst.« Annas Augen füllten sich mit Tränen.

»Ist ja gut, Anna!« Martin wurde ungeduldig. Er stand auf: »Reg dich nicht auf. Wir machen jetzt einen Spaziergang zum Zeitungsladen und kaufen die anderen Tageszeitungen. Vielleicht erfahren wir noch mehr Einzelheiten. Ich brauche sowieso neues Druckerpapier.« Anna atmete tief durch und wieder einigermaßen entspannt sagte sie: »Du hast ja leider wie immer recht.«

Den ausführlichsten Bericht fanden sie dann in der BZ unter der Schlagzeile »ICH HABE DEN MORD BEOBACHTET!«. Ein Reporter hatte mit dem Zeugen persönlich gesprochen.

Martin las vor:

»Herbert F. (64), Bewohner des Hochhauses in der Neuen Kantstraße 20, hat aller Wahrscheinlichkeit nach am 12. Februar den Mord an dem Mann beobachtet, dessen Leiche vor kurzem aus dem Lietzensee gefischt wurde. ›Ich wohne in der zehnten Etage. Es war kurz nach Mitternacht‹, berichtete er. ›Ich konnte nicht schlafen, weil ich mich am Abend mit meiner Freundin Inka N. (66) gestritten hatte. Aber nun bereute ich unsern Streit. Ich stellte mich an das offene Fenster und trank Bier und überlegte. Eigentlich wollte ich auch eine Zigarette rauchen, aber der Wind und der Regen waren zu stark. Wie ich so runterguckte, sah ich zwei Männer angerannt kommen. Der zweite holte den ersten auf der Brücke ein und schlug ihn zusammen. Ganz schön brutal! Ich sah, wie der immer nur hin- und hertaumelte, bis er am Boden lag. Einmal kam jemand auf dem Fahrrad vorbei, und der Schläger rannte ein Stück hinter ihm her. Dann drehte er aber wieder um und drosch weiter auf den am Boden Liegenden ein, bis er sich nicht mehr rührte. Dann packte er ihn bei den Füßen und zog ihn den schrägen Weg in den Park hinein. Mehr konnte ich nicht sehen. Ich machte das Fenster zu, weil mir kalt wurde. Dann habe ich versucht meine Freundin anzurufen, aber die hatte ihr Handy abgestellt.‹

Auf die Frage, warum er nicht bei der Polizei Meldung über den Vorgang erstattet hat, sagte der Zeuge: ›Ich dachte, die Männer sind nach Hause gegangen. Es wurde ja später kein Toter oder Verletzter gefunden.‹«

Am nächsten Tag fuhr Anna nach dem Unterricht mit dem Fahrrad nicht nach Hause, sondern zunächst ein paar hundert Meter weiter zu dem wuchtigen, wilhelminischen Polizeigebäude am Kaiserdamm 1. Sie hatte sich auf der Polizeiwache telefonisch angemeldet, um dort ihre Aussage zu machen. Bald saß sie in einem nüchternen Büroraum zwei Kriminalkommissaren gegenüber, Weber und Reinhardt, die sie abwechselnd vernahmen, und einer weiteren Beamtin, die in Windeseile auf dem Computer alles mitschrieb, was gesprochen wurde. Anna verlor schnell ihre Befangenheit und berichtete in allen Einzelheiten die Ereignisse der letzten zwei Monate, auch von ihrem fast unbekannten Schwiegervater, der ermordeten Schwiegermutter und wie sie und ihre Familie gegen ihren Willen in einen mysteriösen Fall hineingezogen worden waren. Sie gab einen Zettel ab, auf den sie die drei Adressen geschrieben hatte, erzählte von der Suche nach einem Buch, wahrscheinlich »Die Elixiere des Teufels« von E.T.A. Hoffmann, nannte die frühere Handynummer des Glatzkopfes und schließlich Namen und Adresse seiner vermutlichen Freundin A. Kremer. Sie verschwieg auch nicht ihre Beunruhigung, ja Angst, dass sie und ihre Familie in verbrecherische Machenschaften verwickelt würden.

Die beiden Kommissare folgten ihrem langen Bericht mit großem Interesse, auch Anteilnahme, stellten eine Menge Fragen und bedankten sich am Ende der Vernehmung für ihre ausgiebigen Informationen, die ihnen bei den Ermittlungen weiterhelfen würden. Mit dem Kollegen in Schwedt würden sie sich sofort in Verbindung setzen. Zur Beunruhigung ihrerseits sähen beide aber keinen Anlass. Sie kündigten an, ihre Aussagen der 8. Mordkommission zu übergeben, die den Fall bereits übernommen hat, und Kommissar Weber versicherte ihr, dass sie ihn jederzeit anrufen und über neue Entwicklungen befragen könnte. Er selbst werde sie auch immer auf dem Laufenden halten.

Nachdem Anna dreizehn Seiten des Protokolls sorgfältig durchgelesen und die Richtigkeit auf jeder Seite mit ihrer Unterschrift bestätigt hatte, radelte sie beruhigt nach Hause.

Eine letzte Pflicht musste sie noch erledigen, einen Blick werfen in die »Lichtbildvorzeigedatei für Zeugen«, volkstümlich Verbrecherkartei genannt, um eventuell den Glatzkopf zu identifizieren.

Daher begab sich Anna noch zur Polizeidirektion 2, Referat Verbrechensbekämpfung, in der Charlottenburger Chaussee. Nach intensiver Ausweiskontrolle am Eingang holte sie eine Polizistin ab und führte sie in einen kahlen Raum, in dem hinter Trennwänden auf mehreren Computern die Fotos aufgerufen werden können. Anna setzte sich, ergriff die Maus und klickte hunderte von meist grimmigen Gesichtern registrierter Schlägertypen der Altersgruppe 30 bis 40 Jahre an. »Nicht lange überlegen«, hatte die Beamtin gesagt, »spontan entscheiden.« Anna stöhnte. Am Ende hatte sie zwar elf Männer aussortiert, aber von Identifizierung konnte keine Rede sein. Aufgrund des Regens, der Dunkelheit und des räumlichen Abstands zum Glatzkopf, hatte sie keine Einzelheiten seines Gesichts erkennen können. Schließlich verließ Anna die Polizeidirektion in dem beruhigenden Gefühl, dass sich nun Profis mit den Straftaten, in die ihre Familie verwickelt war, und deren Aufklärung befassen.

13

Den abgerissenen Zettel mit Deborah Zukermans Handynummer hatte Anna in ihre Schreibtischschublade gelegt und dann vergessen. Als er ihr wieder in die Hände fiel, rief sie schuldbewusst sofort Luise an, um sie nach alten Bewohnern ihres Hauses zu befragen. Luise hatte sie vor vielen Jahren kennengelernt, als sie den Tod von Richard Sobernheim aufklärte, den ersten Todesfall, in den sie verwickelt war. Luise, damals zehn Jahre alt, saß weinend auf der Treppe im Park. Anna tröstete sie und kam mit ihr ins Gespräch und ohne es zu wissen, gab Luise ihr den entscheidenden Hinweis zur Aufklärung des Mordes. So begann ihre Freundschaft. Später wurde Luise die heißgeliebte Babysitterin von Max und Kalli in der Zeit, in der die beiden noch nicht allein bleiben konnten. Längst hatte sie ihr Abitur gemacht und studierte nun im 3. Semester Latein und Geschichte an der Humboldt-Universität. Seitdem ihre Mutter aus Berlin weggezogen war, bewohnte sie ein Zimmer in der großen Wohnung ihrer Tante im Haus Wundtstraße 38.

Luise saß gerade mit Kommilitonen in der Sonne auf dem Hegelplatz, als ihr Handy klingelte. »Du störst gar nicht, Anna«, rief sie erfreut. »Ich mache gerade eine Pause. In einer halben Stunde beginnt die nächste Vorlesung, also haben wir genug Zeit zum Quatschen. Wir haben uns ja ewig nicht gesehen, obwohl wir doch jetzt Nachbarn sind.«

»Ja, wir müssen uns mal wieder treffen«, meinte Anna, »Aber ich rufe an, weil ich eine bestimmte Frage habe.« In wenigen Worten schilderte sie ihre Begegnung mit Deborah Zukerman.

Luise überlegte kurz: »Ich habe keine Ahnung von den Bewohnern, und meine Tante wohnt erst dreißig Jahre dort, die weiß garantiert nichts von früher. Aber wenn es tatsächlich noch so alte Leute im Haus gibt, kennt sie die bestimmt.«

»Frag sie doch mal. Am besten treffen wir uns mit Deborah. Sie erzählt von ihrem Opa und du von dem Haus. Du kannst es ihr dann mal zeigen, auch eure Wohnung zur Anschauung.«

»Klar, machen wir! Ruf mich an!«

»Du hast schon lange nichts mehr von Hans-Olaf erzählt! Stimmt es nicht mehr zwischen euch?«, fragte Anna und wunderte sich über Madleens lahme Antwort: »Doch, natürlich! Aber es gibt nichts Besonderes zu erzählen.« Sie stieß diese Worte keuchend hervor, dann jammerte sie: »Ich kann nicht mehr, Anna! Ich muss eine Pause machen!«

Madleen joggte zum ersten Mal in ihrem Leben.

Obwohl sie noch nie viel Sport getrieben hatte, geschweige denn diese in ihren Augen besonders anstrengende und schweißtreibende Art, hatte sie sich Anna, vorwiegend aus Gründen der Gewichtsreduzierung, bei deren regelmäßigen Lauf-Runden im Lietzenseepark angeschlossen. Es kostete sie allerdings große Überwindung durchzuhalten, und Annas Prophezeiung: »Irgendwann laufen deine Beine von ganz allein!« hatte sich zu ihrem Leidwesen noch nicht erfüllt.

»Natürlich kannst du noch«, ermunterte Anna sie ohne großen Gefühlsaufwand, drosselte aber etwas das Tempo. »Einfach weiterlaufen! Es geht, du wirst sehen!« Sie bogen in den Tunnel unterhalb der Neuen Kantstraße ein und gelangten in den südlichen Teil des Parks.

Plötzlich wurden sie überholt von einem Mann, der sich zwischen die beiden Frauen durchquetschte und dabei: »Nun mal ein bisschen mehr Bewegung, die Damen!« rief. »Alter Angeber!«, schrie Anna ihm hinterher. »Kanntest du den?« »Den kennst du auch«, lachte Anna, »das war Martin.« »Wie schnell der rennt.« Madleen schaute ihm neidisch hinterher und wurde noch langsamer. »Das schaffe ich nie.«

»Ist auch nicht nötig. Mit Martin darfst du dich nicht vergleichen. Der ist zur Zeit gut in Form, weil er jeden Tag joggt. Er will unbedingt im September zum ersten Mal beim Berlin-Marathon mitlaufen.«

»Marathon?«, japste Madleen im Ton grenzenloser Bewunderung. Schließlich blieb sie schweratmend auf dem Weg unterhalb der evangelischen Kirche stehen. Die Anstrengung hatte ihre Wangen dunkelrot gefärbt. Sie strich sich die blonden, von Schweiß feuchten Haare hinter die Ohren. »Ich mach' eine Pause«, sagte sie entschieden. »Du kannst ruhig den großen Bogen laufen. Ich kürze hier ab, und wir treffen uns dann dort an der Figur des Sandalenbinders.«

Anna nickte und lief weiter. Nach wenigen Metern kam ihr in schnellem Tempo ein anderer Läufer entgegen, ein gutaussehender Hüne, sportlich und braungebrannt. Groß war ihr Erstaunen, als sie plötzlich seine laute Stimme hinter ihrem Rücken hörte:

»Das gibts doch nich! Madleen! Und du joggst? Aber gut siehste aus!«

Im Laufen drehte sich Anna um und sah, wie die beiden lachend aufeinander zuliefen, sich in die Arme fielen und der Mann Madleen hochhob und im Kreis drehte.

Als Anna nach ein paar Minuten die Runde vorbei an der Großen Kaskade gelaufen war und nun den beiden entgegenrannte, stellte sie fest, dass diese offensichtlich nicht die Absicht hatten, auf sie zu warten, sondern gemeinsam auf dem schrägen Weg zur Herbartstraße den Park verlassen wollten. Aber plötzlich kehrte Madleen um, während der Bekannte wartete, und kam auf Anna zugerannt. »Sei bitte nicht böse, wenn ich dich allein lasse«, sprudelte sie hervor. »Das ist Rico, ein uralter Freund von mir, den ich seit Ewigkeiten nicht mehr gesehen habe. Ich erzähle dir morgen alles.« Anna trat auf der Stelle, um nicht aus dem Laufrhythmus zu kommen: »Kein Problem! Tschau und viel Vergnügen!«

Als Madleen am nächsten Tag blass und mit dunklen Ringen unter den Augen ins Lehrerzimmer kam, flüsterte Anna ihr zu: »Du siehst aus wie Braunbier mit Spucke, würde der Berliner sagen. Hast du überhaupt geschlafen?«

»Kaum«, stöhnte Madleen, dennoch lächelte mit verklärtem Blick. »Es war so schön. Rico war meine erste große Liebe.«

Anna musste gegen ihren Willen grinsen: »Meine Güte! Das hat dich ja ganz schön erwischt. Aber wieso joggt dein Rico gerade in unserm Park? Wohnt er in der Nähe?«

»Überhaupt nicht. Es gibt wohl zur Zeit in irgendeiner Zeitung eine Serie ›Gute Joggingrouten in Berlin‹ oder so ähnlich. Die probiert er alle aus, meinte er.«

Anna war erstaunt: »Für so etwas hat der Zeit?«

»Er sagt, er arbeitet freiberuflich.«
»Und Hans-Olaf? Erzählst du ihm von deiner alten Liebe?«
»Um Gottes willen!« Madleen richtete sich auf. »Rico is schon wieder weg. Ich weiß nich, wohin. Verlassen konnte man sich auf den auch früher nie.«
Es klingelte zum Ende der Pause, beide Frauen erhoben sich und griffen zu ihren Taschen.

14

Weil Kommissar Weber Anna ermuntert hatte, ihn anzurufen, wenn sie noch etwas zu sagen hätte oder vielleicht etwas fragen wollte, erkundigte sie sich bei ihm nach dem Stand der Dinge. Sie erfuhr, dass der Verdächtige, der Glatzkopf, ein Mann namens Oliver Rotter sei. Da er untergetaucht sei, war die Fahndung nach ihm eingeleitet worden. Seine Bekannte Angelika Kremer konnte oder wollte nichts über ihn aussagen. Er sei lediglich ihr Flurnachbar, da ihre Wohnungen nebeneinander lägen. Sie würde ihn nicht näher kennen, hätte höchstens ein paarmal in einer Kneipe mit ihm ein Bier getrunken, völlig unverbindlich. Auf die Frage, warum sie bei Familie Kranz drei Bücher gestohlen hatte, gab sie an, dass sie arbeitslos sei, schon immer die Bücher von E.T.A. Hoffmann lesen wollte, sie sich aber aus Geldmangel nicht kaufen konnte und daher der Versuchung erlegen war, sie einfach mitzunehmen. Selbstverständlich wollte sie die Bücher zurückgeben.

Den Zusammenstoß mit Annas Sohn im Park stritt sie einfach ab. Max war empört.

Anna ließ der Gedanke an das unverständliche Verhalten dieser Frau keine Ruhe.

»Ich würde am liebsten dieser Frau Kremer einen Besuch abstatten und sie ausfragen bzw. zur Rede stellen«, eröffnete Anna ihrem Mann. »Was meinst du?«

»Warum nicht? Da kann sie dir gleich unsere Bücher wiedergeben«, war Martins Antwort.

Also machte sich Anna ein zweites Mal auf den Weg nach Moabit. Wieder herrschte ein lebhaftes Kommen und Gehen am U-Bahn-Eingang an der Turmstraße, wieder lungerten etliche Jugendliche herum, aber heute ging Anna geradewegs an ihnen vorbei zum Wohnhaus des Glatzkopfs und seiner Freundin. Der einzige Neubau in diesem Straßenabschnitt, eingeklemmt zwischen zwei vierstöckigen grauen Häusern aus der Gründerzeit, fiel auf wegen seiner hellen schmucklosen Fassade und den zahlreichen niedrigen Wohnungen in sechs Etagen.

Anna klingelte mehrmals, aber kein Laut erklang aus der Sprechanlage. A. Kremer war offenbar unterwegs. Da Anna mit ihrer Abwesenheit gerechnet hatte, wollte sie wenigstens einen Zettel mit ihrer Telefonnummer und der Bitte um Rückruf in den Postkasten werfen und wartete auf den nächsten Hausbewohner, der ihr die Tür öffnete. Der erschien bald, ein alter Mann trat aus dem Haus, der sie barsch fragte: »Zu wem wolln Se denn?«

»Zu Frau Kremer.«

»Zu der?! Sagn Se der mal, dass se nich son Krakeel machen soll mit dem Rotter. Da kannste nich schlafen! Jestern nacht wieda, ick wollte schon de Bullen rufen!«

Noch im Weggehen schimpfte er: »Früha war allet anders. Da hat nich son Jesocks hier jewohnt. Dit war 'n ordentlichet Haus!«

Nachdenklich blieb Anna vor dem Postkasten stehen. Schließlich steckte sie ihren Zettel nicht hinein, sondern beschloss, wenigstens die Lage der Wohnung von A. Kremer in Augenschein zu nehmen, vielleicht dort sogar nach Geräuschen zu lauschen. Wenn die beiden wirklich zusammen gestern Nacht getrunken haben, schlief die Frau möglicherweise noch ihren Rausch aus.

Unverdrossen stieg Anna alle sechs Treppen hoch. In jeder Etage bückte sie sich nach den Namensschildern, aber erst im obersten Stockwerk entdeckte sie »Rotter« und »Kremer«.

Anna klingelte, nichts rührte sich in der Wohnung. Anna klingelte noch einmal, klopfte mehrmals an die Tür und rief laut: »Frau Kremer! Sind Sie zu Hause? Machen Sie doch auf!«

Endlich hörte sie ein Geräusch, sie klopfte heftiger, und plötzlich öffnete sich die Tür einen Spalt, soweit es die Kette zuließ.

Eine heisere Stimme fuhr sie an: »Was wollen Sie? Scheren Sie sich weg!«

Schnell stellte Anna den Fuß in die Tür und blickte in Angelika Kremers verwüstetes Gesicht, das kaum Ähnlichkeit mehr hatte mit der Frau, die sie bei ihrem Schwiegervater getroffen hatte.

»Frau Kremer«, rief Anna. »Ich bin es, Anna Kranz. Erinnern Sie sich? Lassen Sie mich hinein! Vielleicht kann ich Ihnen helfen.«

Es kostete Anna einiges an Überredung, aber schließlich öffnete Frau Kremer die Tür. Über einem Schlafanzug trug sie einen dünnen Morgenrock, unordentlich mit dem Gürtel zusammengehalten. Offenbar hatte Rotter sie aus dem Schlaf getrommelt. Anna betrat die Wohnung. Beim Anblick der Frau hatte Anna auch mit einer demolierten Wohnung gerechnet, aber das Ausmaß dessen, was sie nun erblickte, übertraf alle ihre Vorstellungen. Rotter hatte in grenzenloser Wut fast die ganze Wohnung auseinandergenommen.

Angelika Kremer war wortlos in die Küche geschlurft. Anna folgte ihr und atmete auf. Zwar lagen Geschirr und sonstige Küchengeräte in einem unbeschreiblichen Durcheinander auf dem Boden, aber wenigstens waren die Schränke hängengeblieben und auch der Kühlschrank schien unbeschädigt. Eine Oase in diesem Chaos bildeten der kleine Tisch am Fenster und zwei Stühle, an denen der Vernichtungssturm vorbeigegangen war.

Frau Kremer hatte sich an den Tisch gesetzt, die Hände auf ihren Magen gepresst.

»Sie müssen die Polizei rufen und zum Arzt gehen«, war das erste, was Anna sagte.

Mühsam, aber unüberhörbar böse, antwortete Angelika Kremer: »Was geht Sie das an? Mischen Sie sich nicht ein.« Dann stöhnte sie auf: »Das Schwein hat mich in den Magen getreten.«

Anna schwieg. In der Hoffnung, dass Kaffee Schwerverletzten nicht schädlich ist, bückte sie sich, ergriff einen herumliegenden Löffel und füllte die auf dem Fußboden liegende Dose wieder mit dem ausgekippten Kaffee. Dann nahm sie einen zerbeulten Kochtopf und setzte Wasser auf.

»Ich mach uns einen Kaffee«, sagte sie entschieden.

»Die Kaffeemaschine ist auch kaputt.«

»Es geht auch ohne.«

Anna ging ins Badezimmer. Hier war nur der Badezimmerschrank durchwühlt. Mit einem nassem Waschlappen und einem Handtuch kehrte sie zu Angelika Kremer zurück. Schweigend setzte sie sich neben sie, drehte vorsichtig deren Kopf zu sich hin und begann, ihr Gesicht zu waschen. Frau Kremer wehrte sich nicht. Mehrmals musste Anna den blutigen Waschlappen in der Spüle säubern, aber schließlich hatte sie ihr Werk beendet.

»Sie sehen schon viel besser aus«, munterte sie die Verletzte auf. »Jetzt halten Sie sich am besten den kalten Lappen hier auf das Auge. Vielleicht schwillt es ein bisschen ab! Ich brühe unterdessen den Kaffee auf, türkisch sozusagen.«

Aber als Anna in dem Durcheinander auf dem Fußboden verstreute Filtertüten fand und den Filter von der Kaffeemaschine löste, konnte sie sogar richtigen Filterkaffee machen.

Bald saßen sich die beiden Frauen mit ihren Bechern gegenüber. Angelika Kremer lächelte Anna zaghaft an. Dann sagte sie leise: »Danke.«

Plötzlich brach es aus ihr heraus: »Hätte ich mich bloß nicht mit diesem Kerl eingelassen! Ich wusste ja, dass der Rotter kriminell ist. Aber ich wollte unbedingt das Geld haben.« Sie schluchzte: »Mir tut alles so weh. Aber ich bin selbst schuld. Das ist die gerechte Strafe.«

Anna unterbrach ihr Gejammer und ihre Selbstanklagen nicht. Aber als Angelika Kremer eine Pause machte, fragte sie: »Warum gehen Sie nicht zur Polizei? Oder haben Sie selbst -«, sie suchte nach Worten, »gegen das Gesetz verstoßen?«

Wieder begann Angelika Kremer zu weinen: »Ich habe Angst vor ihm. Wenn ich ihn verrate, schlägt er mich tot. Er hat auch Robert umgebracht.«

»Ich weiß.« Anna, bisher voller Mitleid für die Geschundene, war jetzt an den Punkt gekommen, wo sie nach Aufklärung verlangte, selbst auf die Gefahr hin, dass Frau Kremer statt einer Antwort sie mit ihrer letzten Kraft aus der Wohnung warf. Entschlossen sagte sie: »Sie müssen mir jetzt erzählen, was vorgefallen ist. Ich denke, ich habe ein Recht darauf. Schließlich sind meine Familie und ich Opfer Ihrer und Rotters Machenschaften gewesen. Auch wenn Sie vielleicht persönlich nicht an den Morden an Robert Herold und meiner Schwiegermutter beteiligt waren, haben Sie mich doch belogen und bestohlen. Ich möchte wissen, warum.«

»Das tut mir ja alles so leid! Sie waren so nett zu mir«, jammerte Angelika Kremer. »Aber ich habe Sie nicht *nur* angelogen. Ich interessiere mich wirklich für Erwin Barth und ich stamme wirklich aus Lübeck. Ich habe dort in einem Reisebüro gearbeitet. Aber ich musste gehen.«

Sie zögerte und fixierte ihren Kaffeebecher. »Ich hatte ein Alkoholproblem, Rotwein.«

Dann blickte sie wieder hoch. »Ich lebe schon ein paar Jahre in Berlin. Zuerst ging es mir richtig gut. Ich hatte einen guten Job in einem Reisebüro und einen Freund, den ich abgöttisch liebte.«

Anna stand auf, nahm die leeren Becher, spülte sie kurz aus und füllte sie mit Wasser. Nach einer weiteren Pause und einem Schluck Wasser, begann Angelika Kremer zu erzählen, wie ihr Unglück begonnen und seinen Lauf genommen hatte.

15

Als Angelika vor drei Jahren ihre Arbeit in einem Reisebüro in Alt-Moabit begann, war sie glücklich. Sie hatte hier die kleine Wohnung gemietet, die ihr gleich gefiel, weil sie im sechsten Stock, so nah am Himmel lag. Ursprünglich wollte sie sich von hier aus in Ruhe eine bessere Bleibe suchen, vielleicht im Hansa-Viertel, vielleicht sogar mit ihrem damaligen Lebensgefährten Robert Herold zusammenziehen. Sie war froh, es nicht getan zu haben, denn von Robert, der sich nach geraumer Zeit als machohafter, selbstverliebter Angeber entpuppte, hatte sie sich im vorigen Jahr getrennt. Auch hätte sie jetzt kein Geld mehr für die Miete einer größeren Wohnung, denn wenig später traf sie der nächste Schlag: Hannelore, die Besitzerin des Reisebüros, hatte ihr mit Tränen in den Augen gekündigt, weil sie den Laden schließen musste. In den letzten Jahren war der Umsatz dramatisch zurückgegangen, die Kunden verzichteten entweder auf teure Reisen oder buchten sie selbst im Internet.

Angelikas ganzes Leben hatte sich zum Schlechten gewendet. Sie hatte erst eine Weile herumgejobt, häufig bei »Kaisers« in der Turmstraße, auch schon überlegt, ob sie eine Umschulung zur Einzelhandelskauffrau machen sollte, aber sie konnte sich nicht entschließen.

Denn Roberts Geschichte, die ihm sein Vater Paul Herold kurz vor seinem Tod erzählt hatte, ging ihr nicht aus dem Kopf, obwohl Robert selbst sie als Hirngespinst eines senilen Alten abtat. Danach sollte ein geheimnisvolles Buch existieren von ungeheurem Wert, angeblich von mehr als einer Million. Worin der Wert bestand, hatte sich der Vater geweigert zu erklären, nur dass man den »Schatz«, wie er ihn nannte, entdecken würde, wenn man das Buch genau untersuchte.

Angelika konnte sich noch gut an das Gespräch mit Robert erinnern. Sie saßen in ihrer Wohnung auf dem Sofa bei einem Glas Rotwein.

»Mein Vater kannte nicht den augenblicklichen Besitzer des Buches, wohl aber den Personenkreis, in dem es sich heute befinden muss«, behauptete Robert damals.

»Weißt du, wer die Personen sind?«

»Klar! Die selbst kennen übrigens nicht das Geheimnis und den Wert des Buches, sagte mein Vater. Das steht angeblich ganz unbeachtet in irgendeinem Bücherschrank.«

Als sie, ziemlich aufgeregt, von Robert Einzelheiten über das mysteriöse Buch erfahren wollte, schaute er sie herablassend an: »Nimmst du wirklich die Phantasien eines dementen Schwerkranken ernst?« Er nahm einen Schluck von – ihrem – Rotwein und schüttelte den Kopf: »Wie kann man nur so blöde sein!«

»Vielleicht bist du der Blöde, weil du das alles nicht ernst nimmst«, erwiderte sie aufgebracht, dann etwas ruhiger. »Wie heißt denn das Buch?«

Robert lachte ihr voller Verachtung ins Gesicht: »Das möchtest du wissen, wie?«

Angelika hätte ihm am liebsten seine teure randlose Brille aus dem Gesicht geschlagen. Aber sie riss sich zusammen und sagte so ruhig, sie konnte: »Ja, das möchte ich wissen.«

Genüsslich fuhr Robert in demselben Ton fort:

»Also gut! Ich verkaufe dir die Namen, auch den Titel des Buches. Für – sagen wir hundert Euro. Nicht viel, wenn man sich damit eine Million holen kann.«

Als sie unmerklich nickte, spottete er weiter: »Du würdest das Geld dafür ausgeben? Dir ist wirklich nicht zu helfen! Aber wie du willst. Das Buch hat übrigens E.T.A. Hoffmann geschrieben, falls du den kennst. Das verrate ich dir kostenlos.« Wieder lachte er. Er hatte sich auf dem Sofa breitgemacht, die Beine übereinandergeschlagen und wippte angeberisch mit dem Fuß. Angelika starrte ihn von der Seite hasserfüllt an. Wie hatte sie es mit diesem gefühllosen Egomanen so lange aushalten, wie hatte sie sich überhaupt in ihn verlieben können?

Sie stand auf: »Ich werde es mir überlegen. Vielleicht melde ich mich bei dir. Aber jetzt geh!«

Als Robert sich nicht rührte, noch nicht begriffen hatte, dass es sich um Rausschmiss, um Trennung handelte, schrie sie ihn an: »Hau ab, habe ich gesagt! Für immer! Ich will dich nie wieder sehen!«

Eine Million! Diese Summe ging ihr monatelang nicht aus dem Kopf und nachdem sie sich mit ihrem Nachbarn Oliver Rotter angefreundet hatte, überlegte sie sich ernsthaft, mit ihm zusammen den Diebstahl des Buches durchzuführen, wo auch immer es sich befand. Rotter war zwar nicht sehr helle, aber genügend skrupellos und brutal. Den sparsamen Informationen aus seinem Leben hatte Angelika entnommen, dass er, ein Maler und Lackierer, unregelmäßig als Leiharbeiter tätig war, und gewisse Knasterfahrung wegen Raubes und Körperverletzung besaß.

Angelika hatte ihren Nachbarn auf ziemlich peinliche Weise näher kennengelernt.

Nach der Trennung von Robert und dem Verlust ihrer Arbeitsstelle hatte sie verstärkt Trost im Alkohol gesucht. Als sie einmal nachts angetrunken nach Hause kam und es ihr nicht gelang, das Sicherheitsschloss ihrer Wohnung zu öffnen, hörte Rotter, den sie bis dahin kaum wahrgenommen hatte, den Lärm und ihr Geschimpfe und trat aus seiner Wohnung. Mit einem Blick übersah er die Situation, nahm ihr den Schlüssel aus der Hand und schloss ihre Tür auf. Zum Dank lud sie ihn auf einen Drink in ihre Wohnung ein, und obwohl er überhaupt nicht ihr Typ war, landete sie – sie wusste nicht wie – mit ihm im Bett. So waren sie miteinander bekannt geworden.

Sie hatte lange überlegt, ob sie Rotter einweihen und zu ihrem Partner machen sollte, aber die Jagd nach dem Buch würde möglicherweise nicht ohne Gewaltanwendung vorgehen und dafür brauchte sie professionelle Hilfe. Irgendwann erzählte sie ihm dann von der Existenz des kostbaren Buches und seiner möglichen Eigentümer. Sie beschlossen, einen Versuch zu wagen, es in ihren Besitz zu bringen. Die Investition von 100 € war gering, und sie würden sie sich teilen, wie später auch den Gewinn.

Von Anfang an war alles schiefgelaufen, Robert hielt sich nicht an die Abmachung, steckte das Geld ein, rückte aber nicht den Zettel heraus, obwohl Oliver Rotter ihn verprügelte. Unterdessen fuhr eine fremde Frau mit dem

Zettel davon. Sie hatten Glück. Zwei Tage lang suchten sie die Umgebung des Parks nach dem hellblauen Fahrrad ab, dann fanden sie es vor einer Schule stehen. Name, Adresse, Kinder der Frau, es war für Olli ein Leichtes, das herauszufinden. Schließlich holte sie den Zettel an der U-Bahn ab. Danach kam es zum ersten Mal zum Streit zwischen ihr und Rotter.

Als sie mit der Netto-Tüte auf ihn an der Ecke Buxhagener Straße zulief, meinte er: »Kannst uffhören zu rennen, die is dir ja nich nachjekommen«, und nahm ihr die Plastiktüte aus der Hand: »Na, bitte! Wurde och Zeit! Jetzt kann's losjehn.« Er fischte den Zettel heraus und ließ die Tüte fallen, die ein Windstoß in den Rinnstein trieb.

Beide schauten auf die Namen und die Adressen. »Kennste eenen davon, Angie?« fragte Olli.

Sie schüttelte den Kopf, dann stutzte sie: »Der Titel von dem Buch fehlt. Hat er dir den gesagt? «

»Nee!«

»Mensch, Olli, der war im Preis inbegriffen!«

»Mecker nicht! Ick dachte, du kennst dit Buch.«

»Nee! Nur den Verfasser. Los, gehen wir!«

Angelika gab sich keine Mühe, ihren Ärger zu verbergen. Olli hatte sich zu dämlich angestellt. Natürlich war Robert ihm himmelhoch überlegen, trotzdem hätte Olli darauf achten müssen, dass der Titel des Buches auf dem Zettel stand. Stattdessen hatte er anscheinend Robert aus Wut verprügelt. Was bei der Übergabe des Zettels wirklich geschehen war, hatte sie nicht aus ihm herausbekommen. Sie war unzufrieden. Da sie mittlerweile seine beschränkten geistigen Fähigkeiten und seine Neigung zu unkontrollierten Aggressionen kannte, sah sie sich gezwungen, gegen ihren Willen ständig auf ihn aufzupassen, dass er den Coup nicht vermasselte, der sie beide verband und reich machen sollte. Fast bedauerte sie schon, ihn mit ins Boot genommen zu haben.

»Du musst Robert noch mal anrufen wegen dem Titel«, befahl sie.

»Dit kannste vajessen. Mit dem Idioten will ick nüscht mehr zu tun habn!« Rotter, die Hände in die Taschen seiner Jacke gebohrt, lief mit Riesenschritten voran, dass sie kaum nachkam.

Angelika wurde nun richtig wütend: »Du bist sowas von blöd! Was nützen uns die Adressen, wenn wir nicht wissen, nach welchem Buch wir suchen müssen!«

Olli blieb stumm. Inzwischen hatten sie ihr Wohnhaus erreicht. Als sie aus dem Fahrstuhl stiegen, sagte Angelika kühl: »Wir können später unser Vorgehen besprechen, jetzt habe ich keine Zeit. Tschau!«

Rotter brummte: »Okay! Bis morgen!« Dann fielen beide Wohnungstüren ins Schloss.

Am Abend überwand sich Angie und rief ihren ehemaligen Lebensgefährten an, um ihn nach dem Titel des Buches zu fragen, aber sie konnte ihn nicht erreichen. Obwohl sie mehrmals auf seinem Anrufbeantworter um einen Rückruf bat, meldete sich Robert Herold nie.

Dann war auch Oliver Rotter verschwunden.

Angelika wusste, dass er sich oft tagelang herumtrieb. Er müsse »Geschäfte machen« oder mit seinen »Kumpels feiern«, erklärte er auf ihre Frage. Allerdings hatten sich diese Aktivitäten bisher nie über eine längere Zeit erstreckt. Sie war beunruhigt und konnte sich seine wochenlange Abwesenheit von seiner Wohnung nicht erklären. Schließlich wurde es ihr zu bunt. Nach rund vier Wochen der Untätigkeit beschloss sie, selbst aktiv zu werden und eine Person auf der Liste, nämlich Franz Reimann, aufzusuchen und herauszufinden, ob das gewisse Buch in seinem Besitz war.

Und dann dieser Erfolg!

Am späten Nachmittag kam sie in ihre Wohnung zurück mit einem Gefühl des Triumphes, wie sie es noch nie erlebt hatte. Diese glücklichen Zufälle! Aber sie konnte auch stolz auf sich sein, weil sie so schlau und reaktionsschnell gehandelt hatte. Versuchshalber hatte sie sich als Paul Herolds Tochter ausgegeben, die das Buch, ihr Erbe, einforderte. Wider Erwarten funktionierte es. Der Alte hatte sie zwar rüde vertrieben, war aber auch in regelrechte Panik geraten, weil sie gedroht hatte wiederzukommen. Und dann die Begegnung mit seiner Schwiegertochter und der Diebstahl der in Frage kommenden Bücher!

Sie goss sich ein Glas Rotwein ein und prostete sich selbst zu. In diesem Moment klingelte das Telefon.

»Endlich«, rief Angelika, als sie Rotters Stimme hörte: »Wo steckst du denn?«

»Ick bin noch untawegs, aber ick wollte ma hören. Haste was mit de Adressen jemacht?«

»Ja, stell dir vor!«, sprudelte Angelika hervor. »Ich war bei dem alten Reimann, und wen treffe ich da? Die Frau von Reimanns anderem Sohn, der nicht einmal auf der Liste stand. Und hör zu: Es war dieselbe Frau, der Robert in der Regennacht den Zettel in den Fahrradkorb geworfen hatte und deren Sohn ich später auf seinem Heimweg zu Fall gebracht habe, damit die Mutter den Zettel herausrückt. Wir sind also beide schon einmal zusammengetroffen, als ich ihr an der U-Bahn den Zettel abgenommen habe, aber heute haben wir uns natürlich nicht erkannt.«

Olli schwieg. Dann sagte er: »Ick vasteh immer nur Bahnhof. Wat is mit die Frau von de U-Bahn?«

Seine Beschränktheit ist nicht zu überbieten, dachte Angelika und unterdrückte eine ironische Antwort, um ihn nicht unnötig reizen. Auch schien er, nach seiner Sprechweise zu urteilen, nicht mehr ganz nüchtern zu sein.

»Ist jetzt auch egal. Aber ich war bei ihr zu Hause. Und stell dir vor: sie hatte das Buch!«

»Wat? Is nich wah!« Olli stotterte vor Aufregung.

»Doch! Die Frau und der Mann, also der andere Sohn von dem Reimann, hatten alle drei in Frage kommenden Bücher von dem E.T.A. Hoffmann – also von dem Autor, den wir suchen. Ich konnte sie alle drei mitnehmen. Klauen, Olli!«, schrie sie in den Hörer. »Verstehst du?« Sie lachte laut.

Diese vereinfachte Version ihres Erfolges verstand Olli: »Wat? So schnell jing dit?«

»Die Bücher sind jetzt hier in meiner Wohnung, liegen hier vor mir auf dem Küchentisch.« Angelika beruhigte sich langsam: »Ich werde sie jetzt ganz genau untersuchen. Zu blöde, dass ich nicht weiß, in welchem Buch das Geheimnis versteckt ist und wonach ich suchen soll. Hast du inzwischen noch mal mit Robert gesprochen?«

»Nee, dit wolltest du doch machen.«

»Ich habe ihn nicht erreicht. Weiß der Himmel, wo der sich herumtreibt. Spielt eigentlich auch keine Rolle. Ich prüfe jetzt die drei Bücher nach Strich und Faden. Da werde ich schon etwas finden. Willst du nicht herkommen? Dann können wir zusammen suchen.«

»Nee, dit jeht im Moment nich. Ick hab hier noch zu tun. Heb allet jut uff. Wenn ick Zeit hab, komm ick. Und dit Jeld eintreiben, machen wa jemeinsam!« Seine Stimme nahm einen bedrohlichen Unterton an: »Is dit klar!?«

»Was denkst denn du?«, versicherte Angelika schnell.

»Jut! Ick melde mir wieda.« Damit war das Gespräch beendet.

Nach einer Stunde war Angelika Kremers gute Laune verflogen. Nichts hatte sie gefunden! Kein Zettel mit irgendwelchen Hinweisen lag zwischen den Seiten versteckt oder war eingeklebt, nichts war unterstrichen, keine bedeutungsvollen Zeichen eingetragen, die sie zu einem Schatz führen könnten, nichts in den Buchrücken geschoben. Obwohl sie die Bücher hin- und herwendete, schüttelte, die Seiten gegen das Licht hielt auf der Suche nach geheimnisvollen Nadeleinstichen, das Ergebnis war immer dasselbe: keine Spur von einem Hinweis.

Sie goss sich ein weiteres Glas Rotwein ein und trank. Scheiß-Bücher, dachte sie wütend, und warf ihre nutzlose Beute in den Mülleimer. Aber sie war auch selbst schuld an dem Desaster. Schließlich stand die Adresse von Martin Kranz nicht auf dem Zettel. Sie hatte an der falschen Stelle gesucht.

Tage später rief Olli wieder an: »Wat haste rausjefunden, Angie? Wo steckt dit Geld?«

Angelika, nichts Gutes ahnend, antwortete in ihrem harmlosesten Tonfall: »Stell dir vor, Olli, es waren die falschen Bücher! Da war nichts drin!«

Wie befürchtet, brüllte er los: »Dit gloobick nich! Du willst ma betrüjen! Du willst allet Jeld selba behaltn!«

»Da war nichts drin!«, wiederholte sie beschwörend. »Ich habe alle drei genau durchgesehen!«

Unbeeindruckt brüllte er weiter: »Du lügst! Dit will ick selba sehen!«

»Ich habe die Bücher vor Wut weggeschmissen.« Sie konnte sich selbst nicht mehr verstehen. »Ich weiß, das war dämlich, aber ich war so sauer. Du musst mir glauben!«

Olli schrie noch etwas in den Hörer, was Angelika nicht verstand, dann legte er auf.

Als wenig später die Zeitungen die Nachricht von Roberts Tod brachten, fühlte sie sich wie gelähmt. Jetzt wusste sie, warum Robert sich nie gemeldet hatte. Rotter hatte ihn totgeschlagen und in den Lietzensee geworfen. Dann war er selbst verschwunden. Deswegen hatte er bei ihr nur angerufen und war nicht selbst vorbeigekommen.

Die Entscheidung, ob sie zur Polizei gehen und Rotter anzeigen sollte oder nicht, wurde ihr abgenommen, denn Täter und Opfer waren schnell identifiziert. Schließlich tauchte die Polizei zu ihrem Entsetzen sogar bei ihr auf. Zum Glück konnte sie sie aber von ihrer Unschuld überzeugen.

Gestern nun trat die Katastrophe ein.

Nachts um halb eins stand Olli vor ihrer Wohnung. Sie lag schon im Bett, wollte nicht aufmachen, aber er trat so laut gegen ihre Tür und schrie: »Mach auf, du Fotze!«, dass sie aus Angst vor den Nachbarn gegen alle Vernunft öffnete.

16

»Rotter kam mit der Absicht, das Buch zu suchen und seine Wut an mir auszulassen«, schloss Angelika Kremer ihren Bericht. »Deshalb zerschlug und durchwühlte er fast die gesamte Einrichtung, dann war ich dran. Wenn nicht der Alte, der unter mir wohnt, hochgekommen wäre, an die Tür getrommelt und mit der Polizei gedroht hätte, wäre ich jetzt tot, von Rotter totgeschlagen. So ist er erstmal abgehauen. Wer weiß, wann er wiederkommt.« Sie ließ ihren Kopf auf die Tischplatte fallen und weinte.

Anna strich schweigend über ihre ungekämmten kastanienroten Haare, an denen schon ein grauer Haaransatz sichtbar wurde. Nach einer Weile sagte sie: »Ich denke, ich rufe jetzt die Polizei.«

Angelika Kremer hob ein wenig den Kopf und nickte: »Ist jetzt sowieso alles egal.«

Anna nahm ihr Handy und wählte den Notruf. »Sie kommen in ungefähr einer Stunde«, sagte sie nach einem kurzen Gespräch mit dem Polizeibeamten. »Wir müssen warten.«

Sie stand auf, um die Becher noch einmal mit Wasser zu füllen. Unschlüssig ließ sie, mit den Bechern in den Händen, ihren Blick über das Chaos auf dem Küchenboden wandern.

»Ich glaube, Sie müssen auch mal etwas essen«, schlug sie vor. Aber Frau Kremers verquollenes Gesicht verzog sich ablehnend: »Bloß nicht! Ich bekomme keinen Bissen herunter.«

»Wie Sie wollen.« Anna setzte sich wieder an den Tisch. »Wir haben Zeit, da kann ich Sie etwas fragen. Auf dem Zettel standen drei Namen, Franz Reimann, Brigitte Kranz und Helga Prochanke. Wissen Sie, warum gerade diese drei mit dem mysteriösen Buch in Verbindung stehen und was sie mit Paul Herold verband?«

»Keine Ahnung. Darüber hat Robert nichts gesagt«, war die Antwort.

Anna fuhr fort: »Franz Reimann ist der Vater meines Mannes. Das wussten Sie bereits. Wissen Sie auch, wer Brigitte Kranz ist?

Dieselbe Antwort: »Keine Ahnung. Die wohnt ja auch nicht in Berlin.«

»Brigitte Kranz war die Mutter meines Mannes, meine Schwiegermutter!«

»Ach«, Frau Kremers unbeschädigtes Auge schaute überrascht in Annas Gesicht. Bei den folgenden Worten weitete es sich entsetzt: »Meine Schwiegermutter ist am 25. Februar in Schwedt ermordet worden«

Anna berichtete, was geschehen war und schloss mit der Frage: »Würden Sie Oliver Rotter zutrauen, meine Schwiegermutter mit dem Kissen erstickt zu haben? Aus Wut, weil sie das Buch nicht hat, oder nicht herausrückte, oder aus Angst, sie erkennt ihn wieder, oder aus welchen Gründen auch immer. Wäre er so brutal?«

Angelika zuckte erst mit den Schultern, doch dann sagte sie: »Ja.«

Eine Weile schwiegen beide.

»Das Buch, um das es geht, heißt übrigens ›Die Elixiere des Teufels‹. Das habe ich herausgefunden«, sagte Anna und bemerkte ein kurzes Interesse in Angelika Kremers zerschundenem Gesicht. Dann aber blickte diese wieder gleichgültig aus dem Fenster und sagte: »Das ist für mich vorbei.«

Als Anna endlich am späten Abend nach Hause kam – es dauerte lange, bis die Polizei erschienen war und den Überfall aufgenommen hatte, und bis Anna auf Anraten der Beamten Angelika Kremer zu einer Freundin, ihrer ehemaligen Chefin, gebracht hatte – wurde sie schon ungeduldig von Martin erwartet.

Anna umarmte ihn erleichtert: »Gott sei Dank! Die Morde sind aufgeklärt! Wenn die Polizei den Glatzkopf gefunden hat, ist der Spuk beendet.« Aber während sie Martin ausführlich von den Ereignissen berichtete, spürte sie, wie ihre Zufriedenheit allmählich schwand. »Obwohl jetzt die Sache anscheinend aufgeklärt ist, möchte ich zu gern wissen, was es mit dem Buch auf sich hat. Und das steht jetzt in irgendeinem Regal, und der Besitzer kennt überhaupt nicht den Wert des Buches – also diese Vorstellung gefällt mir ganz und gar nicht.«

»Mich stört sie nicht! Wahrscheinlich steht auch das Buch längst nicht mehr in einem Regal, sondern vermodert auf einer Mülllhalde. Aber ich kenne dich.« Martin grinste: »Falls ich dir erlauben soll, zu versuchen, das Geheimnis des Buches aufzuklären. Du darfst!«

»Du bist so gut zu mir«, lachte Anna gespielt dankbar und warf ihm Luftküsse zu.

Martin hielt sich die Hand vor das Gesicht: »Aua! Genau ins Auge!«

17

Da der Chor wegen des bevorstehenden Konzerts in den folgenden Wochen intensiv probte, auch an zusätzlichen Terminen, begegnete Anna Jonas jetzt häufiger. Hinsichtlich seiner Stimme hatte er sich als echter Gewinn für den Tenor erwiesen, aber er war auch wegen seiner liebenswürdigen Art bei allen, besonders bei den Frauen gern gesehen. Er selbst schien Anna am liebsten zu mögen. Oft stand er in den Pausen an ihrer Seite und unterhielt sich lebhaft mit ihr. Als einmal eine Chorfreundin bemerkte, dass Jonas wohl in Anna verliebt sei, legte er seinen Arm um Anna und bestätigte gutgelaunt: »Natürlich! Sie ist meine große Schwester!« Alle lachten. Auch Anna hatte Jonas gern und stimmte ihm sofort zu: »Na klar, kleiner Bruder! Ich pass auf dich auf, wenn es nötig ist!«

An diesem Abend machte Kerstin besonders pünktlich Schluss. Denn nach der Chorprobe wurde der runde Geburtstag von Elke gefeiert, die ein kleines Büfett aufgebaut und, neben Wasser und Saft, auch einige Flaschen Prosecco und Wein bereitgestellt hatte. Bald war die Stimmung ausgelassen und fröhlich. Jonas unterhielt die Runde, vorwiegend Frauen, unter denen sich auch Anna befand, mit derart amüsanten Anekdoten aus seinem WG-Leben im Prenzlauer Berg, dass die Zuhörerinnen sich schlapplachten.

Als er einmal ihre leeren Weingläser bemerkte, holte er schnell eine neue Flasche und fragte launig beim Einschenken: »Wer will denn noch etwas von dem Teufelselixier?«

Bei seinem letzten Wort verschluckte sich Anna und hustete. Fürsorglich klopfte ihr Jonas auf den Rücken. Sie schaute ihn mit großen Augen an: »Wie kommst du denn auf ›Teufelselixier‹?«

»Ich lese gerade ein Buch, wirst du nicht kennen, von E.T.A. Hoffmann, ›Die Elixiere des Teufels‹. Ziemlich monströs!« Er lachte. »Aber auch beeindruckend, was sich der Dichter da ausgedacht hat. Ich lese im Moment seine Bücher, weil ich im nächsten Semester an einem Seminar über ihn teilnehmen will.«

Anna hatte schon einige Gläser getrunken, jetzt nahm sie wieder einen Schluck Wein. Ihre Augen blitzten, als sie antwortete: »Du wirst es nicht glauben! Ich kenne das Buch. Wir haben es sogar besessen. Allerdings wurde es uns gestohlen.«

»Gestohlen? Seltsam!« Jonas glaubte ihr nicht.

»Ja, aus unserm Bücherschrank!«, trumpfte Anna auf.

»Wie denn? Erzähl mal!«

»Das ist eine lange Geschichte. Jemand, ich weiß nicht wer, sucht eine bestimmte Ausgabe dieses Buches, die sehr wertvoll sein soll. Unser Buch war es nicht. Wenn ich mal Zeit habe, gehe ich selbst auf die Suche nach diesem Buch.« Sie gähnte, blickte auf die Uhr und stellte ihr Glas weg. »Aber jetzt gehe ich erst Mal nach Hause. Es ist schon elf.«

»Okay, ich komme mit, ich muss morgen früh 'raus«, entschied auch Jonas.

Als Anna und Jonas die breite Treppe im Gemeindehaus nach oben stiegen. hielt sich Anna vorsorglich am Geländer fest: »Ich glaube, ich habe einen Schwips«, kicherte sie. »Hoffentlich schaffe ich es bis nach Hause. Unfallfrei, meine ich.«

Jonas' Weinkonsum war bedeutend geringer gewesen. Da er gewöhnlich die lange Strecke bis zum Prenzlauer Berg mit dem Fahrrad fuhr. musste er nüchtern bleiben. Mit den Worten: »Bloß keinen Unfall! Ich bringe dich nach Hause«, bestieg er sein Fahrrad.

Auf dem Nachhauseweg fuhren sie vorsichtshalber nicht auf dem Fahrdamm der Herbartstraße, sondern auf dem Bürgersteig, den zu dieser nächtlichen Stunde ohnehin kein Fußgänger mehr benutzte. Während des Fahrens unterhielten sie sich, so dass sie nicht den Mann bemerkten, der in der Dunkelheit am Parkeingang, wo die Treppe zum See hinunterführt, sich mit seinem Fahrrad versteckt und auf sie gewartet hatte. Als sie vorbeigefahren waren, bestieg er sein Rad und folgte ihnen bis zu Annas Haus. Dort beobachtete er, sich im Dunklen auf der anderen Straßenseite verbergend, wie sich die beiden mit Wangenküsschen verabschiedeten, Anna ins Haus ging und Jonas sich auf sein Rad schwang. Dann fuhr der Mann ihm in gebührendem Abstand hinterher.

Am nächsten Mittwoch verkündete Madleen in der Schule: »Heute komme ich mit!« Anna nickte unbeeindruckt, denn die Freundin hatte schon oft ihre Teilnahme in Annas Chor angekündigt. Aber heute wirkte sie so fest entschlossen, betonte so nachdrücklich: »Als Musiklehrerin bin ich doch geradezu verpflichtet, aktiv zu musizieren«, dass Anna meinte: »Gut, du kannst mich abholen. Dann nehme ich Dich mit.«

Madleen entpuppte sich ebenfalls als ein Gewinn für den Chor, wie Anna zufrieden feststellte, und auch ihre aufgeschlossene Art kam bei den anderen Chorleuten gut an. Besonders aber schien es ihr Jonas angetan zu haben. Anna stellte überrascht fest, dass Madleen in den Pausen grundsätzlich neben ihm stand, hell über seine Witze lachte und ihn geradezu anhimmelte. Jonas selbst schien sich über ihr Verhalten kaum zu wundern, sondern es eher gewohnt zu sein, von Frauen angebetet zu werden.

»Er ist so süß!« Madleen verdrehte entzückt die Augen, als Anna sie einmal in der Schule nach ihrer Meinung über ihn fragte. »Es wäre toll, wenn er mich nach dem Chor mal nach Hause bringen würde und wir uns auch privat anfreunden würden.«

Anna blickte sie entgeistert an: »Madleen! Der ist zehn Jahre jünger als du, Student, der passt doch überhaupt nicht zu dir.«

»Danke, das weiß ich selbst.« Madleen war beleidigt. Doch dann gab sie widerwillig zu: »Aber ich bin nun mal so verliebt in ihn.«

»Und Hans-Olaf?« »Ach, Hans-Olaf! Der ist nett und meint es ernst, aber das ist was anderes«, kam die nüchterne Antwort.

Anna bohrte weiter: »Und Ringo? Wie läuft es mit dem?«

»Ringo? Ach, du meinst Rico!« Sie schüttelte den Kopf: »Wir sehen uns ab und zu. Aber da ist nichts mehr.«

18

Franz Reimann schlurfte im Schlafanzug aus dem Badezimmer in sein Schlafzimmer, um sich anzuziehen. Gewöhnlich nahm er sein Frühstück im Bademantel ein, aber heute war Donnerstag, der Tag an dem Katjuscha kam, seine polnische Hilfe. Er mochte sie. Sie sprach zwar kaum Deutsch, brachte aber immer mit beeindruckender Energie Ordnung in seinen Haushalt und vor allem auch immer gute Laune mit. Bevor Katjuscha kam, machte er regelmäßig seinen wöchentlichen Einkauf, damit sie die Lebensmittel wegpacken konnte, die er am Kaiserdamm bei »Kaisers« holte und in seinem ›Rentnerporsche‹ nach Hause zog. Was er sonst noch benötigte, brachte ihm seine Nachbarin Frau Weber mit, die regelmäßig mit dem Auto zum Discounter fuhr.

Nachdem der Alte seine Kleidung vom Tag zuvor einer flüchtigen Prüfung unterworfen und dann alles noch einmal angezogen hatte, ging er in die Küche und füllte den Wasserkocher, um sich seinen Früchte-Morgentee zu bereiten. Zeit seines Lebens hatte er Tee verabscheut, immer nur Kaffee getrunken, aber den hatte Dr. Streich ihm schon seit langem verboten. Überhaupt machte der Arzt ihm ständig Angst mit seinen Prophezeiungen vom baldigen Sterben, drohte ihm mit Herzinfarkt, wenn er sich nicht strikt an seine Anweisungen halte. Und wenn schon! Er hatte lange genug gelebt, war jetzt 85 Jahre alt. Nur die Sache mit dem Buch, die wollte er noch gern regeln. Hoffentlich wurde Hans-Olaf, den er notgedrungen eingeweiht hatte, bei der Suche danach endlich fündig. Allerdings hatte er bisweilen den Eindruck, dass sein Sohn sich überhaupt nicht bemühte, das Buch aufzutreiben und ihn, den Vater, nur für einen senilen Alten hielt. Er selbst würde bei erfolgreichem Abschluss der Angelegenheit zwar aufgrund seines Alters wenig davon profitieren können, aber dann konnte er eben seinen Söhnen etwas vererben.

Als Franz Reimann heute von seinem Einkauf zurückkam, mühsam seine Karre die beiden Treppen hochgeschleppt hatte und die Wohnung aufschließen wollte, stutzte er. Das Schloss war nur zugeschnappt, er musste vergessen haben, die Tür ordentlich zu verschließen.

Doch kaum war er in den Flur getreten, hörte er zu seinem Schrecken im Wohnzimmer Geräusche. Jemand war in seiner Wohnung! Ein Einbrecher! Franz Reimann unterdrückte seine Angst, ließ seinen Einkaufswagen stehen und trat ins Wohnzimmer.

Ein dunkel gekleideter Mann, mit auffälligen braunen halblangen Haaren, wühlte mit schwarzen Handschuhen in seinen Sachen herum. Die Bücher aus dem Regal lagen bereits zerstreut auf dem Boden. Jetzt räumte er gerade den Schrank aus.

Panik ergriff den alten Mann, er holte Luft, um zu schreien. Aber er bekam nur ein klägliches »Hil--« zustande, als der Einbrecher schon bei ihm war, ihm von hinten den Kopf zurückriss und den Arm auf seinen Kehlkopf drückte. Reimanns Mund öffnete sich, die Zunge quoll hervor, fast wurde er ohnmächtig, da lockerte der Mann seinen Griff:

»Wo ist das Buch?«

»Welches Buch?«, brachte Reimann mühsam hervor.

»Frag nicht so blöd!« Sofort wurde der Griff des Einbrechers wieder hart und nahm ihm die Luft. »Das Buch, das du Paul Herold gestohlen hast.«

»Ich habe das Buch schon lange nicht mehr«, röchelte Franz Reimann, »das weiß Paul.«

Der Einbrecher stieß ihm die Faust in den Rücken: »Du sagst, wo das Buch ist, oder ich suche es mir selbst. Aber vorher knall ich dich ab.«

»Ich weiß nicht, wo es ist«, keuchte der Alte kaum verständlich. »Vielleicht hat es Martin.«

Trotz seiner aussichtslosen Lage und der Schmerzen versuchte er, sich aus dem Griff des Mannes zu lösen, fuchtelte mit den Armen und spürte plötzlich Haare in seinen Fingern. Mit aller Kraft riss er an ihnen. Zu seiner Überraschung lösten sie sich vom Kopf des Angreifers. Der Alte brauchte einige Sekunden, um zu begreifen, dass er eine Perücke in der Hand hielt.

»Idiot!«, sagte der Mann.

Ungerührt nahm er eine Pistole aus der Tasche, setzte sie an die Schläfe von Franz Reimann und drückte ab. Der Alte glitt zu Boden, aus der Wunde rann ein schmaler Blutstreifen.

Obwohl der Fremde sicher war, das Buch nicht zu finden, vergewisserte er sich. Systematisch durchsuchte er die ganze Wohnung, nahm auch das Badezimmer auseinander, den Spülkasten, den Hohlraum unter der Badewanne. Nichts übersah er. Am Ende wusste er: bei Martin würde er seine Suche fortsetzen.

Vor dem Spiegel im Flur setzte der Mann seine Perücke wieder auf. Dann blickte er auf die Uhr, sechs Minuten vor zehn Uhr, Zeit zu verschwinden. Die Wohnungstür ließ er nur angelehnt, damit die Putzfrau hineingelangen konnte und verließ das Haus. Ohne Eile lief er die Suarezstraße entlang Richtung Sophie-Charlotte-Platz zur U-Bahn-Station. Als er die Treppe zum Bahnsteig hinunterging, kam ihm ein Schub Menschen entgegen, der gerade den ausfahrenden Zug verlassen hatte. Er erkannte unter ihnen Katjuscha, die Polin, die, wie seine Beobachtungen ergeben hatten, jeden Donnerstag mit demselben Zug kam, um pünktlich die Wohnung des alten, brummigen Reimann in Ordnung zu bringen. Katjuscha wusste noch nicht, dass sie heute diese Arbeitsstelle verloren hatte.

19

»Frau Kranz! Frau Kranz!«

Laut ihren Namen brüllend kam Bruno in der großen Pause auf Anna zugerannt, die auf dem Schulhof der Lietzenseegrundschule Aufsicht führte. An einem Apfel kauend schlenderte sie hin und her, möglichst alle Schüler und ihre Aktivitäten im Blick behaltend, begleitet von ein paar anhänglichen Schülerinnen, die sich gegenseitig überboten, ihr alle Einzelheiten der gestern ausgestrahlten Fortsetzung ihrer Lieblingsserie »Gute Zeiten, schlechte Zeiten« zu erzählen.

Als sie Brunos Rufe hörte, drehte sie sich um: »Na, wo brennt's denn?«

Bruno stoppte scharf seinen Lauf. Völlig außer sich, mit vor Erregung rotem Gesicht, so dass seine Sommersprossen kaum mehr zu erkennen waren, schrie er: »Haben Sie schon gehört? Der Mann ist tot! Den Sie damals besucht haben!«

Anna starrte ihn an. Der Boden unter ihren Füßen schien zu schwanken, mühsam rang sie nach Fassung. »Was sagst du?«, wollte sie fragen, aber sie brachte nur ein heiseres Krächzen zustande.

Inzwischen hatte sich eine schnell wachsende Gruppe von Schülern um sie versammelt.

Bruno hörte nicht auf zu schreien: »Er ist ermordet worden! Alles durchgewühlt! Die Frau hat so geschrien, dass wir es über den Hof gehört haben!« Plötzlich ließ seine Spannung nach und er begann jämmerlich zu schluchzen. Obwohl Anna selbst am ganzen Körper zitterte, legte sie ihm ihren Arm auf die Schulter und streichelte beruhigend über seinen dicken Haarschopf.

Schließlich fragte sie: »Möchtest du mir alles erzählen, was passiert ist, oder lieber nicht?«

Bruno löste sich schniefend aus der Umarmung und wischte sich über die Augen, scheu auf die Reaktion der umstehenden Mitschüler schielend. Aber da niemand über seine Tränen spöttische Bemerkungen machte, sondern alle neugierig auf seinen Bericht warteten, begann er:

»Ich war noch zu Hause, weil ich erst zur dritten Stunde hatte, als wir ein total lautes Schreien hörten! Die Putzfrau von Herrn Reimann hat ihn nämlich gefunden. Sie ist gleich wieder aus der Wohnung gerannt, hat ein Flurfenster aufgerissen und in den Hof ganz laut Hilfe geschrien, immer wieder, bis die Leute sich gerührt haben, die zu Hause waren. Ich musste in der Wohnung bleiben, aber meine Mutter ist schnell rüber zu der Frau, eine Polin, die fast kein Deutsch kann. Aber meine Mutter hat sie beruhigt und ist dann mit ihr in die Wohnung gegangen. Alles war durchgewühlt und Herr Reimann lag tot auf dem Boden.« Brunos Stimme schwankte schon wieder.

Schnell fragte Anna: »Und dann hat jemand die Polizei gerufen?«

»Ja. Als ich zur Schule gehen wollte, war schon alles voll mit zig Polizeiwagen, die standen vor dem Haus auf der Straße, dass die andern Autos kaum vorbeikamen. Auch im Hof standen welche, mit der ganzen Technik, glaube ich, die Spusi und so was.« Angesichts seiner Zuhörer, die sich neugierig um ihn drängten, ließ Brunos eigenes Entsetzen allmählich nach und er begann seine Rolle als Zeuge und Berichterstatter eines so außergewöhnlichen Vorkommnisses zu genießen.

»Es war wie im Fernsehen«, fuhr er fort. »Die durchsuchen die ganze Wohnung, die müssen ja feststellen, was gestohlen wurde und so was alles.«

»Weißt du, *wie* der ermordet wurde?«, fragte ein Schüler interessiert.

»Totgeschossen!«, gab Bruno Auskunft. »Wie sah es denn aus, erzähl mal?

War alles mit Blut vollgespritzt?«, wollte ein anderer wissen. »Wie er aussah, wollte meine Mutter mir nicht sagen.« In Brunos Antwort schlich sich ein Ton des Bedauerns. »Er sah bestimmt eklig aus, glaube ich. Ich habe die Leiche ja nicht gesehen, keiner durfte in die Wohnung.«

Während von allen Seiten Fragen auf Bruno niederprasselten und einige Mitschüler schon begannen, sich genüsslich den Tathergang in allen Details auszumalen, klingelte es. Anna atmete auf. Die Pause war vorüber und die Kinder strömten in das Schulgebäude und in ihre Klassen zurück.

Anna konnte später nicht sagen, wie sie die folgenden zwei Schulstunden hinter sich gebracht hatte. Zu sehr waren ihre Gedanken mit dem Mord an Martins Vater und der Durchsuchung seiner Wohnung beschäftigt.

Während sie nach Hause radelte, schwirrten ihr tausend Überlegungen durch den Kopf: Ob der untergetauchte Oliver Rotter noch einen Versuch gemacht hatte, an das Buch zu kommen? Trotz ihres Vertrauens in die Arbeit der Polizei beschlich sie wieder eine diffuse Angst. Martin muss auf jeden Fall Hans-Olaf anrufen, um Näheres zu erfahren. Nein, wir müssen warten, dass dieser sich meldet, wir kennen ja seine Nummer nicht. Ich werde ihm lieber gleich eine Mail schreiben. Martin kann ich im Moment nicht über den Mord informieren, da er gerade Seminar hat.

Zu Hause war Annas erster Gang in das Arbeitszimmer und tatsächlich, der Anrufbeantworter blinkte. Sie ließ die Tasche auf den Boden fallen und stellte ihn an. Endlich – die dritte Nachricht kam von Hans-Olaf Reimann. Eine kurze Mitteilung über den unerwarteten Tod ihres gemeinsamen Vaters, dann seine Handy-Nummer, die sie schnell mitschrieb, mit der Bitte um Rückruf.

Anna überlegte kurz, ob sie auf Martin warten sollte, doch dann ergriff sie, noch im Stehen, das Telefon und tippte die eben notierte Nummer ein. Ihr Herz begann wild zu klopfen.

»Reimann.« »Hallo, hier ist Anna.«

»Gut, dass du anrufst.« Das »Du« ging Hans-Olaf ohne Zögern über die Lippen. »Hier ist die Hölle los!« »Was ist denn passiert? Ein Schüler, der im Haus deines Vaters wohnt, sagte, dass er ermordet worden ist.«

»Ja, in den Kopf geschossen. Grauenhaft!«

Dann berichtete er von dem wahrscheinlichen Tathergang und dass sich die polizeilichen Ermittlungen noch im Anfangsstadium befänden. »Wir müssen uns unbedingt treffen! Ich hatte neulich ein längeres Gespräch mit meinem Vater über seine Vergangenheit, das viele Fragen aufgeworfen hat und über das ich mit euch gern reden würde.«

Anna gab versuchsweise einen Schuss ins Blaue ab: »Geht es vielleicht um das Buch ›Die Elixiere des Teufels‹?« Hans-Olaf schrie überrascht auf: »Was weißt *du* denn davon?«

»Das ist eine lange Geschichte. Wir müssen tatsächlich einiges klären«, erwiderte Anna und schlug ein Treffen am Abend in der Schloßstraße vor, in einem Lokal mit einem gemütlichen Biergarten.

Nach dem Gespräch blickte sie auf die Uhr und atmete auf. Das Seminar war beendet, sie konnte Martin anrufen. Als sie ihn erreichte, hatte ihre Stimme offensichtlich einen derart panischen Beiklang, dass er nichts nachfragte, sondern versprach, gleich loszufahren.

Anna ging in die Küche und setzte mit fahrigen Bewegungen die Kaffeemaschine in Gang.

Wenig später auf dem Balkon hörte sich Martin, ohne Anna zu unterbrechen, die Schilderung vom Tod seines Vaters an. »Wahrscheinlich ist dieser Rotter noch einmal aufgetaucht und hat einen letzten Versuch gemacht, in den Besitz des Buches zu kommen«, schloss Anna. »Aber bei deinem Vater kann er es nicht gefunden haben, er besaß es definitiv nicht mehr. Ich möchte wirklich wissen, ob das Buch überhaupt noch existiert.« Sie nahm einen Schluck aus ihrem Becher und seufzte. »Hoffentlich fasst die Polizei endlich den Glatzkopf. Kommissar Weber ist ja sehr zuversichtlich.«

Als Martin nicht antwortete, fuhr Anna fort: »Meinst du, diese Helga sowieso müsste gewarnt werden? Sie ist die Dritte auf der Liste. Beide andern sind jetzt tot.« Sie schauderte.

Martin schwieg. Mit gerunzelter Stirn saß er da und starrte die Blumenkästen an. Dann stand er auf, ergriff die Gießkanne und begann die Blumen zu gießen. Nach einer Weile, während er ein paar vertrocknete Blätter von den Pflanzen abriss, stieß er wütend hervor: »Dieser alte Sack! Hat sich nie um mich gekümmert! Und jetzt taucht er plötzlich auf und macht uns das Leben schwer. Eine Katastrophe nach der anderen! Nur durch ihn! Erst dieses ganze Theater mit dem Buch und nun das noch! Wenigstens brauchen wir den Kindern keine Erklärungen abzugeben. Es war völlig in Ordnung, dass wir ihnen noch nichts von einem neuen Großvater erzählt haben.«

Obwohl Anna anfangs mit dem Verschweigen seiner Existenz nicht einverstanden gewesen war, nickte sie jetzt, auch als Martin nach kurzer Überlegung meinte: »Diese Helga zu informieren, ist nicht unsere Angelegenheit. Wahrscheinlich hat sich die Polizei schon längst mit ihr in Verbindung gesetzt.«

Sie hörten nicht das Klingeln des Telefons, später aber auf dem Anrufbeantworter die Nachricht von Kommissar Weber, die sie erneut in größte Beunruhigung stürzte: Oliver Rotter sei vor drei Tagen in Braunschweig bei einem Überfall auf eine Tankstelle gefasst worden und sitze in Untersuchungshaft. Für das Wochenende, an dem Martins Mutter getötet und ihre Wohnung durchwühlt worden war, hätte er ein glaubwürdiges Alibi. Als Mordverdächtiger käme er also in beiden Fällen nicht in Betracht. Der unbekannte Mörder oder die Mörderin, denn auch eine Frau hätte mit Leichtigkeit beide Taten begehen können, liefe noch frei herum. Falls wirklich die Jagd nach dem Buch die Ursache für die Verbrechen wäre, müsste noch jemand anderes über seine Existenz und Bedeutung Bescheid wissen und über den Personenkreis, bei dem es sich befinden könnte. Martin und /oder seine Frau möchte/n bitte zu einem Gespräch recht bald zu ihm kommen.

Anna verzweifelte fast: »Hat denn dieser Alptraum nie ein Ende? Wenn es nicht der Glatzkopf war, wer sonst? Angelika Kremer war es bestimmt nicht und Robert Herold ist tot.«

»Der Kommissar fragte nach weiteren Personen, die von dem Buch erfahren haben, da wüsste ich zwei«, meinte Martin sarkastisch, »z.B. Madleen und Hans-Olaf. Vielleicht ist einer von denen der Mörder.«

»Oder die Kollegen in der Schule und im Chor«, zählte Anna weiter auf. »Ich habe ja überall davon gesprochen. Aber nur ungenau und erst, als deine Mutter schon ermordet war.«

»Jetzt weiß ich es«; Martin war in Fahrt gekommen, »es waren deine Eltern! Oder Ulli und Rike! Wir haben ihnen doch ausführlich von dem millionenschweren Buch vorgeschwärmt!«

»Hör auf! Das ist nicht witzig!«

20

Es wehte ein laues Lüftchen, als Anna und Martin am Abend mit ihren Rädern in die Schloßstraße fuhren. In dem Biergarten, in dem sie sich mit Hans-Olaf treffen wollten, herrschte gute Stimmung. Viele Kiezbewohner, angelockt durch das schöne Wetter, trafen sich hier und tranken unter den großen Kastanienbäumen ein kühles Bier. Fast neidisch blickte Anna auf die wohlgelaunten und lachenden Menschen, während sie selbst wegen der gegebenen Umstände keine Entspannung dieser Art erwartete. Wenigstens brauchten sie in der Menge nicht nach Plätzen zu suchen, denn Hans-Olaf wedelte schon von weitem heftig mit dem Arm.

Zu ihrer Überraschung saß neben ihm am Tisch Madleen.

Martin verzog unwillig das Gesicht und nach einer frostigen Begrüßung meinte er: »Findest du das in Ordnung, dass deine Freundin dabei ist? Schließlich ist das eine Familienangelegenheit.«

Auch Anna wunderte sich über Madleens Anwesenheit, hatte diese doch bereits mehrmals angedeutet, sich von Hans-Olaf trennen zu wollen, ganz abgesehen davon, dass sie bei fast jedem Chortreffen Augenzeugin wurde von Madleens hochgradiger Verliebtheit in Jonas. Sie schaute die Freundin fragend an, aber diese, rotgeworden und mit besorgtem Blick, signalisierte ihr wortlos, dass sie keine Bemerkung in dieser Richtung machen sollte.

Auch Hans-Olaf errötete, verunsichert und verärgert über die grobe Zurückweisung, aber er widersprach und legte zur Bekräftigung seinen Arm um die Freundin:»Ich habe keine Geheimnisse vor Madleen. Wir gehören zusammen.«

Der Abend verlief dann zwar einigermaßen harmonisch, aber mit wenig neuen Erkenntnissen. Neugierig drängte Anna ihren Halbschwager, das Gespräch mit seinem Vater kurz vor dessen Tod zu schildern, um vielleicht noch mehr über das Buch und seine Odyssee zu erfahren.

»Er hat mich zu sich hinbeordert und mir eine völlig verrückte Geschichte erzählt. Demnach hatte er in den Wirren des Kriegsendes einen Paul Herold kennengelernt und zwar in einem Lazarett, das im Keller des Finanzamtes eingerichtet war.«

»Lazarett im Finanzamt? Ist doch Unsinn«, warf Anna ein.

»Habe ich auch gesagt, aber er wurde ärgerlich und behauptete, ich hätte keine Ahnung.«

Er hätte damals Paul Herold ein Buch gestohlen, das er später verschenkte, an wen wüsste er nicht mehr genau, wahrscheinlich an Martins Mutter, vielleicht aber auch an diese Helga. Nach der Wende traf Franz Reimann zufällig Paul Herold wieder. Dieser verlangte jetzt das Buch von ihm zurück, das angeblich sehr wertvoll sei. Herold sagte ihm nach einigem Zögern auch warum. Sie beschlossen, das Buch gemeinsam zu suchen und bei erfolgreichem Verkauf den Erlös zu teilen. Reimann fragte seine Ex-Geliebte Brigitte im Krankenhaus in Schwedt, ob sie das Buch noch besitze. Sie sagte aber, dass sie das Buch verschenkt habe. Reimann ging davon aus, dass sie es Martin überlassen hatte. Deswegen sollte er, Hans-Olaf, mit ihm Kontakt aufnehmen, was dann auch geschah. Paul Herold war unterdessen gestorben, so dass Franz Reimann nun nach eigener Einschätzung der alleinige Besitzer war. Worin der Wert des Buches bestand, hat er, zänkisch und misstrauisch wie er war, allerdings auch Hans-Olaf nicht verraten. »Vielleicht hat ja doch diese Helga das Buch«, meinte Hans-Olaf abschließend. »Paul Herold hat sie jedenfalls auch auf den Zettel geschrieben.«

»Diese Helga können wir endgültig ausschließen. Martins Mutter schildert in einem Brief genau, wie Franz Reimann ihr das Buch geschenkt hat«, sagte Anna.

»Ja, aber meine Mutter hatte das Buch nicht mehr und ich auch nicht«, ergänzte Martin. »Sie muss es also doch jemand anderem überlassen haben.«

»Immerhin kennen wir jetzt die Verbindung zwischen Herold und Reimann, Kriegskameraden oder so ähnlich«, stellte Anna fest. »Allerdings: als die beiden anfingen das Buch zu suchen, war es schon ungefähr 25 Jahre verschwunden, bis heute mehr als 40 Jahre. Egal was geschah, es ist höchst unwahrscheinlich, jetzt noch das Buch zu finden.«

Anschließend berichtete Martin und Anna die Tatsachen, die sie über und von Angelika Kremer erfahren hatten. Hans-Olaf und Madleen nahmen sie staunend zur Kenntnis. Und obwohl sie noch geraume Zeit die Sachlage erörterten und weitere Biere in der milden Abendluft konsumierten, kamen sie in der Beantwortung der beiden wichtigsten Fragen keinen Schritt weiter: Worin bestand der unermessliche Wert des Buches und wo befand es sich zur Zeit?

»Wir können nichts anderes machen, als abwarten«, schloss Martin die Diskussion.

Madleen hatte die ganze Zeit aufmerksam zugehört, aber kein einziges Wort gesagt.

21

Wieder eine Beerdigung, wieder wurde ein Elternteil von Martin begraben, diesmal auf dem Waldfriedhof Heerstraße in Charlottenburg. Dennoch war alles anders: Kein Pfarrer, keine Kirchenlieder, keine Trauergemeinde. Anna hatte sich bei Martin eingehakt, der mit gesenktem Kopf, die Hände in den Taschen seiner Jacke vergraben, die Beerdigung seines Vaters über sich ergehen ließ. Neben Anna stand der inzwischen als Halbschwager anerkannte, ehemals »schmierigeTyp« Hans-Olaf mit seiner Freundin Madleen.

Obwohl Hans-Olaf in den »Tagesspiegel« eine kleine Todesanzeige hatte setzen lassen, falls ehemalige Kollegen oder vielleicht sogar Freunde seines Vaters an der Beerdigung teilnehmen wollten, waren außer den vier Angehörigen nur die Nachbarin Frau Weber und Brunos Mutter anwesend und der Friedhofsangestellte, der die Urne in ein vorbereitetes Loch in der Erde des Feldes für anonyme Bestattungen versenkte.

Während sich Anna bei der kurzen Zeremonie umsah, bemerkte sie allerdings, dass doch noch ein weiterer Trauergast gekommen war: eine alte, schwergewichtige Frau, mit einem kleinen Blumenstrauß in der Hand, stand ein wenig abseits, auf einen Stock gestützt, und schaute zu ihnen hinüber. Über ihrem Bauch trug sie eine unförmige Umhängetasche. Als sie Annas Blick wahrnahm, nickte sie leicht und trat einen Schritt näher.

Nachdem der Friedhofsangestellte das Urnengrab mit Erde gefüllt hatte, legten die Trauergäste ihre Blumensträuße darauf und beteten noch das Vaterunser. Während sich die Nachbarinnen des Verstorbenen verabschiedeten, trat die fremde Frau heran und wollte ebenfalls ihren Strauß auf das

Grab legen, geriet aber ins Schwanken und wäre gefallen, wenn Martin sie nicht gehalten hätte.

»Danke sehr«, schnaufte sie und klammerte sich an seinen Arm.

Anna, Hans-Olaf und Madleen traten näher. Zu viert standen sie jetzt um die Frau herum und beobachteten ihre Bewegungen, bis sie wieder sicher auf ihren Beinen war. Schließlich fragte Martin: »Kannten Sie Franz Reimann?«

»Ja«, sagte die Frau und lächelte leicht verschämt. »Ja, ich war einmal eng mit ihm befreundet. Aber das ist schon lange her.« Dann schaute sie die vier aufmerksam an: »Ich habe die Todesanzeige in der Zeitung gelesen. Sind Sie alle seine Kinder? Mein Name ist übrigens Helga Prochanke.«

»Helga Prochanke!«, wiederholte Anna mit Nachdruck und konnte ein Gefühl der Genugtuung kaum verbergen. Wieder waren sie einen Schritt weitergekommen! Jetzt war auch die Identität der letzten Person auf dem Zettel gelüftet.

»Wir beide sind seine Söhne mit unsern Frauen«, antwortete Hans-Olaf.

Frau Prochanke packte ihren Stock fester: »Es tut mir leid, ich kann nicht so lange stehen. Aber vielleicht können wir zusammen zum Ausgang gehen und dabei noch ein wenig plaudern.«

»Gern, wollen Sie sich einhaken?« Schon war Anna an ihrer Seite.

»Nein, danke! Ich gehe lieber allein. Ich verstehe das alles nicht. Vor einiger Zeit kam zu mir ein Polizeibeamter und fragte, ob jemand bei mir Bücher von früher gestohlen hat. Hat aber niemand. Und jetzt wurde der arme Franz ermordet. Das ist furchtbar! Ich habe die ganze Sache in der Zeitung gelesen. Ob es da einen Zusammenhang gibt?«

»Ja«, erwiderte Martin und während sie langsam die Treppe hinaufstiegen, die zu dem Ausgang des Friedhofs an der Olympischen Straße führte, fasste er die bisherigen Ereignisse zusammen, mehrmals unterbrochen von Ausrufen und Fragen seiner Zuhörerin. Als er geendet hatte, blieb sie stehen und schaute ungläubig zu ihm hoch.

»Wegen dieses Buches soll er ermordet worden sein? Jetzt noch nach so vielen Jahren?« Sie schüttelte den Kopf.

»Was wissen Sie von dem Buch?«, mischte sich Anna ein.

»Nicht viel. Aber ich war dabei, wie Franz es gestohlen hat.«

Inzwischen waren sie auf der Straße bei ihrem Auto angekommen.

»Bitte, Frau Prochanke!« Anna schaute sie flehend an. »Wir können uns in ein nettes Lokal setzen und zusammen etwas essen, und Sie erzählen uns alles, was Sie wissen.« Mit diesen Worten riss Anna die Autotür auf.

Aber die alte Frau lehnte ab: »Ach, Kindchen! Das geht gar nicht. Ich muss jetzt nach Hause, dann kommt mein fahrbarer Mittagstisch und dann mache ich meinen Mittagsschlaf. Aber ich habe eine bessere Idee. Ich schreibe meine Erinnerungen auf und schicke sie Ihnen.«

Damit musste sich Anna zufrieden geben. »Danke«, sagte sie, »das geht natürlich auch«, und fügte im Stillen hinzu: »Aber bitte schnell und in allen Einzelheiten und wehe, Sie vergessen es!« Dann tauschten sie ihre Adressen aus.

»Und nun dürfen Sie mich zur U-Bahn fahren«, meinte Frau Prochanke munter, zwängte sich und ihren Stock mit Martins Hilfe ins Auto und verabschiedete sich am Bahnhof Neu-Westend mit dem Versprechen: »Sie hören von mir.«

Eine Woche später bekam Anna einen dicken Brief im DIN A4 Format: Frau Prochankes Erinnerungen. Neugierig öffnete sie den braunen Umschlag, der einen Schnellhefter und einen Brief enthielt.

Zuerst las Anna den Brief:

»Liebe Frau Kranz, anbei wie besprochen meine Erinnerungen an Franz Reimann. Da ich zur Zeit damit befasst bin, statt eines neuen Romans, die Geschichte meines Lebens zu Papier zu bringen, passt Ihr Wunsch, meine Begegnungen mit Paul Herold und Franz Reimann zu schildern, optimal zu dem Kapitel über das Kriegsende, an dem ich gerade arbeite.

Ich würde mich sehr freuen, wenn Ihnen meine Zeilen gefielen und Sie mir bei Gelegenheit Ihre Meinung darüber mitteilten. Nur damit Sie Bescheid wissen: das Mädchen Jutta Meinert bin ich.

Seien Sie herzlich gegrüßt und viel Spaß beim Lesen

Ihre Helga Prochanke, alias Lisa Schneider.«

Anna stutzte. Sie ergriff den Schnellhefter. Das Deckblatt nannte in Blockbuchstaben den Titel des Textes:

… UND ES WIRD IMMER WIEDER TAG
Roman eines Lebens
Lisa Schneider

Irritiert überlegte Anna einen Moment: Helga Prochanke war die Frau, die Paul Herold und Franz Reimann kannte, aber offensichtlich auch die Schriftstellerin, die unter dem Pseudonym Lisa Schneider gut verkäufliche Unterhaltungsromane veröffentlichte und die Anna dem Namen nach bekannt war, außerdem Jutta Meinert, wie sie sich in ihren beiliegenden Erinnerungen nannte. Interessant: eine Frau, drei Namen!

Dann begann Anna zu lesen.

22

Ende April 1945. Die Schlacht um Berlin tobte.

»Warum ist es so still?« Nur unter großen Mühen brachte der Junge mit fiebrig glänzenden Augen die Worte hervor, während das neben ihm kniende Mädchen seinen Kopf vorsichtig anhob, um ihm einen Schluck Wasser einzuflößen. Ihr schmales, ernstes Gesicht stand in einem seltsamen Kontrast zu ihren rosig schimmernden Wangen, die ihr ein unangemessen fröhliches Aussehen verliehen.

»Das nennst du still?«, fragte sie vorwurfsvoll. »Hörst du nicht den Höllenlärm von draußen? Wie die Granaten einschlagen?«

Sie beugte sich näher über den Verwundeten, um seine Antwort zu verstehen: »Keine Sirenen.«

»Die sind überflüssig geworden.« Das Mädchen sprach vor Erregung lauter als beabsichtigt: »Wir werden rund um die Uhr beschossen.«

Aber der Junge schien ihre Antwort nicht mehr wahrzunehmen.

Sorgenvoll musterte Jutta Meinert sein abgezehrtes, graues Gesicht und den schmutzigen, von getrocknetem Blut hart gewordenen Verband am rechten Arm. In zerrissener und verdreckter Kleidung lag er vor ihr, kaum älter als sie. Hoffentlich stirbt er nicht, dachte sie. Sie konnten den Verwundeten kaum mehr helfen, sie hatten zu wenig Verbandsmaterial und Arzneien.

Plötzlich öffnete er wieder die Augen und versuchte zu lächeln: »Wie heißt du?« »Jutta.« Sie streichelte zart über seine stoppelige Wange. »Und du?« »Franz.«

Seit zwei Tagen lief Jutta Meinert, die mit ihrer Mutter und dem kleinen Bruder Georg am Lietzensee wohnte, morgens zum Finanzamt Charlottenburg. Der Weg war gefährlich. Geduckt ging oder rannte sie, immer auf der Hut vor Fliegerangriffen oder Granateinschlägen, kreuz und quer durch die Straßen, bis sie das große graue Haus auf der linken Seite der Bismarckstraße erreicht hatte. Jeden Tag bot sich ihr auf diesem Weg das gleiche Bild des Elends: Berge von Trümmern, verbrannte und zerschossene Häuser, dazwischen endlose Kolonnen von Flüchtlingen und obdachlos gewordenen Menschen.

Jutta, sechzehn Jahre alt, hatte soeben eine Ausbildung zur Hilfsschwester absolviert, zu der jetzt alle Frauen und Mädchen verpflichtet waren. Als die Schwestern aus dem Katholischen Frauenbundhaus, das neben ihrem Wohnhaus in der Wundtstraße lag, freiwillige Helferinnen suchten zur Unterstützung der Krankenschwestern in einem provisorischen Lazarett im Finanzamt, meldete sie sich sofort, obwohl ihre Mutter vor Angst fast umkam und sie am liebsten im Luftschutzkeller eingesperrt hätte. Aber Jutta sagte: »Stell dir vor, Vati liegt irgendwo in einem Lazarett, da wären wir doch auch froh, wenn ihn jemand pflegt.«

Als sie zum ersten Mal das Lazarett betrat, konnte sie den Anblick kaum ertragen, der sich ihr bot: In den Kellerräumen des Finanzamtes lagen im Halbdunkel dicht bei dicht ungefähr fünfzig verwundete Soldaten am Boden, einige ohne Bettzeug, ohne Laken oder Kissen, viele in ihren Uniformen, auf harten nackten Ledermatratzen, die aus irgendeiner Turnhalle geholt und nebeneinander ausgebreitet waren.

Am liebsten hätte sie auf der Stelle kehrtgemacht, aber da hörte sie eine Stimme hinter sich: »Gut, dass du da bist.« Eine ältere Frau, die über ihrer dunkelblauen Ordenstracht eine ursprünglich weiße Schürze trug, schaute sie mit müden Augen an: »Wir brauchen jede Hilfe.« Sie reichte Jutta ihre kalte Hand: »Ich bin Schwester Maria, eine Schwester der Caritas Socialis.«

»Ich bin gekommen, um zu helfen«, sagte Jutta schnell und schämte sich, weil sie am liebsten weggelaufen wäre. »Ich wohne neben dem Frauenbundhaus an der Ecke. Ich bin aber evangelisch«, fügte sie noch auf alle Fälle hinzu.

Schwester Maria nickte: »Wir haben im Frauenbundhaus ein Lazarett im großen Saal eingerichtet, dann aber auch diesen Keller übernommen, weil sich niemand mehr um die Verwundeten hier gekümmert hat, obwohl wir selbst auch nur noch wenig helfen können.« Sie seufzte. »Aber es geht immer irgendwie weiter! Mit Gottes Hilfe werden wir auch diese schwere Zeit überstehen! Gleich bringen die Schwestern aus dem Frauenbundhaus einen Kessel mit Suppe. Du kannst dann sofort anfangen und die Kranken füttern.«

Schwester Maria musterte Juttas dunkelrotkarierten Rock und die gestreifte Bluse. Sie nahm ein verschlissenes weißes Tuch von einem Stapel und reichte es ihr: »Das binde dir um. Schürzen haben wir nicht mehr.«

Jutta schaute sich um. Sie sah eine weitere Schwester in Ordenstracht, jünger und robuster als Maria, Schwester Berta, wie sie später erfuhr, und noch zwei weitere junge Mädchen, ebensolche Hilfspflegerinnen wie sie selbst.

Plötzlich wurde die Kellertüre aufgerissen. Jemand rief: »Die Suppe kommt!«

Mit vor Anstrengung hochrotem Gesicht erschienen die angekündigten Schwestern, die den Leiterwagen mit dem Suppenkessel vom Lietzensee bis hierher gezogen hatten. Auf einen Wink sprang Jutta mit den anderen Mädchen die Treppe hoch und gemeinsam schleppten sie die Suppe in den Keller.

Jutta starrte mit hungrigen Augen auf den großen graugrünen Kessel. Ob sie auch von der Suppe etwas abbekommen würde? Sie erinnerte sich nicht mehr daran, wann sie sich das letzte Mal sattgegessen hatte. Die Nahrungsversorgung in Berlin war im Verlauf des Krieges immer schwieriger geworden, und ihre Mutter hörte nicht auf zu klagen, dass sie und ihr kleiner Bruder immer dünner wurden.

»Danke!« Ihre Wangen wurden vor Freude noch rosiger, als sie den Teller von Schwester Berta entgegennahm und eilig begann, die Suppe zu löffeln. Doch die Enttäuschung folgte auf dem Fuß. Jutta, verärgert über ihre eigene Dummheit, aß unverdrossen weiter. Was hatte sie eigentlich erwartet? Wie sollten die Schwestern den vielen Menschen, für die sie sorgten, etwas anderes kochen können, als eine Wassersuppe, in der verloren ein paar Brotkrumen schwammen?

»Bisschen dünn nicht? Tut mir leid!« Schwester Berta strich ihr mütterlich über die kurzen braunen Haare. »Manchmal ist aber auch ein bisschen Fleisch in der Suppe, oder wir bekommen Brot dazu, da kann man dann richtig satt werden! Mhhh!«, machte sie und schloss begeistert die Augen, während sie sich den Bauch rieb wie ein kleines Kind, dem es gut geschmeckt hat. Jutta lachte.

So hatte sie ihre Arbeit begonnen. Sie lernte, nicht lange über das Leid und die Qualen der Verwundeten nachzudenken oder zu klagen, sondern zuzupacken und ihren Pfleglingen ihr trauriges Los zu erleichtern, so gut sie konnte.

Als Jutta jetzt auf Knien mit dem Wasser zu dem Verwundeten rutschte, der neben Franz lag, stockte ihr Atem und Tränen schossen ihr in die Augen. Der Kopf des Soldaten war in einem unnatürlichen Winkel auf die Seite gekippt, sein kindlich rundes Gesicht kalkweiß. Er musste schon vor geraumer Zeit gestorben sein.

»Schwester Maria«, rief sie schluchzend um Hilfe. Noch immer hatte sie sich nicht an den Anblick der Toten gewöhnen können. Schwester Maria, eilig aus dem anliegenden Raum kommend, fragte nichts, sondern legte den Arm tröstend um Juttas Schulter. Dann kniete sie sich neben den Toten und begann zu beten: »Gegrüßet seist du, Maria, voll der Gnade, der Herr ist mit dir…« Ihre Stimme wurde leiser, sie sprach schnell bis zum Ende des Gebetes: »Heilige Maria, Mutter Gottes, bitte für uns Sünder, jetzt und in der Stunde unseres Todes. Amen. Requiescat in pace!« Schwester Maria machte ein Kreuzzeichen und erhob sich.

»Was geschieht mit ihm?«, fragte Jutta, sich die Tränen abwischend.

»Wir sagen den Patres Bescheid, sie werden ihn abholen lassen. Er bekommt ein würdiges Begräbnis. Komm, Jutta, mach weiter, die Lebenden brauchen unsere Hilfe.«

Im Laufe der nächsten Tage machte die Genesung von Franz, den Jutta mit besonderer Liebe umsorgte, kleine Fortschritte. Sie hatte ihm einen neuen Verband angelegt und mit Freude festgestellt, dass das Fieber gesunken war und die große Fleischwunde allmählich zu verheilen begann. Die Zeiten, in denen er wach auf seiner Matratze lag, wurden länger, und mehrfach versuchte er, sie in ein Gespräch zu verwickeln, damit sie länger bei ihm bliebe. Franz hatte schöne blaue Augen mitten in seinem verschmutzten Gesicht. Er erzählte ihr, dass er von einem Granatsplitter getroffen war, als er sich in einer Schlange vor einer Bäckerei angestellt hatte, in der Brot verkauft wurde. Drei Frauen, die weiter vorn standen, hatte die Granate zerfetzt.

Jutta schluckte: »Entsetzlich!« Dann fragte sie: »Wo kommst du denn her?«

»Aus Spandau«, fuhr er leise fort, sich scheu umblickend: »Ich bin sechzehn und wurde noch zum Volkssturm eingezogen! Wir haben ein paar Übungen am MG und mit Panzerfäusten gemacht, und dann sollten wir nach Berlin für den Führer kämpfen. Auf dem Marsch dorthin bin ich abgehauen. Ich wollte eigentlich bei meiner Tante untertauchen, die in dem Haus für Postangestellte am Lietzensee wohnt, aber die hat mich wieder weggeschickt, weil sie große Angst hatte vor zwei Frauen in ihrem Haus, die noch immer übelste Nazissen waren und jeden denunzierten, den sie verdächtigen. Wenigstens hat mir meine Tante Zivilkleidung geben können. Ich bin dann weg, wusste nicht wohin. Dann habe ich mich in die Schlange nach Brot angestellt und nun bin ich hier.« Er verzog das Gesicht zu einem schiefen Lächeln. »Eigentlich habe ich Glück gehabt. Um eine Unterkunft muss ich mich nun nicht mehr kümmern.«

»Pass bloß auf, wenn du wieder draußen bist! Es sollen ja überall ›fliegende Standgerichte‹ unterwegs sein, die Deserteure jagen und aufhängen oder erschießen.« Juttas Augen wurden dunkel vor Sorge, aber dann lächelte sie: »Hier bist du erst mal sicher. Nachher kommt sogar eine Ärztin aus dem Lazarett im Frauenbundhaus zu uns und versorgt auch mal unsere Verwundeten.«

In diesem Moment wurde die Kellertüre aufgestoßen. Zwei Männer führten einen Neuankömmling die Kellertreppe hinunter, dessen rechtes Bein eine einzige blutende Wunde war. Der junge Soldat stieß verzweifelte Schmerzensschreie aus, sackte immer wieder in sich zusammen und wäre gestürzt, wenn die Männer ihn nicht mit festen Griffen gehalten hätten. Es war ein erbarmungswürdiger Anblick.

Jutta schaute starr vor Schreck dem Geschehen zu.

»Hier bringn wa wieda jemand«, sagte einer der Männer, als sie im Keller angekommen waren. Schnell holten die Schwestern eine Matratze herbei und während die Männer den Verwundeten vorsichtig darauf ablegten, schimpfte der eine aufgebracht: »Diese jottverdammten Nazis! Wann machen diese Kriegsvabrecha endlich mit dem Wahnsinn Schluss? Die opfan dit janze Deutschland und selbst habn se sich schon längst abjesetzt!«

»Mann, reg dir ab! Wia müssen weita! Wiedasehn!« Eilig zog der andere ihn wieder die Treppe hoch.

»Steh nicht herum! Hilf!« Erstaunt schaute Schwester Maria Jutta an, die ihre Worte nicht wahrzunehmen schien, sondern noch immer wie versteinert auf den Verwundeten blickte, der mit schmerzverzerrtem Gesicht, aber geöffneten Augen gekrümmt auf seiner Matratze lag. Ihre sonst rosigen Wangen waren leichenblass. Langsam löste sich ihre Erstarrung, sie begann zu zittern und ihre Augen füllten sich mit Tränen. Im Keller war es still geworden. Die Frauen hatten ihre Tätigkeiten unterbrochen und beobachteten verwundert das Verhalten des jungen Mädchens. Denn jetzt trat Jutta an die Matratze heran. Ihr junges Gesicht hatte einen harten Zug angenommen und mit schneidender Stimme, in einer Mischung von Hohn und Triumph, sprach sie den elend Daliegenden an: »Siehst du, jetzt hast du kein Bein mehr, Parteigenosse Paul Herold! Der liebe Gott kennt deine Verbrechen! Der liebe Gott hat dich dafür bestraft, dass du Frau Schaub und Jochen Keller und so und so viele andere denunziert hast und schuld bist, dass sie jetzt tot sind! Hingerichtet, ermordet!«

Dann spukte sie mit einem Ausdruck äußersten Ekels vor ihm aus. Ehe jemand reagieren konnte, sagte sie in die Runde: »Keiner kann von mir erwarten, dass ich dieses Scheusal pflege.«

Anschließend ging sie in den Nebenraum und begann, Lappen zu sortieren.

Nach einer Weile setzte sich Schwester Maria schweigend neben sie und half ihr. Plötzlich begann Jutta zu reden, stockend, vornübergebeugt in die Lappen hinein: »Ich kenne die Familie Herold seit meiner Kindheit. Sie wohnen in unserm Haus, der Vater ist Hausmeister und Blockwart. Sie sind Nazis der schlimmsten Sorte und haben uns jahrelang terrorisiert. Paul war früher ein normaler Junge. aber dann trat er in die HJ ein und wurde ein Spitzel und Denunziant wie seine Eltern. Jochen Keller aus unserm Haus, ein Vater von zwei kleinen Kindern, war auf Fronturlaub. Paul hat ihn belauscht, als er sich mit seiner Frau auf einer Bank im Park unterhielt. Er wurde aufgrund von Pauls Aussage zum Tode verurteilt. Das war so eine nette Familie! Dieses gemeine Schwein!« Jetzt schluchzte Jutta wieder.

»Beruhige dich!« Schwester Maria streichelte mit ihrer kalten Hand über Juttas Wange. »Überlassen wir ihn Gottes Gerechtigkeit! Er wird ihn richten!«

Jutta musste sich nicht bemühen, dem verwundeten Paul Herold aus dem Wege zu gehen. Am nächsten Tag beendete sie ihre Tätigkeit im Finanzamt, da die Schlacht um Berlin in ihr Endstadium getreten war und in den Straßen ein erbitterter Kampf um jedes einzelne Haus begonnen hatte. Jutta wagte sich nicht mehr hinaus, sondern hockte mit ihrer Mutter, dem kleinen Bruder Georg und den wenigen Nachbarn, die in den letzten Wochen nicht geflüchtet waren, im Luftschutzkeller ihres Hauses. Gelähmt von Todesangst, hörten sie das pausenlose Zischen und Krachen der Granaten und das Dröhnen der Flugzeuge. Im Lietzenseepark fanden besonders schwere Kämpfe statt, weil sich hier die Fronten trafen. Die deutschen Soldaten hatten ihren Gefechtsstand im Park, die russischen Soldaten drangen vom Kaiserdamm vor.

Dann kam der 2. Mai 1945. An diesem Tag war der Zweite Weltkrieg am Lietzensee zu Ende und die Russen stürmten als Sieger in die Häuser. In Juttas Luftschutzkeller war man auf alles gefasst. Ihre Mutter hatte sich über ihr helles Haar ein Kopftuch gebunden, einen Sack als Kleid zurechtgeschnitten, der um ihre dürre Gestalt schlotterte und mit Asche Falten ins Gesicht gemalt. Jutta trug ein Kleid, aus dem sie eigentlich schon herausgewachsen war, in der Hoffnung, so klein und dünn, wie sie aussah, für ein Kind gehalten zu werden. Um Georg brauchten sie sich keine Sorgen zu machen. Die Russen liebten Kinder. Aber wie durch ein Wunder blieb Juttas Keller verschont.

Am übernächsten Tag zog Frau Meinert mit den Kindern zurück in ihre Wohnung im Hinterhaus, 3. Etage. Die drei schafften Ordnung, so gut es das Ausmaß der Zerstörung und ihre unterernährten Körper erlaubten. Zum Schluss zerrten sie mit vereinten Kräften einen demolierten Schrank neben die Tür, den sie bei Bedarf als Bollwerk gegen einen Überfall russischer Soldaten davorschieben wollten.

Anschließend befahl Juttas Mutter: »Ihr bleibt hier! Ich schau mich mal draußen um, auf alle Fälle erst Mal allein. Außerdem will ich sehen, wo ich etwas zu essen bekomme. Ich habe gehört, der Laden in der Riehlstraße hat geöffnet.«

Aber trotz des strengen Tons widersprach Jutta: »Ich komme mit. Ich helfe dir«, und griff nach ihrer Strickjacke. Als Georg krähte: »Ich auch«, gab Frau Meinert ihren Widerstand auf, viel zu müde, sich auf lange Diskussionen einzulassen. »Na gut! Um diese Zeit sind die meisten Russen noch nüchtern. Da plündern sie nur«, meinte sie sarkastisch.

Gerade als sie in den Hof traten, rumpelte ihnen durch den Hausflur des Vorderhauses ein Mitleid erregendes Fuhrwerk entgegen. Erschrocken sahen die drei einen schräg nach vorn gebeugten Mann, der, ausgemergelt und zerlumpt wie er war, mit größter Anstrengung einen Leiterwagen hinter sich herzog. Er konnte den Wagen nur mit der linken Hand ziehen, da er seinen rechten Arm in einer Schlinge trug.

In dem Leiterwagen lag ein anderer Mann, ebenso verdreckt, ein Bein mit einem blutigen Verband umwickelt. Quer über dem Wagen lag eine Krücke. Obwohl der Verwundete die Augen geschlossen hielt und sein Kopf bei jeder Bewegung hin und herschaukelte, erkannte ihn Frau Meinert sofort. Voller Abscheu rief sie: »Das ist ja Paul.«

»Ist er tot?« Georg guckte neugierig, ob er etwas erkennen konnte.

»Nee«, erwiderte Frau Meinert, deren Miene zeigte, dass sie gegen einen toten Paul nichts einzuwenden hätte, »sonst würde der andere ihn nicht nach Hause schleppen.«

Jutta nahm den Dialog gar nicht wahr, weil sie die ganze Zeit nur Augen für den Mann hatte, der den Wagen zog. Jetzt hob er den Kopf und beide erkannten sich im selben Moment.

Franz blieb mit einem Ruck stehen: »Jutta? Was machst du denn hier?« Er lachte überrascht, freute sich ganz offensichtlich, seine liebevolle Pflegerin so unverhofft wiederzusehen.

Jutta trat einen Schritt auf ihn zu: »Franz! Du?« Auch sie lachte glücklich. Ihr Herz begann schneller zu klopfen. »Ich wohne hier. Was denn sonst? Und du?«

»Wir haben uns wegen der Russen aus dem Finanzamt davongemacht. Ich kann zum Glück erst mal bei Paul bleiben. Ich weiß ja sonst nicht wohin.«

Ohne Mitgefühl blickte Frau Meinert auf den zerlumpten Bekannten ihrer Tochter: »Da seien Sie mal vorsichtig, dass Sie nicht gleich mitkassiert werden. Die Russen nehmen überall Nazis gefangen, wie den Paul da und seine Eltern. Ich weiß nicht, ob unsere Hausbewohner dichthalten.«

»Bitte, verraten Sie uns nicht«, klang es weinerlich aus dem Leiterwagen. Paul hatte sich während des Gesprächs aufgerichtet und versuchte aus dem Wagen zu steigen. »Komm, Franz, hilf mir!«, forderte er ungeduldig.

Frau Meinert und ihre Kinder beobachteten stumm, wie Franz mit seinem Gleichgewicht kämpfte, während er Paul, mit einem Arm über seiner Schulter und gestützt auf die Krücke, zu der Hausmeisterwohnung im Parterre auf der rechten Seite des Hinterhauses führte. Bevor sie in den Eingang traten, drehte sich Franz um. »Vielleicht sehen wir uns nachher?«, rief er Jutta zu. Sie nickte und das Rot ihrer Wangen vertiefte sich vor Freude.

Dann lief sie ihrer Mutter hinterher, die mit Georg schon vorgegangen war. Vor der Haustür waren die beiden stehengeblieben, überwältigt von dem Anblick der Zerstörung: Die Wundtstraße war nur noch ein schmaler Trampelpfad, der im Zickzack verlief zwischen Wracks von Lastwagen und Geschützen, zwischen zerfetzten Barrikaden, abgebrochenen Bäumen und meterhohem Schutt. Frau Meinert gab sich einen Ruck, ergriff Georgs kleine Hand und sagte zu Jutta: »Komm! Wir sehen uns den Park an.«

So begann ihr erster Spaziergang nach dem Ende des Krieges.

Durch das Tor, dessen eiserne Türen verbogen in den Angeln hingen, gingen sie geradeaus die Treppenstufen Richtung See hinunter. Rechts sahen sie in einiger Entfernung ein Lager von russischen Soldaten, die dort im Freien mit ihren Pferden kampierten.

»Die sind nicht zu beneiden«; sagte Frau Meinert mit Nachdruck, »dagegen hausen die Offiziere bedeutend bequemer. Ich habe gehört, dass sie in der Dernburgstraße sämtliche Wohnungen beschlagnahmt und sich dort einquartiert haben. Kommt, wir gehen nach links. Weg von den Russen.«

Aber das Vorankommen gestaltete sich mühsam. Die Wege waren schwer passierbar wegen umgestürzter und verkohlter Bäume, überall Dreck und Reste von Soldatenlagern, die Erde aufgerissen von Bombentrichtern. Sie gingen an Gräbern vorbei mit einfachen Kreuzen, in denen die Toten, viele aus dem Lazarett im Frauenbundhaus, von den Patres vorläufig bestattet worden waren.

»Wann machen die denn das alles wieder weg, dass wir wieder auf dem See rudern können?«, fragte Georg ungeduldig und zeigte auf den unsichtbaren See. »Jetzt ist der Krieg doch zu Ende.«

Bald nach Beginn des Krieges hatten Soldaten den Lietzensee mit künstlichem Rasen und Büschen abgedeckt, um den feindlichen Fliegern die Orientierung zu erschweren.

»Sicher bald«, tröstete Jutta, »im Moment gibt es Wichtigeres zu tun.«

Da hörte sie ein leises Schniefen neben sich. Erschrocken blieb Jutta stehen: »Mutti, du weinst ja!« Sie gab ihr einen Kuss: »Jetzt wird doch alles wieder gut. Der Krieg ist vorbei. Sieh mal, wie grün schon alles ist.«

»Und die Sonne scheint so schön«, rief auch der kleine Bruder, um die Mutter aufzumuntern. Jutta streichelte über das nasse Gesicht ihrer Mutter, die die Arme um ihre beiden Kinder legte und sie an sich zog: »Wenn ich euch nicht hätte!« und voller Hoffnung fuhr sie fort: »Vielleicht kommt ja auch der Vati bald nach Hause!«

Schließlich verließen die drei den Park und gingen im Gänsemarsch auf dem Trampelpfad zum Kaufmann in der Riehlstraße, als Jutta plötzlich ihren Namen rufen hörte. Schwester Berta stand winkend am Eingang des Frauenbundhauses.

»Geh ruhig hin«, ermunterte Frau Meinert ihre Tochter. »Ich kann mit Georg allein nach dem Laden sehen. Vielleicht haben die Schwestern ja auch etwas zu essen für uns.«

Schwester Berta – ihr Häubchen saß ganz schief, da sie keine Klammern mehr zum Feststecken hatte – umarmte das junge Mädchen herzlich: »Ich bin so froh, dass ich dich sehe! Wie geht es euch? Waren die Russen in euerm Keller?«

»Zum Glück nicht. Wir haben bis jetzt alles einigermaßen überstanden, nur der Hunger bringt uns fast um.« »Wir haben auch nicht viel, aber ich kann dir etwas geben. Hast du Zeit? Dann komm doch 'rein. Es gibt so viel zu erzählen.«

Die Schwester zog Jutta in das Haus hinein und setzte sich mit ihr auf eine Bank in der Eingangshalle.

»Was ist denn aus dem Lazarett im Finanzamt geworden«, fragte Jutta.

»Wir konnten ja erst einige Tage nach dem Ende der Kämpfe wieder dorthin gehen«, berichtete Schwester Berta, »um zu sehen, wie es um die Verwundeten stand, ob sie überhaupt noch am Leben waren. Sie lagen ja dort seit Tagen ohne Betreuung und Nahrung. Das muss man sich mal vorstellen! Einige von ihnen hatten schon ohne Hilfe den Keller verlassen können, viele waren gestorben und um die übrigen noch Lebenden kümmern wir uns jetzt.«

In diesem Moment kam ein großer Mann in schwarzem Talar die Treppe herunter, ein dickes Kreuz baumelte an einer Schnur auf seiner Brust. Schwester Berta und Helga sprangen auf. Der Priester kam gutgelaunt auf sie zu und gab ihnen die Hand: »Ick sehe, Schwester Berta, Sie organisieren Verstärkung. Sehr jut! Gehnse man schon los! Ick komm gleich nach!«

Schwester Berta schaute ihm glücklich hinterher: »Das war Pater Michalke, einer der Priester von der St. Canisius-Kirche. Ein echter Weddinger Junge! Der beste Beweis, dass Gott uns nicht im Stich lässt! Er und die anderen Priester sind in unser Haus eingezogen, nachdem die Kirche drüben abgebrannt war. Jetzt, wo dauernd die Russen auch in unser Haus kommen, sind die Priester die reinsten Schutzengel. Die meisten Rotarmisten sind ja, obwohl sie Kommunisten sind, noch fromm. Wenn sie hereinkommen, die Schwestern in ihrer Tracht sehen und dann ihnen ein Priester mit einem Kreuz auf der Brust entgegentritt, sie womöglich noch segnet, dann verziehen sie sich wieder.« Schwester Berta kicherte.

»Morgen komme ich mit Ihnen ins Lazarett«, versprach Jutta, »ich muss nur erst meiner Mutter Bescheid sagen.« Sie verabschiedete sich und wollte über den Schutt zurück zu ihrem Haus balancieren, als sie wieder ihren Namen hörte: »Jutta! Warte!« Diesmal war es Franz.

Mit strahlender Miene und frischgewaschenem Gesicht kam er auf sie zu und hielt triumphierend seinen rechten Arm hoch, der in einem neuen, schneeweißen Verband steckte: »Paul und ich waren im Lazarett zum Verbinden. Mein Arm verheilt gut. Bald kann ich nach Spandau zurückkehren und sehen, wie es meinen Leuten zu Hause geht.« Franz lachte übermütig und als er, nur wenig größer als Jutta, seine gesunde Hand um ihre Schulter legte, ließ sie es sich gern gefallen. Gemeinsam gingen sie weiter.

»Und Paul?«, fragte Jutta. Franz zuckte mit den Schultern: »Er ist noch im Lazarett und wird gerade verbunden. Das Bein muss ihm übrigens nicht abgenommen werden, aber wahrscheinlich wird er sein Leben lang humpeln.

Paul und seine Mutter machen sich übrigens bald aus dem Staub. Es wird ihnen hier zu gefährlich.«

»Die wollen abhauen?« Überrascht blieb Jutta stehen, zwischen ihren Augen bildete sich eine scharfe Falte. »Ja«, Franz zog sie weiter, unbeeindruckt von ihrer heftigen Reaktion. »Sie werden demnächst nach Storkow gebracht, wo die Schwester der Mutter wohnt und beide aufnehmen will.«

»Weiß denn dort niemand, dass sie Nazis sind? Und was für welche!«, rief Jutta aufgebracht, gleichzeitig wuchs ihr Ärger über seine Gleichgültigkeit.

Aber Franz blieb gelassen: »Nein. Im Gegenteil, man hält sie dort für Kommunisten. Die Schwester war schon immer eine überzeugte Kommunistin und ist deswegen jetzt bei den Sowjets gut angesehen. Die helfen ihr sogar beim Transport der Verwandten.«

Inzwischen waren die beiden an ihrem Wohnhaus angekommen und betraten den Hof.

»Wie kannst du ruhig bleiben bei dem Gedanken, dass die beiden einfach so davon kommen sollen?« Jutta packte den gesunden Arm von Franz und schüttelte ihn. »Das sind Verbrecher. Die müssen bestraft werden!«

Franz machte sich los. »Nicht so laut!«, zischte er. »Das geht keinen etwas an.« Er blickte zu den Fenstern hoch, besorgt, dass jemand Zeuge ihrer Auseinandersetzung war. Aber schnell kehrte seine gute Laune zurück.

»Wollen wir uns dorthin setzen?«, fragte er Jutta und wies auf einen umgestürzten Baum, der mitten im Hof lag und wie eine Bank zum Sitzen einlud. Als sie nebeneinandersaßen, schaute Franz zum Himmel hinauf und schloss für einen Moment die Augen: »Wie die Sonne schon wärmt! Das Leben ist so schön. Keine Bomben mehr. Und bald bin ich wieder zu Hause.« Er wollte seinen gesunden Arm um Juttas Schultern legen, aber sie rückte von ihm weg.

»Wie kann denn eine Kommunistin PGs unterstützen, selbst wenn sie Verwandte sind. Das sind doch Todfeinde«, fuhr sie unerbittlich fort.

Träge erwiderte Franz: »Du kennst doch das Sprichwort: ›Blut ist dicker als Wasser‹.« Die Beine ausgestreckt, gab er sich noch immer ganz der wärmenden Maisonne hin. »Aber das ist doch jetzt egal! Außerdem sind die Herolds doch nicht nur Verbrecher, sie zeigen doch auch Mitgefühl. Schließlich haben mich Paul und seine Mutter bei sich aufgenommen. Dafür bin ich ihnen wirklich dankbar. Und der Vater ist in russischer Kriegsgefangenschaft, hat also auch seine Strafe bekommen.« Als Jutta stumm blieb, fuhr er fort: »Du kannst sowieso nichts machen. Das Leben geht weiter.«

Jutta stand abrupt auf und sah auf den jungen Mann hinab, in den sie sich fast verliebt hätte.

»Du gehst schon?«, fragte dieser überrascht. »Ich muss meiner Mutter helfen.«

Am nächsten Tag betrat Jutta wieder den Keller des Finanzamtes. Der Unterschied zwischen dem frühlingshaften sonnigen Wetter draußen, und der hier herrschenden Düsternis, war so groß, dass sie zunächst kaum etwas erkennen konnte. Vorsichtig stieg sie die Kellerstufen hinab und sah im Halbdunkel um einen Tisch eine Gruppe Frauen sitzen, die sie jetzt freudig begrüßten: »Wie schön! Wir bekommen Verstärkung.« Eine ältere, untersetzte Frau stand auf und kam ihr entgegen: »Komm, ich zeige dir, was du machen musst.« Sie wies auf den Tisch, auf dem sich Stoffe aller Art türmten, wie Jutta jetzt sah, Lappen, Decken, Laken, große und kleine Teile. Während die Frau zwischen den Stoffen herumwühlte und einige hoch hielt, erklärte sie: »Wir nähen Säcke für die Toten.« Und fuhr fort, ohne Juttas Erschrecken zu beachten: »Du musst die einzelnen Teile so zusammennähen, dass die Säcke schließlich die notwendige Größe haben.«

»Ich kann gar nicht nähen«, stotterte Jutta und zog die Strickjacke eng um ihren Körper, weil sie plötzlich fröstelte. Die Frauen lachten, eine meinte: »Keine Bange, das lernst du bei uns.« So setzte sich Jutta zu ihnen und begann die ungewohnte Arbeit. Scheu blickte sie sich um, sah aber im Nebenraum nur Verwundete liegen, die von Frauen in Schwesterntracht versorgt wurden.

»Gibt es denn so viele Tote?«, fragte sie ihre Nachbarin. »Allerdings«, war die lakonische Antwort. »Unsere Männer haben seit Tagen damit zu tun, eine Grube im Hof des Finanzamtes auszuheben und darin die Toten in unseren Säcken zu begraben. Natürlich nur vorübergehend«, fügte sie hinzu, als sie Juttas entsetztes Gesicht bemerkte. »Wahrscheinlich dauert es nicht mehr lange, bis die Friedhöfe wieder geöffnet werden und die Toten umgebettet werden können, die überall provisorisch begraben sind.«

Zum Glück für alle Beteiligten waren die Tage des Lazaretts gezählt. Als wieder einmal auf der Suche nach versteckten deutschen Soldaten Russen in den Keller hinabstiegen, war unter ihnen diesmal auch der für diesen Abschnitt zuständige Kommandant. Dieser schritt mit versteinerter Miene durch die Räume. Pater Michalke, der die Russen herumführte und Erklärungen abgab, warf ungeniert seine priesterliche Autorität in die Waagschale: »Helfen Sie uns! Wir brauchn 'n Arzt, wir brauchn Lebensmittel, wir brauchn 'n Lastwagn, um die Verwundeten in 'n Krankenhaus zu bringn!«

Der Kommandant, sichtlich beeindruckt von den unhaltbaren Zuständen des Lazaretts, versprach sofortige Hilfe. Tatsächlich kam wenig später eine russische Ärztin, um die Lage zu inspizieren. Sie ließ auch frisches Pferdefleisch verteilen, bat sogar um Entschuldigung, dass es noch nicht zubereitet sei. Nur einen Lastwagen hatte der Kommandant nicht auftreiben können. Dafür schickte er am Tag darauf drei kleine Panjewagen, mit denen die Verwundeten in mehreren Etappen zum Westend-Krankenhaus am Spandauer Damm transportiert werden sollten. Überrascht und erfreut über die Hilfsbereitschaft der Russen beobachteten Jutta und die anderen Helfer im Lazarett, wie der Pater den Kutschbock des ersten Wagens bestieg, um dem Kutscher den Weg zu weisen. Bevor dieser aber seinen Pferdchen mit der Peitsche den Marschbefehl gab, ergriff er zur Verblüffung aller das Kreuz des Paters und küsste es: »Ich orthodox!«, strahlte er in die Runde. Dann rumpelten sie mit den Panjewagen los zum Krankenhaus. Mit dem Abtransport der letzten Verwundeten hatte der Keller des Finanzamtes in der Bismarckstraße als provisorisches Lazarett ausgedient.

Als Jutta an diesem Tag nach Hause kam, hörte sie einen heftigen Wortwechsel aus der Hausmeisterwohnung. Offensichtlich waren Paul und seine Mutter noch nicht zu ihren Verwandten gebracht worden. Neugierig schlich sie sich zum Fenster, das nur mit Pappe verklebt war, so dass sie jedes Wort verstehen konnte.

»Was fällt dir ein, in meinen Sachen herumzuschnüffeln?«, schrie Paul erbost.

»Ich habe nicht geschnüffelt«, schrie Franz zurück. »Ich habe etwas zu lesen gesucht. Das Buch hier ist das Einzige, was man lesen kann. Sonst nur Nazi-Schwarten! Die hätte ich an deiner Stelle sowieso schon längst verbrannt.«

»Gib das Buch her! Das ist wertvoll, du Blödmann!«

»Du spinnst! Was soll daran wertvoll sein?«

»Los, gib her!«

Anscheinend entstand eine Rangelei und das Buch fiel auf den Boden.

»Da sind ja Briefmarken drin.« Die Stimme von Franz klang überrascht.

Er wollte wohl die Briefmarken aufheben, denn Paul schrie jetzt mit einer sich hysterisch überschlagenden Stimme: »Fass die nicht an!«

»Leck mich doch!« erklang die erboste Antwort von Franz, der offensichtlich das Zimmer verließ. »Morgen hau ich ab!«

Schade, dachte Jutta, als sie die Treppen nach oben stieg, ob ich ihn noch einmal wiedersehe? Eigentlich, gestand sie sich ein, bin ich noch immer in ihn verliebt.

Obwohl sie am nächsten Tag gleich nach dem Aufstehen durch das zertrümmerte Flurfenster in den Hof blickte, konnte sie Franz nicht erspähen. Noch mehrmals am Vormittag schaute sie hinunter, immer vergeblich.

Schließlich hielt Jutta es nicht länger aus, sie würde ganz offen im Hof auf Franz warten und sich von ihm verabschieden. Deshalb ging sie hinunter und wollte sich auf den Baumstamm in die Sonne setzen. Aber da durch das diesmal offenstehende Fenster der Hausmeisterwohnung seltsame Geräusche erklangen, schlich sie sich neugierig dorthin. Schadenfroh beobachtete sie Paul, wie er etwas suchte, aber nicht fand.

In der einen Hand seinen Stock, mit dem er sich abstützte, wühlte er mit der anderen Hand sämtliche Schubladen und Schrankfächer durch, die noch vom Krieg übriggeblieben waren und warf den Inhalt auf den Boden, Papiere, Wäsche, sogar eine Tasse. Sein Gesicht war vor Wut verzerrt.

Plötzlich kam seine Mutter in das Zimmer gestürzt, eine Schürze umgebunden und in der Hand ein Küchenhandtuch.

»Was machst du da? Bist du verrückt geworden?«, kreischte sie und schlug mit dem Handtuch nach ihrem Sohn.

»Dieses Schwein, dieser Verbrecher! Er ist einfach abgehauen!« Paul heulte fast.

»Deshalb brauchst du doch nicht alles zu zerschlagen. Die schöne Tasse!« Sie bückte sich und hob die Scherben auf. »Wir haben nicht einmal Klebstoff«, jammerte sie.

»Er hat mein Buch gestohlen.« »Na und? Du liest doch sowieso nichts!«
»Aber das Buch ist wertvoll.« »Ach, Quatsch!«

Langsam kehrte Jutta wieder in ihre Wohnung zurück. Franz war schon im Morgengrauen verschwunden und hatte ein wertvolles Buch mitgenommen. Jutta konnte sich kein Buch vorstellen, das man, wie Franz, unbedingt klauen oder über dessen Verlust man so außer Fassung geraten müsste wie Paul. Kurz darauf verließen Paul Herold und seine Mutter für immer die Hausmeisterwohnung in der Wundtstraße.

23

Danke, Helga Prochanke oder Lisa Schneider oder Jutta Meinert! Anna lehnte sich aufatmend zurück, noch ganz aufgewühlt von ihrer Lektüre. Unzweifelhaft handelt es sich bei dem »Buch«, das nie genannt wurde, um die bewussten »Elixiere des Teufels«. Wieder waren die Zusammenhänge ein wenig klarer geworden, auch wenn die Bedeutung des Buches noch immer ein Geheimnis blieb.

Doch hinter der letzten Seite im Schnellhefter bemerkte jetzt Anna noch einen handschriftlichen Zettel von Helga Prochanke: »In den Fünfziger Jahren habe ich zufällig Franz Reimann wieder getroffen, und wir waren eine Zeitlang befreundet. Er erklärte mir auf meine Fragen, Paul habe ihm gesagt, der Wert des Buches bestand in den Briefmarken, die zwischen den Seiten lagen. Aber als Franz die Marken dann verkaufte, bekam er nur wenig Geld dafür. Der Wert des Buches muss also auf einem anderen Gebiet liegen. Gruß H.P.«

Wenn diese ganze Sache überstanden ist, werde ich die Prochanke besuchen, nahm sich Anna vor. Wahrscheinlich hat sie noch eine Menge zu erzählen. Dann schrieb sie ihr einen Dankesbrief.

Endlich hatte Anna einen Termin für ein Treffen mit Deborah und Luise festmachen können. Als Anna in einer Chorpause Madleen erzählte, dass sie sich am nächsten Tag mit einer Amerikanerin verabredet hätte, fragte die Freundin neugierig nach.

»Der Ururopa der Amerikanerin wohnte hier am Lietzensee«, erklärte Anna. »Sie möchte das Haus und die Gegend kennenlernen, wo ihre Vorfahren herstammen. Die sind in der Nazi-Zeit nach Amerika emigriert. Ich habe Deborah durch Zufall kennengelernt.«

Jonas hatte ebenfalls zugehört: »Deborah, schöner Name.«

Anna nickte: »Zusammen mit Zukerman sogar noch besser.«

»Stört es dich, wenn ich bei euerm Treffen dabei bin?«, fragte Madleen, »Ich habe eine Vorliebe für alte Familiengeschichten.«

Anna zuckte mit den Schultern. »Klar, kannst du kommen! Meine Freundin Luise, die in dem Haus wohnt, kommt auch.«

»Also, ich würde da auch gern zuhören, was die Amerikanerin erzählt«, mischte sich Jonas wieder ein.

»Du auch?« Anna zögerte. »Wird vielleicht ein bisschen viel. Aber von mir aus.«

Als Anna am nächsten Tag gegen drei Uhr nachmittags ins Piano-Café an der Neuen Kantstraße kam, winkte ihr Jonas zu, der an einem Fenstertisch saß, neben ihm, eng an ihn gerückt, und mit strahlendem Lächeln Madleen. Das Café war gut besucht und Neuankömmlinge mussten unter den Gästen Ausschau halten, wenn sie mit jemandem verabredet waren. So blieb auch jetzt Deborah in kurzem schwarzen Kleid an der Tür stehen, die Sonnenbrille ins Haar geschoben, und ließ ihre Augen durch den Raum wandern. Unbekümmert stand sie da, ohne zu bemerken, dass ihre Erscheinung die Blicke der Cafébesucher auf sich zog.

Jonas hatte sich mitten im Satz unterbrochen und starrte sie an: »Wahnsinn!«

Anna schmunzelte: »Das ist Deborah.«

Ohne seinen Blick abzuwenden, murmelte er: »Hinreißend! Penelope Cruz!«

»Stimmt«, lachte Anna. Madleen musterte stumm die Neuangekommene.

Deborahs Blick fiel auf Anna, die aufgestanden war. Sie kam atemlos auf sie zu, gab ihr zwei Küsschen auf die Wangen und sprudelte hervor: »Bin ich zu spät? Sorry, ich weiß nicht, wie lang die U-Bahn braucht.« »Überhaupt nicht«, beruhigte sie Anna. »Luise ist auch noch nicht da.«

Deborah hatte sich bereits Jonas zugewandt, der sie um Kopfeslänge überragte, schenkte ihm ebenfalls ein strahlendes Lächeln und zwei Küsschen und fragte: »Dein Freund?«

»Das ist Jonas. Wir singen zusammen im Chor. Und das ist Madleen«, stellte Anna ihre Freunde vor. »Die beiden wollen auch gern Deine Familiengeschichte hören, wenn Du nichts dagegen hast.«

»Not at all! Im Gegenteil freue ich mich.«

Nun erhielt auch Madleen, die ebenfalls aufgestanden war, die beiden obligatorischen Küsschen der jungen Amerikanerin, während Jonas die Stühle zurecht rückte: »Setzt Euch doch!« Charmant lächelnd platzierte er Deborah dicht neben sich auf Madleens Stuhl. Anna musste sich ein Grinsen verbeißen, als sie Madleens Ärger sah. Sie legte den Arm um ihre Schulter: »Komm, setz dich neben mich! Luise wird auch gleich kommen.«

Inzwischen hatte Deborah Platz genommen: »Ich bin eben gegangen durch den Park. Er ist sehr schön, auch wie der See«, rief sie und schaute sich glücklich um: »Mein Ururopa hat immer zu meinem Opa erzählt, how simply beautiful seine Wohngegend war! Es stimmt.«

Jonas setzte sich ebenfalls: »Ich bewundere dich – ich kann doch du sagen, oder?«

»Of course! Meine Freunde nennen mich Debbie.«

»Also, Debbie, ich bewundere dich, wie du deine vielen Opas und Uropas und Ururopas auseinanderhältst.« Er lachte sie zärtlich an: »Kannst du mir das nicht auch beibringen?« Er rückte seinen Stuhl so nah neben sie, dass sich ihre nackten Arme berührten.

»Das ist nicht schwer«, kicherte Debbie.

Anna beobachtete Jonas. Arme Madleen! Wenn sie gehofft hatte, dass er sich vielleicht einmal für sie interessieren würde – das war nun vorbei. Jetzt war Deborah erstmal seine Favoritin.

Luise tauchte auf, gutgelaunt wie immer, in ihrem üblichen schlabbrigen Pulli über den Jeans. Obwohl jung und hübsch, drehte sich niemand nach ihr um.

Anna machte sie mit den drei anderen bekannt. Schließlich saßen sie vor ihren Getränken und plauderten. Luise erzählte von ihrem Unterrichtspraktikum in Latein, Jonas von seinem Studium, das ihn nicht so befriedigte, wie er es sich wünschte, und Anna von Kallis Begabung, Cello zu spielen. Madleen sagte kaum etwas.

Deborah genoss das Beisammensein mit den neuen Freunden und hörte einfach nur zu, bis Anna sie bat: »Jetzt erzähle du doch mal von dir und deinen vielen Opas. Warum kannst du eigentlich so gut deutsch?«

Debbie freute sich: »Danke, gern höre ich das. Zu Hause, in New York, wir Kinder mussten immer deutsch sprechen mit den Großeltern und den Onkel und Tanten. Da habe ich gelernt viel, auch im Goethe-Institut habe ich gemacht einen Kurs. Auch studiert habe ich die Sprache hier in Deutschland an verschiedenen Schulen. Ich bin bald schon ein Jahr in euerm Land, an verschiedenen Orten, München, Hamburg, Heidelberg, Köln, immer ein paar Wochen. Einmal sogar in einem Dorf bei Münster, bei entfernten Verwandten. Berlin ist meine letzte Station, im Sommer ich fliege zurück nach Hause. That's a pity!« Debbie zog die Nase kraus. »Aber ich komme wieder!« Sie lachte schon wieder.

»Jobst du überall?«, fragte Luise verwundert, die selbst sehr sparsam leben musste, obwohl sie sich durch Kellnern noch etwas Geld zu ihrem Stipendium dazuverdiente, »oder wer bezahlt das alles?«

»Meine Eltern.«

»Die müssen aber reich sein«, meinte jetzt auch Jonas.

Deborah nickte ernsthaft mit ihren dunklen Augen: »Yes, really.«

»Nun fang doch bitte an zu erzählen, von Deiner Familie und Deinen Opas früher hier in Berlin«, bat Anna.

»Das ist eine lange Geschichte. Ich weiß nicht, vielleicht interessiert sie euch nicht.« Die junge Amerikanerin war plötzlich unsicher geworden.

Beruhigend tätschelte Jonas ihren Arm: »Keine Angst! Wenn wir uns langweilen, schlafen wir ein und schnarchen! Dann kannst du aufhören!«

Debbie lächelte ihn an und nickte: »Okay! Den Opa von meinem Opa natürlich kannte ich nicht. Es ist lange her, dass er ist gestorben bei uns in Amerika. Aber mein Opa, der alt ist, aber noch lebt, hat ihn gekannt gut und mir viel von ihm erzählt. Die Zuckermanns war eine große Familie, von denen viele wohnten in Berlin. Sie besaßen dort ein Konfektionsgeschäft an einem Platz, den ich nicht mehr weiß, und waren sehr wohlhabend. Aber dann kamen Hitler und die Nazis, die haben die Juden gejagt und alles weggenommen. Daher die Zuckermanns haben ihre Firma verkauft, und sind zusammen alle mit Geschwistern, Kindern und Enkeln aus Deutschland ausgewandert, schon April 1933. Sie gingen zu Amerika, zu Verwandten, die halfen ihnen. Nur mein alter Ururopa, der hier lebte, wollte nicht weg, auch wenn seine beiden Söhne mit den Familien schon gegangen waren.«

»Ich schlage vor, ab jetzt nennst Du Deinen Ururopa nur noch Opa«, meinte Jonas freundschaftlich. »Das ist kürzer.«

»Dein Opa war derjenige, der in meinem Haus wohnte, stimmt's?«, vergewisserte sich Luise. Als Debbie nickte, fragte sie weiter: »Weißt du auch, genau wo?«

»Nicht genau, aber weit oben.«

Luise lachte überrascht auf: »Vielleicht in unserer Wohnung. Meine Tante wohnt im vierten Stock. Man hat von unserer Etage aus eine wunderbare Aussicht, kann weit blicken über den Park und die Häuser.«

»Genau«, bekräftige Deborah. »Deswegen mein Ururopa bzw. Opa«, verbesserte sie sich mit einem koketten Blick auf Jonas, »wollte hierbleiben. Sein lieber Platz war der Sessel am großen Fenster, wo er in den Park sehen konnte. Dort saß er immer, las, trank seinen Tee und genoss die Aussicht. Er fühlte sich als Deutscher, seine Heimatstadt liebte er. Er dachte, wie viele Juden, ihm passiert nichts. Auch war gerade gestorben seine Frau, an der er hatte sehr gehangen. Er wollte in Berlin auch sterben und begraben werden neben ihr. Daher blieb er allein in der Stadt, lebte in seiner großen Wohnung, eine Haushälterin sorgte für ihn. Er hatte seine Bücher, seine Briefmarkensammlung und seine Spaziergänge im Park. Aber dann kamen auch in seinem Leben Vorfälle, warum er doch nach Amerika zu seinen Kindern gefahren ist. Nur zu besuchen, sagte er erst. Aber dann wollte er nie wieder nach Deutschland zurückkehren. Darüber war die Familie erleichtert.«

In das entstehende Schweigen fragte Anna: »Weißt du, um welche Vorfälle es sich handelte?«

»Viele Einzelheiten, die ihm das Leben in seiner Heimat schwer machten.«

Deborah zählte einige Beispiele auf: Plötzlich grüßten ihn gewisse Leute nicht mehr. In dem Tabakladen auf dem Kaiserdamm, in dem er seit Jahren seine Zigarren kaufte und gewöhnlich freundschaftlich mit dem Inhaber plauderte, wurde er nicht mehr bedient. Seine Blumenfrau am Sophie-Charlotte-Platz legte ihm, durchaus hilfsbereit, nahe, in Zukunft seine Blumen hundert Meter weiter in der Suarezstraße zu kaufen: »Das sind auch Juden. Da passen Sie besser hin!« Auf den Fensterscheiben mancher Läden waren in weißer Farbe Davidsterne geschmiert und SA-Leute lungerten davor herum, um Käufer fernzuhalten. Überall wurde ihm eingehämmert, dass »Juden unerwünscht« waren. Überall an den Straßenecken, sogar im Park neben dem Spielplatz, hingen große Schaukästen mit der neuesten Ausgabe des Hetzblattes »Der Stürmer«. Im Vorübergehen hörte er Kommentare wie »Richtig so! Weg mit dem Judenpack!«, aber auch unterdrückte Empörung.

»Im Laufe der Zeit mein Opa verließ immer seltener die Wohnung«, sagte Debbie. »Seine Haushälterin besorgte alles Nötige, er ging nur zum Friedhof in Weißensee, das Grab seiner Frau besuchen. Dann passierte es, warum er für immer seiner Heimat den Rücken kehrte.«

Anfang der dreißiger Jahre hatte sich Deborahs Opa mit einem kleinen Jungen aus dem Haus angefreundet, dem Sohn des Hausmeisters. Schon als Fünfjähriger kam der kleine Paul, ein hübscher, aufgeweckter Junge, die Treppen hochgestiegen und klingelte bei ihm. Er liebte ihn wie seinen eigenen

Enkel. Stundenlang saßen sie zusammen und unterhielten sich, schauten Bücher an, der Opa las ihm vor oder spielte mit ihm. Besonders gern betrachteten die beiden auch seine Alben mit Briefmarken, an Hand derer der alte Mann aufregende Geschichten aus fernen Ländern erzählte. Nebenbei verdrückte Paul jede Menge Kekse und Konfekt aus der Vorratsdose des Opas. Diese gemeinsamen Stunden, bei denen sie nicht gestört werden durften, genossen der Alte und das Kind in gleicher Weise. Nachdem Paul eingeschult war, das war im Jahr 1932, dachten sie sich Rechen- und Lesespiele aus, wobei der Opa in einem Buch bestimmte Zeichen, Zahlen und Unterstreichungen einzeichnete, mit denen er Aufgaben oder Sätze versteckte, die der Junge finden und lösen musste. Das machte beiden einen Mordsspaß.

Aber plötzlich veränderte sich Paul. Seine Besuche wurden seltener, schließlich stellte er sie ganz ein. Wenn er jetzt den Opa sah, grüßte er nicht mehr, sondern schaute weg. Bald schloss er sich jugendlichen Nazigruppierungen an, unterstützt von seinen Eltern, die ebenfalls begeistert mit der neuen Zeit marschierten. Pauls Verhalten war es schließlich, das Deborahs Opa zum fluchtartigen Verlassen Deutschlands veranlasste.

Bisher hatte Anna, wie die anderen am Tisch auch, Deborahs leise vorgetragenem Bericht unbeweglich gelauscht, aber bei ihren letzten Sätzen wurde sie unruhig. Sie beugte sich vor und mit vor Aufregung heiserer Stimme unterbrach sie die Erzählerin: »Der Name des Jungen war Paul Herold! Und das Buch, in das dein Opa Zeichen eingetragen hatte, war ›Die Elixiere des Teufels‹ von E.T.A. Hoffmann! Stimmt's?«

Jetzt war es an der jungen Amerikanerin, sich über die Maßen zu wundern: »Woher weißt du das?«

»Stimmt's?«, drängte Anna wieder und als Deborah, noch immer verständnislos, nickte, lachte Anna auf. »Das Buch, das wir suchen, kommt aus unserer Straße! Ich fass' es nicht!«, rief sie triumphierend. Einige Cafébesucher schauten neugierig zu ihr hinüber. Anna gelang es kaum, ihre Erregung unter Kontrolle zu halten. »Bitte, sag mir«, forderte sie von Deborah, »warum gerade die ›Elixiere des Teufels‹?«

Deborah zuckte mit den Schultern: »Ich weiß nicht! Zufall! Das Buch lag auf dem Tisch, der Opa hatte gerade es ausgelesen. Er nahm es und unterstrich auf verschiedenen Seiten ein Paar Wörter. Paul musste sie suchen, lesen und einen Satz bilden daraus. Später dachten sie sich noch mehr schwere Spiele aus, immer mit demselben Buch. Aber woher weißt *du* davon?«

»Später, Debbie! Jetzt erzähle bitte, warum dein Opa wegen Paul Herold Deutschland verließ!«

24

Oktober 1935.

Wie an jedem Nachmittag pünktlich um halb vier stellte Frau Blum auch heute das blanke Silbertablett mit dem feinen chinesischen Porzellan – Teekanne, Tasse und Zuckerdose – auf den runden Tisch am Fenster, an dem in einem bequemen Sessel ein alter Herr saß und las.

Abraham Zuckermann hatte Zeit seines Lebens Wert auf ein gepflegtes Äußeres gelegt. Auch jetzt im Alter und obwohl er kaum mehr das Haus verließ, verzichtete er nie auf eine passende Krawatte, die er jeden Morgen sorgfältig zu seinem Hemd auswählte, selbst wenn er anschließend nur in seine dunkelbraune Hausjacke schlüpfte. Und immer funkelte der Brillantring an seiner linken Hand, den er von seinem Vater geerbt hatte.

Jetzt hob er den Kopf und sah die Haushälterin mit seinen hellbraunen Augen freundlich an: »Ach, ist schon wieder Teezeit? Wie schnell der Tag bei einem guten Buch vergeht.« Er legte Buch und Brille beiseite und griff nach der Zigarrenschachtel, die auf dem Tisch ihren Stammplatz hatte, um sich zum Tee eine Zigarre anzuzünden.

Behaglich lehnte er sich zurück, trank den ersten Schluck und paffte an seiner Zigarre. Als aber Frau Blum keine Anstalten machte, sich wie üblich zurückzuziehen, sondern unsicher nach Worten suchte, fragte er: »Haben Sie etwas auf dem Herzen, Frau Blum? Dann setzen Sie sich doch bitte!«

Zögernd folgte die Haushälterin seiner Aufforderung und ließ sich auf der äußersten vorderen Kante des anderen Sessels nieder. Aufrecht saß sie da, mit gefalteten Händen, eine gutmütig aussehende korpulente Frau im schwarzen Kleid und weißer Schürze, die Haare zu einem Dutt gesteckt.

»Wie lange sind Sie schon bei uns, Frau Blum?«, fragte Abraham Zuckermann mit weicher Stimme. »Ich jedenfalls weiß es nicht mehr. Aber ein Leben ohne Sie kann ich mir nicht vorstellen.«

Unglücklich blickte Frau Blum ihren Arbeitgeber an: »Neunzehn Jahre«, sagte sie und ihre Augen füllten sich mit Tränen. »Aber ich darf nicht mehr bleiben. Ich bin doch arisch.« Sie suchte in ihrer Schürze nach einem Taschentuch.

Zuckermann wusste, wovon sie sprach. Die Nazis hatten im vergangenen Monat neue »Nürnberger Gesetze« erlassen, nach denen jüdische Familien »weibliche Staatsangehörige deutschen oder artverwandten Blutes unter 45 Jahren« nicht in ihrem Haushalt beschäftigen durften. Er hatte aufgeatmet, da nach seiner Einschätzung das Alter seiner Haushälterin jenseits der vorgeschriebenen Altersgrenze lag. Aber offensichtlich zu Unrecht!

Aufmerksam betrachtete er jetzt die vertraute Gestalt vor ihm, konnte aber dennoch nichts Jugendliches an ihr erkennen.

Frau Blum trocknete sich die Tränen, kämpferisch schaute sie ihn an: »Aber ich bleibe natürlich bei Ihnen! Das kann mir niemand verbieten.«

Zuckermann seufzte: »Ich glaube doch. Aber warten wir erst einmal ab.«

Als Frau Blum nach einer Stunde das Teegeschirr abräumen wollte, saß Zuckermann in Gedanken versunken in seinem Sessel.

Erschrocken blickte sie auf ihn herab: »Sie haben ja gar nichts getrunken. Ihre Zigarre ist auch ausgegangen. Ist Ihnen nicht gut?«

Zuckermann antwortete nicht, lächelte sie nur müde an.

»Gehen Sie doch mal wieder ein bisschen im Park spazieren. Heute ist so ein schöner sonniger Tag, wie man ihn selten im Oktober hat«, ermunterte sie ihn, während sie das Teegeschirr und den Aschbecher aufs Tablett stellte.

Resigniert schüttelte er den Kopf: »Sie wissen doch, ich gehe nicht mehr gern aus dem Haus.«

»Dann machen Sie heute eine Ausnahme. Frische Luft ist wichtig!«

Frau Blum drängte ihn so ausdauernd, dass er sich wenig später von ihr in seinen Übergangsmantel helfen ließ und die Wohnung tatsächlich zu einem Spaziergang verließ. Zufrieden blickte sie ihm aus dem Fenster nach, wie er den Königsweg überquerte und am Springbrunnen den Park betrat.

Zuckermann blieb am Wasserbecken unterhalb des Springbrunnens stehen und atmete tief durch. Er schaute sich um, war plötzlich froh, sich zu diesem Spaziergang aufgerafft zu haben. Wie hoch das Wasser im Springbrunnen in die Höhe schoss, wie klar es im Becken schimmerte! Die Gestaltung der Kleinen Kaskadenanlage entzückte ihn jedes Mal. Trotzdem zögerte er, den Weg geradeaus zu wählen durch einen der beiden Laubengänge, die an den Seiten der eigentlichen Kaskade zum See führten. Er wusste, hier standen zwei Bänke mit der Aufschrift »Nur für Arier!« Dennoch ging er los und richtete dabei seinen Blick statt auf die Bank auf die üppigen Stauden in dem Kaskadenbeet. Aufrecht schritt Zuckermann voran, durch alle Wege des Parks, und spürte, wie ihm die Bewegung gut tat. Er schwelgte im Anblick der herbstlich gefärbten Bäume, die in der Sonne so leuchteten, wie er sich immer den Indian Summer in Kanada vorgestellt hatte.

Zufrieden und müde ließ er sich schließlich bei der zartgliedrigen Diana aus Bronze auf einer Bank nieder, mit Blick auf den See und das gegenüberliegende Lietzensee-Ufer. Noch verspürte er keine Lust, sich wieder in sein Schneckenhaus zu verkriechen, stellte er belustigt fest.

Doch seine Ruhe wurde jäh gestört. Auf dem Weg rechts stürmte mit Gejohle eine Gruppe Jungen unterschiedlichen Alters heran. Es mochten sieben oder acht sein, von denen einige die Uniform des Jungvolkes trugen. Jetzt sah Zuckermann, dass die ersten beiden Jungen nicht zu der Horde gehörten, sondern im Gegenteil von dieser gejagt wurden. Direkt vor seinen Augen an der Diana hatten die Pimpfe und ihre Anhänger ihre Opfer eingeholt, die in panischer Angst um sich blickten in der Hoffnung auf Rettung. Aber es kam keine. Lachend und Schimpfwörter wie »Drecksjuden« kreischend, umzingelte das Nazi-Jungvolk die beiden und während der größere Junge sich mit einem todesmutigen Rundumschlag befreien konnte und wegrannte, wurde der kleinere ihr Gefangener. »In den See!« schrie einer der Pimpfe. Mit vor Erregung roten Gesichtern grölten die anderen begeisterte Zustimmung, hoben den Knaben hoch, der weinte und sich verzweifelt wehrte, und trugen ihn an den See. Dort stellte die jugendliche Nazi-Bande ihn kurz ab und ehe er fliehen konnte, gab der Anführer ihm einen Stoß, so dass er unter fanatischem Jubel der Zuschauer ins Wasser fiel. Verzweifelt ruderte der Gepeinigte mit den Armen und versuchte wieder auf das Ufer zu klettern, aber die Nazi-Jungen, wie berauscht von der Macht über Leben und Tod, traten mit Stiefeln auf seine Hände. Die meisten Spaziergänger nahmen im Vorrübergehen die Situation zur Kenntnis, manche schüttelten auch missbilligend den Kopf, aber niemand griff ein.

Zuckermanns Herz schlug bis zum Hals, auch er verhielt sich still auf seiner etwas abseitsstehenden Bank. Er könnte ohnehin nichts bewirken, sagte er sich, würde sich nur selbst in Gefahr bringen.

Jetzt sah er, wie zwei Männer in SA-Uniform, die den Vorfall beobachtet hatten, sich der Gruppe am See näherten. Überrascht wartete Zuckermann auf ihre Reaktion. Die beiden wollten doch nicht etwa einem jüdischen Jungen helfen?

Sie taten es, aber auf ihre Weise. Der eine SA-Mann, groß und schneidig anzusehen, schob gebieterisch die jugendliche Horde auseinander und schrie den hilflos im Wasser paddelnden Jungen an: »Was fällt dir ein? Weißt du nicht, dass Baden im Lietzensee verboten ist. Komm sofort heraus!«, und zu dem umstehenden Jungvolk gewandt: »Das ist typisch für dieses Judenpack! Weigert sich, die deutschen Gesetze zu befolgen! Also, sorgt weiter für Ordnung auf deutschem Boden! Heil Hitler!« Mit deutschem Gruß verabschiedeten sich die Männer, während der gequälte Junge bereits aus dem Wasser geklettert war und in seinen nassen Kleidern das Weite suchte.

Murrend und unschlüssig standen die Jungen noch ein Weilchen am See herum, so plötzlich ihres Nervenkitzels beraubt. Langsam zogen sie wieder los auf demselben Weg, den sie gekommen waren. Zuckermann blickte in ihre Gesichter, als sie an ihm vorbeischlenderten, suchte nach abartigen, sadistischen Zügen, die ihr grausames Verhalten erklären konnten, aber er sah nur ganz gewöhnliche Jungengesichter mit kindlich-glatter Haut oder ersten Anzeichen der Pubertät. Unter ihnen fiel ihm ein Junge auf, der kleiner als die übrigen war, aber begeistert an der Jagd auf die jüdischen Kinder teilgenommen hatte. Als ob dieser seinen Blick spürte, drehte er plötzlich seinen Kopf zu ihm hin. In derselben Sekunde erkannten sie sich, der Alte und das Kind, die früheren Freunde.

Paul blieb ruckartig stehen. »Wartet!«, rief er. Als die anderen sich neugierig umdrehten, zeigte er mit dem Finger auf Zuckermann und glücklich, auch einen Beitrag zur Unterhaltung leisten zu können, ging er einige Schritte auf ihn zu und schrie: »Das ist auch ein Jude! Ich kenne den! Der wohnt in unserm Haus!« Und er begann zu skandieren: »Saujude! Saujude!« Aber niemand fiel in seinen Hohngesang ein.

Denn Zuckermann war aufgestanden. Sein Gesicht war leichenblass geworden und wirkte wie versteinert. Er starrte den Jungen mit starrem Blick an und setzte sich in Bewegung. Mit einem seltsamen, fast wie ferngesteuerten Gang schritt er auf Paul zu, der, erschrocken über sein gespenstisches Aussehen und Verhalten, verstummte und zurückwich. Der Alte folgte ihm unaufhaltsam nach, ohne ein Wort zu sagen, bis sich Paul hinter einem großen Jungen versteckte und zu weinen begann. Zuckermann blieb stehen, fixierte ihn noch einen Moment, dann kehrte er um und verließ langsam auf dem Weg durch die Rabatte den Schauplatz. Niemand hinderte ihn daran. Im Weggehen hörte er, wie jemand sagte: »Hör uff zu heulen, du Baby!« und damit die Spannung löste, die alle Jungen erfasst hatte.

Seit diesem Ereignis begann Abraham Zuckermann seine Reise nach Amerika zielstrebig vorzubereiten. Er plante zunächst tatsächlich nur einen Besuch bei seiner Familie, denn irgendwann würde sich die Lage in Deutschland wieder normalisieren, redete er sich ein. Aber eine zweite Begegnung mit Paul überzeugte ihn endgültig, dass die Zustände in diesem Land sich nur noch verschlimmerten.

Wochen später nämlich, kurz vor seiner Abreise, klingelte es. Zuckermann ging selbst zur Wohnungstür, um sie zu öffnen, da Frau Blum ihren freien Nachmittag hatte. Vor ihm stand Paul, der ihn verlegen anlächelte und scheu »Guten Tag!« sagte. Dann gab er sich einen Ruck: »Ich möchte mich entschuldigen…«, und als Zuckermann ihn nur stumm musterte, fuhr er fort: »…für mein Verhalten neulich. Es tut mir leid!«

»Komm rein!«

Wie in alten Zeiten gingen sie, Zuckermann voran, durch das Vestibül in das geräumige Wohnzimmer, wo er lesend in seinem Sessel gesessen hatte.

»Setz dich!«, wies er seinen Besuch an, der artig seine Aufforderung befolgte. Zuckermanns strenge Miene wurde weicher in der Erinnerung an die harmonischen Stunden, die er mit diesem Jungen verbracht hatte.

»Möchtest du etwas trinken? Ich glaube, es ist noch etwas von dem Apfelsaft da, der dir immer so gut geschmeckt hat.«

»Ja, gern!« Paul schaute dankbar zu ihm hoch.

»Gut, ich hole ihn aus der Küche. Wie du weißt, hat Frau Blum am Mittwochnachmittag Ausgang.«

»Soll ich helfen?« Paul wollte aufspringen, aber Zuckermann winkte ab: »Nicht nötig.«

Als sie dann aber zusammen saßen, kam kein Gespräch zustande.

»Also, was wolltest du mir sagen?«, begann Zuckermann.

»Naja, dass es mir leid tut«, lautete Pauls dürftige Antwort.

»Warum treibst du dich überhaupt mit diesem Nazi-Pack herum? Es war doch gemein, wie ihr den Jungen gequält habt! Nur weil er jüdisch ist!«

Zuckermann hielt inne, da er spürte, dass seine Worte den Jungen nicht erreichten. Dieser schaute nicht einmal zu ihm hin, sondern an ihm vorbei auf das Bild an der gegenüberliegenden Wand.

»Von denen musst du dich fernhalten«, machte der alte Mann einen neuen Versuch.

Jetzt sah der Junge ihn an, aber es war nicht der Paul, den Zuckermann kannte. Er richtete sich im Sessel hoch, ein unangenehmes Lächeln umspielte seine Lippen: »Seien Sie vorsichtig mit Ihren Äußerungen, Herr Zuckermann. Nazi-Pack! Das ist eine Beleidigung des Führers. Ich könnte Sie anzeigen!«

Zuckermann erklärte kurzangebunden: »Geh jetzt! Ich verlasse nächste Woche für immer dieses Land«, und erhob sich

»Ich weiß«, antwortete Paul und stand ebenfalls auf.

Zuckermann schaute den Jungen scharf an: »Woher? Ich habe mit kaum jemandem darüber gesprochen.«

»Mein Vater ist Blockwart. Der weiß alles«, erwiderte Paul und ging zur Tür. Dort drehte er sich noch einmal um, hob den Arm und verabschiedete sich mit einem zackigen »Heil Hitler!«

Fassungslos blieb Abraham Zuckermann zurück, ohne den bizarren Auftritt des Jungen zu verstehen. Trotz seiner höchstens acht Lebensjahre hatte er Gedankengut und Verhalten der Nationalsozialisten schon vollständig übernommen. Rätselhaft allerdings schien Zuckermann der Grund seines Besuches, denn wegen einer Entschuldigung für sein Verhalten im Park war er mit Sicherheit nicht erschienen. Warum also war er überhaupt gekommen?

Die Antwort auf diese Frage erfuhr er einen Tag vor seiner Abreise.

Mit Frau Blums Hilfe hatte er drei große Reisekoffer gepackt. Da in dem letzten noch Platz zur Verfügung stand, suchte er mit Bedacht aus seiner Bibliothek Bücher aus, die er mitnehmen wollte. Dabei stellte er fest, dass das Buch »Die Elixiere des Teufels« von E.T.A. Hoffmann, das ihm und Paul als Spielbuch gedient hatte, nicht mehr im Bücherschrank stand.

Jetzt endlich durchschaute er die berechnende Handlungsweise des Jungen.

Als dieser durch seinen Vater von Zuckermanns bevorstehender Emigration erfahren hatte, plante er den Diebstahl des Buches, wartete aber, bis Zuckermanns Abreise kurz bevorstand, um ihm die Zeit und Möglichkeit zu nehmen, sich das Buch wieder zu beschaffen. Für sein Vorhaben hatte Paul den Mittwochnachmittag gewählt, an dem die Haushälterin abwesend war, wie er wusste. Er brauchte sich nicht einmal einen Trick auszudenken, um Zuckermann zum Verlassen des Zimmers zu bewegen. Als dieser den Apfelsaft aus der Küche holte, nahm er das Buch aus dem Regal, versteckte es unter seinem Pullover, und verhielt sich anschließend so widerwärtig, dass Zuckermann ihn der Wohnung verwies.

Genau wie Paul es vorausgesehen hatte, verzichtete Abraham Zuckermann darauf, um sein Buch zu kämpfen. Schweren Herzens und aufatmend zugleich nahm er am nächsten Tag Abschied von dem Land, das nicht mehr das seine war, bestieg den D-Zug nach Hamburg und dort ein Schiff, das ihn in die neue Heimat brachte.

»Könnt ihr verstehen? Ich habe so viel gehört über meinen Ururopa, daher wollte ich nach Berlin kommen und sehen, wo er früher gelebt hat«, schloss Deborah ihren Bericht. Sie hatte lebhaft und voller Anteilnahme von seinen Erlebnissen geredet, dass ihre Augen glänzten und das Rot ihrer Wangen noch dunkler geworden war. Jetzt lächelte sie ihre Zuhörer an, die noch sichtlich unter dem Eindruck ihres Berichtes standen. »Ich bin froh, dass ich euch kennengelernt habe«, und zu Anna gewandt: »Wir müssen noch einmal reden miteinander. Du kennst Paul Herold und das Buch, das ist Hexerei!«

»Ich habe auch tausend Fragen an dich«, nickte Anna, aufgeregt über die Aussicht, mit Deborahs Hilfe endlich Licht in die ungeklärten Ereignisse der letzten Wochen bringen zu können. Aber über den zentralen Punkt, ob Deborah Kenntnis hat von dem angeblichen Millionenwert des Buches und worin dieser besteht, würde sie mit ihr später unter vier Augen sprechen. Ihr Herz klopfte, vielleicht konnten sie zusammen das Buch suchen und finden.

»Ich wohne in Prenzlauer Berg«, sagte Deborah zu Anna, als sie sich vor dem Piano-Café verabschiedeten. »Willst Du mich mal besuchen kommen?«

»Gern! Den Vorschlag wollte ich dir auch gerade machen. Wir telefonieren, ja?«

»Du wohnst in Prenzlberg?« Jonas umhüllte Deborah mit einem liebevollen Blick. »Ich auch. Dann können wir ja zusammen fahren.«

»Bist du heute nicht mit dem Rad gekommen?«, fragte Madleen anzüglich.

»Doch. Aber ich kann ja trotzdem mit der S-Bahn zurückfahren«, war Jonas' spöttische Antwort.

Während er und Deborah gemeinsam über die Straße zur S-Bahn gingen, schloss sich Madleen enttäuscht Luise und Anna an, die durch den Park nach Hause gingen.

25

Die Tage vergingen.

Anna war mit familiären und schulischen Tätigkeiten so beschäftigt, dass sie noch keine Muße gehabt hatte, Deborah anzurufen, um sich mit ihr zu verabreden. Sie selbst hatte von ihr auch nichts gehört, war aber durch Jonas über sie bestens unterrichtet, der sich mit ihr angefreundet hatte und regelmäßig mit verliebtem Gesicht von ihr schwärmte und von ihren Treffen und gemeinsamen Unternehmungen erzählte. Madleen, die meistens danebenstand und zuhörte, schien trotzdem nicht alle Hoffnungen auf ihn aufgegeben zu haben.

Die vergangenen Schrecken und Verbrechen, die sich um das verschwundene Buch rankten, waren bei Martin und Anna allmählich in Vergessenheit geraten. Alles schien ruhig. Allerdings konnte Kommissar Weber, auf ihre wiederholten Anfragen nach dem Stand der Dinge, von keinem Fahndungserfolg berichten.

Doch dann, an einem Tag Mitte Juni, trieb die Affäre um das Buch des Teufels mit einem Schlag ihrem schauerlichen Höhepunkt entgegen und versetzte Familie Kranz in große Angst.

Am Abend dieses Tages saßen Anna und die Kinder um den großen Tisch in der Küche zusammen und hatten bereits mit dem Abendbrot begonnen.

»Wann kommt Papa denn?«, fragte Max.

Anna zuckte mit den Schultern: »Ich weiß nicht, ich wundere mich auch. Er müsste längst hier sein. Aber wahrscheinlich muss er noch mit einem Studenten etwas besprechen.«

In diesem Moment klingelte das Telefon und Martins erboste Stimme erklang: »Tut mir leid, Anna! Es dauert noch. Ich stehe hier vor der Silberlaube. Irgendein Verrückter hat mir die Räder vom Auto zerstochen! Stell dir vor, alle vier! Also, ich fahre jetzt mit der U-Bahn nach Hause und morgen werde ich die Tat bei der Uni-Leitung melden! Bis dann! Tschau!« Damit legte er auf.

Nach einer knappen Stunde kam er endlich. Anna und die Kinder, die wieder aus ihren Betten gesprungen waren, um keine Einzelheit des Anschlages auf ihr Familienauto zu versäumen, standen um ihn herum.

»Alle vier Reifen zerstochen«, rief Martin und setzte sich nun verspätet an den Abendbrottisch. »So eine Gemeinheit! Was das kostet! Das bezahlt keine Versicherung. Ich möchte wirklich wissen, welcher Idiot das gemacht hat.« Grimmig sah er seine Familie an.

»Sic transit gloria mundi!«, sagte Max.

Anna und Martin sahen ihren Ältesten an, dann brachen sie beide in ein befreiendes Gelächter aus.

Max wunderte sich: »Warum lacht ihr? Passt doch, oder nicht?«

»Klar, passt genau«, sagte Martin, »deswegen lachen wir ja. Wir freuen uns über unsern schlauen Sohn.«

»Was heißt das denn?«, meldete sich Kalli pikiert zu Wort, der sich ausgeschlossen fühlte.

»So vergeht der Ruhm der Welt«, erklärte Max weise. »Das sagt man, wenn etwas für immer weg ist.«

»Naja, die Reifen können ersetzt werden. Und jetzt hören wir auf uns zu ärgern«, beendete Anna die Diskussion und schickte die Jungen wieder ins Bett.

Martin und Anna hatten schon lange geschlafen, als sie beide gleichzeitig wach wurden. Aus dem Arbeitszimmer drang durch die Stille der Nacht die Telefonklingel. Anna sah auf die Uhr: 1:24. Sie knipste ihr Nachttischlämpchen an. »Wer kann das sein?«, flüsterte sie.

»Da hat sich jemand verwählt«, beruhigte Martin sie. Sie hörten seine Stimme auf dem Anrufbeantworter, dann tutete es, niemand hatte etwas darauf gesprochen. Anna atmete auf und Martin sagte: »Siehst du! Wir können weiterschlafen«, da klingelte das Telefon ein zweites Mal.

Noch viermal wiederholte der Unbekannte seine Anrufattacken, viermal hörten sie Martins Stimme, viermal das anschließende Tuten, während sie unruhig im Bett ausharrten, in der Hoffnung auf ein Ende des widerwärtigen Klingelns.

Dann stand Martin auf: »Es hat keinen Zweck. Der lässt solange klingeln, bis wir rangehen. Der sagt nichts, weil er seine Stimme nicht speichern lassen will.«

Anna schlüpfte ebenfalls aus dem Bett, sie zitterte am ganzen Körper, nicht nur wegen der nächtlichen Kühle. Im Arbeitszimmer drängte sie sich dicht an Martin. Erwartungsgemäß erschien auf dem Display keine Nummer des Anrufers. Martin hatte das Telefon laut gestellt, damit Anna mithören konnte.

Der Anrufer sprach mit extrem hoher, offensichtlich verstellter Stimme und machte nur wenige Worte: »Dit war ne Warnung. Besorgt mir dit Buch! Keene Polizei, wenn euch euer Leben lieb is! Ick melde mir wieder!«

»Ich weiß doch nicht, wo das verdammte Buch ist, du Idiot!«, schrie Martin in den Hörer. Aber der Anrufer hatte schon aufgelegt.

Martin war kein ängstlicher Mensch, aber jetzt spürte er doch, wie sich eine diffuse Beklemmung in ihm breitmachte. Aus Annas Gesicht war jegliche

Farbe gewichen. Mit angstvollen Augen blickten sie sich an. Schließlich murmelte Martin: »Komm ins Bett! Mir wird kalt!«

Unfähig, schnell wieder einzuschlafen, sprachen sie im Dunkeln über die gefährliche Eskalation dieser mysteriösen Angelegenheit, die sie zu überwältigen drohte.

»Wer ist das bloß? Er weiß alles von uns.« Anna schauderte. »Wir müssen ihn kennen, Martin! Irgendein Bekannter, Freund. Aber wer davon? Wir kennen doch so viele Leute.«

»Morgen lass ich meine Termine ausfallen und spreche mit dem Kommissar«, meinte Martin grimmig. »Der weiß, wie man damit umgeht. Vielleicht Personenschutz für uns alle oder so etwas.«

»Bloß nicht!« Anna erschrak. »Die Kinder werden ja traumatisiert, wenn sie merken, sie sind in Lebensgefahr.« Ihre Stimme schwankte.

»Ich ruf noch mal bei Tante Elsi an«, entschied Martin. »Sie soll noch mal ganz genau nachdenken. Was meine Mutter über das Buch gesagt hat. Wem sie es vielleicht gegeben hat. Wann sie es zum letzten Mal bei ihr gesehen hat, usw.«

Anna nickte im Dunkeln, dann fragte sie: »Kam dir irgendetwas an der Stimme bekannt vor?«

»Die war so verstellt, dass man nichts heraushören konnte. Im Grunde hätte es auch eine Frau sein können.«

Nachdenklich antwortete Anna: »Auch alle Verbrechen hätte eine Frau machen können. Das sagt jedenfalls der Kommissar.« Dann fuhr sie hoch: »Madleen!«, rief sie. »Es könnte ihre Stimme sein. Die Aussprache schwankte zwischen berlinern und hochdeutsch, genauso wie Madleen spricht.«

Martin lachte leise: »Anni, deine Phantasie!« Aber nach kurzer Pause fuhr er fort: »So unwahrscheinlich ist der Gedanke gar nicht. Du hast ihr viel erzählt, sie war oft als gute Freundin dabei. Sie weiß eine Menge von uns, wir wissen viel weniger von ihr.«

»Ihr Verhältnis zu Hans-Olaf ist auch völlig unklar«, überlegte Anna. »Mal tut sie so, als ob er ihr gleichgültig ist, mal, als ob er der Mann ihres Lebens ist.« »Ich werde Hans-Olaf selbst fragen, wie sie zueinanderstehen«, nahm sich Martin vor.

Anna und Martin beschlossen, den Kindern nichts von der Bedrohung zu erzählen, um sie nicht zu beunruhigen. Martin wollte am nächsten Tag mehrere Telefongespräche führen, nicht nur mit dem Kommissar und Tante Elsi, sondern auch mit Hans-Olaf. Anna wollte Deborah anrufen, die nun unbedingt sagen sollte, was sie von diesem unheimlichen Buch wusste, für das es sich lohnte, über Leichen zu gehen und Autoreifen zu zerstechen.

Wie gerädert standen Anna und Martin am nächsten Morgen auf. Unausgeschlafen und wortkarg saßen sie am Frühstückstisch. Auch Kalli aß schweigend sein Müsli, während Max noch immer seine Mappe im Kinderzimmer packte, bis Anna ihm ungeduldig zurief: »Was trödelst du denn so lange? Komm, du musst jetzt essen!«

Ohne Hast kam schließlich auch Max in die Küche und setzte sich an den Tisch.

Anna sah ihre Kinder an: »Wie sieht es bei euch aus? Wie viele Stunden habt ihr heute? Ich kann mittags kurz nach Hause kommen, muss dann aber wieder in die Schule. Wir haben Konferenz. Soll ich Omi Bescheid sagen, dass sie rüber kommt und sich um euch kümmert?«

Die Jungen blickten sich an und zuckten mit den Schultern. »Is egal«, nuschelte Max mit vollem Mund, und Kalli stellte fest: »Ich gehe nachmittags sowieso zum Cellounterricht.«

Wenige Stunden später saß Anna auf ihrem Platz an dem großen Tisch im Lehrerzimmer. Ihre Augen blickten aus dem Fenster, aber sie sah nichts. Ihr Verstand nahm weder die beeindruckend alten Kastanienbäume auf dem Schulhof wahr, noch dahinter die Umrisse der Feuerwache in der Suarezstraße. Auch die durchaus wichtigen Ausführungen des Schulleiters, der die Planungen für das kommende Schuljahr darlegte, fanden keinen Eingang in ihr Gehirn. Gegen ihren Willen wanderten ihre Gedanken immer wieder zu der augenblicklichen Situation ihrer Familie und der bangen Frage, wie das alles enden sollte. Sie zuckte zusammen, als Madleen sie anstieß und flüsterte: »Du hörst ja gar nicht zu!« Anna warf ihr einen unfreundlichen Blick zu und rückte ein wenig von ihr ab.

Sie hätte nicht sagen können, wie viel Zeit der Konferenz bereits vergangen war, als die Tür aufging und Frau Reiche, die Schulsekretärin, mit einer entschuldigenden Geste zum Rektor hin Anna hinaus in den Flur bat.

»Sie müssen sofort Ihren Sohn, den Karl, anrufen!« Frau Reiches breites, mütterliches Gesicht hatte ein besorgtes Aussehen angenommen.

Anna wurde leichenblass und stellte ihr Handy an. Die Sekretärin, in langen Jahren geübt, in schulischen Katastrophen zu beruhigen und zu trösten, legte den Arm um Annas Schultern: »So schlimm wird es schon nicht sein! Immerhin hat er selbst hier angerufen. Aber ich muss zugeben, es klang ein bisschen nach Panik! Kommen Sie runter ins Sekretariat, Frau Kranz! Da können Sie sich hinsetzen und in Ruhe telefonieren!«

Anna hatte mittags ein schnelles Essen für sich und Kalli gemacht, während Max noch in der Schule war. Dann verabschiedete sich Anna zur Konferenz und wenig später ging Kalli zum Cello-Unterricht, der in der Musikschule in der Platanenallee stattfand. Manchmal brachten ihn seine Eltern mit dem Auto dorthin, manchmal fuhr er allein mit der U-Bahn und dem Bus.

Heute marschierte er, das Cello in seinem großen Beutel wie einen Rucksack auf den Rücken geschnallt, gegen halb vier Uhr zur U-Bahn-Station Kaiserdamm.

Die Treppe hinunter zum Bahnsteig in Richtung Theodor-Heuss-Platz ist ziemlich schmal. Am Nachmittag während des Berufsverkehrs kommt es daher dort häufig zu Drängeleien, erst recht wenn der einfahrende Zug schon zu hören ist und besonders Ungeduldige ihn noch unbedingt erreichen wollen. Kalli, der es nicht eilig hatte, stieg mit seinem unhandlichen Gepäck auf dem Rücken die Treppe hinunter und wollte sich gerade zur Sicherheit am Geländer festhalten, als ihm jemand von hinten einen so heftigen Stoß gab, dass er das Gleichgewicht verlor und die Treppe hinunterstürzte, dabei sogar noch die Frau mitriss, die vor ihm ging. Beide kullerten die letzten Stufen hinunter.

Die Frau stand als erste auf. Sie hatte offensichtlich keinen ernsthaften Schaden genommen: »Kannste nich ufpassen, Du Blödmann! Deinetwejen brech ick mir sämtliche Knochen!«, schrie sie Kalli an und rieb an ihren beschmutzten Hosen herum. »Die Reinijung bezahlen deine Eltan! Da kannste Jift druffnehm!«

Nach einem erbosten Blick auf den Jungen ging sie zum Bahnsteig.

Die Vorübereilenden hatten nur mit mäßigem Interesse den Vorfall zur Kenntnis genommen. Kalli hörte Kommentare wie: »So ist die heutige Jugend! Immer sich rücksichtslos vordrängeln!«, aber auch: »Mein Gott, der Junge ist doch nicht mit Absicht gestolpert!«

»Ich bin geschubst worden!«, schrie er wütend, während er mühsam versuchte sich hochzurappeln, was wegen des Cellos auf dem Rücken, der vielen Menschen, die die Treppe hinunterdrängten und der Schmerzen am rechten Knie schwierig war.

Ein junger Türke blieb stehen und half ihm hoch. Er führte ihn ein wenig abseits an die Wand und fragte mitleidig: »Hast du dir wehgetan?«

Kalli nickte und verbiss sich die Tränen: »Mein Cello ist bestimmt kaputt«, schluchzte er und nahm die Hülle mit dem Cello vom Rücken. Mit zitternden Händen öffneten Kalli und der Jugendliche den Reißverschluss. Seine schlimmsten Befürchtungen wurden bestätigt: die Decke des Cellos war eingedrückt und zersplittert. Jetzt konnte er die Tränen nicht mehr zurückhalten. Weinend rutschte er an der Wand hinunter und blieb, sein Cello umklammernd, auf dem kalten Steinboden sitzen.

»Das kann man bestimmt reparieren«, tröstete ihn der Junge: »Am besten, du rufst jemand an, der dich abholt.«

Kalli schaute ein wenig getröstet zu ihm hoch und nickte: »Meine Mutter.«

»Na, prima! Die kommt sicher gleich. Du bist doch jetzt okay, oder? Ich muss nämlich weiter.«

»Klar! Danke!«

Beide lächelten sich an. Der Junge winkte ihm zu und verschwand, während Kalli schniefend in seiner Hosentasche erst nach einem Taschentuch und dann nach seinem Handy suchte. Da er wusste, dass seine Mutter während einer Konferenz ihr Handy abstellt, drückte er auf die eingespeicherte Nummer des Schulsekretariats.

»Geh nach Hause, Kalli, langsam, das schaffst du«, sagte Anna, »ich fahre auch sofort los und wir treffen uns dann gleich zu Hause.«

Sie kamen zur selben Zeit vor ihrem Haus an, Anna auf dem Fahrrad, Kalli humpelnd und schluchzend mit dem zerstörten Cello auf dem Rücken.

»Das ist so gemein, mich einfach die Treppe 'runterzuschmeißen«, rief er, als Anna in der Küche ihn nach Verletzungen untersuchte. Er zeigte aufgebracht auf sein aufgeschrammtes Knie und jammerte: »Und mein Knie tut mir so weh! Das ist bestimmt gebrochen!«

»Kallichen«, beeilte sich Anna, ihn zu beruhigen. »Das Knie gucken wir uns ganz genau an, vielleicht gehen wir auch zum Arzt. Aber ich verstehe wirklich nicht, wer so gemein war und dich absichtlich die Treppe hinuntergestoßen hat«, sagte sie, obwohl sie die Antwort zu wissen glaubte. Zu ihrer Überraschung antwortete Kalli: »Vielleicht ist das derselbe, der die Autoreifen zerstochen hat. Irgendein blöder Idiot, der uns nicht leiden kann.« Anna schwieg. Genauso ist es, dachte sie. Und dieser blöde Idiot will etwas von uns, was wir nicht besitzen.

Kallis Verwundung stellte sich zum Glück als nicht so schwerwiegend heraus, ein Pflaster und eine Elastikbinde schienen erst einmal ausreichend. Die Kosten der Reparatur bzw. eines Ersatzes des beschädigten Cellos übernahm die Versicherung. Der positiv denkende Max tröstete seinen Bruder: »Freu dich doch, vielleicht bekommst du ein neues Cello.«

Schließlich kehrte am Abend Ruhe ein.

Die Kinder lagen in ihren Betten. Die Eltern saßen auf dem Balkon. Ein laues Lüftchen ließ die Kerze auf dem Tisch flackern, die warmes Licht in der Dunkelheit verströmte. Es herrschte beschauliche Stille. Der Autoverkehr auf der Straße war um diese Zeit längst abgeebbt, und auch aus dem Park klangen nur wenige Rufe und Gelächter zu ihnen herauf. Die Flasche Rotwein, die allmählich zur Neige ging, hatte bereits ihre entspannende Wirkung getan, Anna hatte schon mindestens dreimal gesagt: »Unser Balkon ist wirklich das reinste Paradies, egal wie winzig er ist«, und Martin ebenso oft zustimmend geknurrt. Kurz, vergangener und zukünftiger Heimsuchungen zum Trotz, konnte im Moment die Stimmung bei Ehepaar Kranz nur als gelöst und friedlich bezeichnet werden.

Zuerst berichtete Martin ausführlich von seinen Telefonaten, die er tagsüber geführt hatte.

Der Kommissar begrüßte die Eskalation der Ereignisse:

»Es geht voran! Wir werden morgen bei Ihnen eine Fangschaltung installieren, so dass wir den Erpresser orten können, wenn er wegen der Buchübergabe anruft, die natürlich stattfindet, gleichgültig, ob Sie das Buch gefunden haben oder nicht. Der Täter wird versuchen, uns hereinzulegen. Aber seien Sie ganz ruhig, wir kennen alle Tricks!«

Hans-Olaf, Martins zweiter Gesprächspartner, antwortete auf die vorsichtige Frage nach seiner Beziehung zu Madleen mir einer Gegenfrage: »Wieso gestört? Wie kommst du da drauf? Es stimmt schon, wir sehen uns nicht mehr sooft. Aber das ist ja ganz natürlich. Jeder hat seinen Beruf und sein Tun.«

Als Martin danach ein wenig nebulös eine Entfremdung zwischen Anna und Madleen andeutete, wirkte Hans-Olaf überrascht: »Davon habe ich nichts gemerkt! Wenn sie irgendetwas aus der Schule erzählt, spricht sie eigentlich auch immer von Anna.«

Anna erzählte, dass sie sich endlich mit Deborah verabredet hatte. Als Anna sie anrief, entschuldigte sich diese wortreich, weil sie sich nie gemeldet habe: »Ich hatte gar keine Zeit, ich war dauernd unterwegs in diesem spannenden Berlin, habe jeden Tag was Neues kennengelernt. Auch jede Nacht«, fügte sie kichernd hinzu, »und ich hatte den perfektesten Guide, den man sich denken kann. Du kennst ihn auch.«

Anna brauchte nicht zu fragen: »Klar! Jonas. Hauptsache, ihr habt euern Spaß.«

»Und wie«, kicherte Deborah erneut, »Jonas ist so süß! I love him! Also, dann bis übermorgen! Ich freue mich!«

Aber es war die liebe alte Tante Elsi, die mit einer unschuldigen Bemerkung den Stein ins Rollen und Anna auf ihre erfolgversprechende Idee brachte.

»Wie du weißt«, hatte Tante Elsi zu Martin gesagt, »besaß deine Mutter wenig Bücher. Die meisten, ein paar Romane, hat sie sich später als Rentnerin gekauft und ins Regal gestellt. Ich habe nie so richtig darüber nachgedacht, aber dieses komische Buch von einem Teufel habe ich eigentlich bei ihr nie gesehen. Ich glaube, sie besaß das gar nicht mehr. Vielleicht hatte sie es auch weggeworfen, weil sich dieser Mann so abstoßend verhalten hat. Da wollte sie keine Erinnerung mehr an ihn. Mehr kann ich dir leider nicht sagen.«

»Das kann nicht stimmen«, erklärte Anna sofort, als Martin Tante Elsis Worte wiederholte, »sie hat ja den ganzen alten Kram in dem Karton von ihm aufgehoben, und Franz Reimann selbst vermutete das Buch ebenfalls dort. Ich habe eine andere Idee. Pass auf!«

Martin goss ihnen beiden noch einen Schluck Rotwein ein, lehnte sich mit einem »Schieß los, Anni!« entspannt auf seiner Bank zurück in Erwartung, eine der üblichen phantasievollen, aber nicht unbedingt realistischen Einfälle seiner Frau zu hören.

»Erstens«, begann diese: »Der Verbrecher kennt nicht den Zettel vom Glatzkopf, sonst hätte er auch Helga Prochanke aufgesucht. Also hat er seine Informationen aus einer anderen Quelle. Zweitens: Er weiß oder vermutet es wenigstens mehr als wir, nämlich, dass sich das Buch heute noch irgendwo befindet und nicht verlorengegangen ist im Laufe der Jahrzehnte. Sonst würde er es nicht so besessen suchen und selbst vor Morden nicht zurückschrecken. Er fand es nicht in der Wohnung deiner Mutter und im Krankenhaus wollte oder konnte sie ihm nicht sagen, wem sie das Buch gegeben hatte. Da brachte er sie aus Wut um. Dann suchte er es bei deinem Vater, wieder vergeblich, und nun – drittens – sind wir dran. Ich habe den Eindruck, er weiß, dass wir das Buch nicht haben. Er zwingt uns aber zu überlegen, wem deine Mutter das Buch gegeben haben könnte, weil *er* sich natürlich in ihrer Verwandtschaft und Bekanntschaft nicht auskennt. Er will, dass wir dieses Buch für ihn suchen. Er will uns mit seinen Gewalttätigkeiten zum Handeln zwingen, weil er sich sicher ist, dass er es nicht finden kann. Uns aber traut er es zu. Also müssen wir es finden! Deine Mutter hatte keine Verwandten, die ihr nahestanden und nur einen sehr beschränkten Freundeskreis in Vierraden. Es ist unwahrscheinlich, dass sich einer der Trauergäste für romantische Literatur interessiert, auch noch schwarze!« Sie lachte kurz. »Wem also hat sie das Buch gegeben?«

»Lass mich raten.« Martin tat, als überlegte er.

Anna beugte sich vor, ihre braunen Augen funkelten in der Dunkelheit: »Willst du meine Meinung hören? Das Buch war nicht im Karton zwischen den anderen Sachen Deiner Mutter, weil sie es schon vorher weggegeben bzw. verschenkt hat! Schon in Berlin! Als sie schwanger nach Hause zurückkehrte, hat sie es gar nicht mehr besessen.«

Triumphierend lehnte sich Anna zurück.

Überraschenderweise fand Martin diese Idee gar nicht so abwegig: »Vielleicht. Aber das hilft uns leider nicht weiter. Wir können unmöglich herausfinden, wen meine Mutter vor über vierzig Jahren in Berlin gekannt hat und wem sie das Buch geschenkt haben könnte.«

Jetzt zog Anna ihren nächsten Trumpf:

»Doch! Eine Freundin jedenfalls kommt mehrmals in den Briefen vor, ein Fräulein Inge Schulz. Da fangen wir an.«

»Und wie willst du dieses Fräulein mit dem originellen Namen finden?«

»Wir können die Apotheke suchen! Ich fahre nach Lichtenberg. Wenn sie noch existiert und ich sie finde – vielleicht gibt es jemanden, der noch frühere Angestellte kennt.«

Martin stöhnte auf: »Anni, du mit deinem Optimismus! Lichtenberg ist riesig und hat tausend Apotheken.«

»Ich versuche es. Vielleicht kann Madleen mir helfen, die ist da aufgewachsen.«

In Erwartung eines weiteren bedrohlichen Anrufs des Erpressers schliefen Anna und Martin in der folgenden Nacht sehr unruhig. Aber das Telefon blieb stumm.

26

Anna war müde, seit Wochen schlief sie schlecht. Oft, wenn sie dann endlich eingeschlafen war, überfielen sie Alpträume, die zwar beim Aufwachen sofort verschwanden, aber Angstgefühle hinterließen, die sie wieder lange wachhielten. Ihr einziger Trost war Martin, der fest und leise schnarchend neben ihr schlief. Das könnte er nicht, beruhigte sie sich, wenn die Gefahren für Leib und Leben seiner Familie wirklich so gewaltig wären, wie sie befürchtete. Auch der Gedanke, eine systematische Suche nach der Apotheke und der ehemaligen Kollegin von Brigitte Streese zu unternehmen, gleichgültig, ob sie zum Erfolg führte, hob ihre Stimmung.

Dann erhielt Anna einen Anruf von Angelika Kremer, der sie wieder ein kleines Stückchen weiterbrachte. Diese kündigte an, Anna noch einmal zu besuchen, um ihr zwei Briefe zu zeigen.

Beim Frühstück bereitete Anna die Jungen vor: »Wenn ihr heute aus der Schule kommt, ist wahrscheinlich die Frau da, die Max im Winter im Park zu Fall gebracht hat. Sie will uns etwas Bestimmtes zeigen. Bitte sprecht sie nicht auf ihr Verhalten von damals an und macht ihr keine Vorwürfe, was sie mit Max angestellt hat. Es reicht, wenn ihr ›Hallo‹ sagt.«

»Okay, die ist mir sowieso egal«, meinte ihr Ältester.

»Treten Sie ein«, begrüßte Anna Angelika Kremer später und fügte in ehrlicher Bewunderung hinzu: »Sie sehen aber gut aus.« Angelika Kremer war tatsächlich kaum wiederzuerkennen. Nicht nur dass ihre Wunden verheilt waren, die Oliver Rotter ihr geschlagen hatte, ihr Gesicht war schmaler geworden, die Haare trug sie jetzt in ihrem natürlichen Dunkelgrau. Sie strahlte eine Zuversicht aus, als hätte sie alle Irritationen ihres Lebens hinter sich gelassen. Als sie Max im Flur begegnete, blieb sie stehen und sprach ihn mit aufrichtigem Bedauern an: »Entschuldige, dass ich dich so gemein behandelt habe! Mir ging es damals sehr schlecht, und ich habe große Dummheiten gemacht. Es tut mir wirklich leid.« Max wurde verlegen: »War gar nicht so schlimm.« Da lachte sie erleichtert auf.

Anna hatte Kaffee gekocht, aber ihr Kaffee wurde in der Tasse kalt. Gebannt las sie den ersten Brief, allerdings brachte er keine neuen Erkenntnisse, wie sie erhofft hatte. Immerhin fand sie in dem Brief die Bestätigung, dass ihre bisherigen Erklärungsversuche für die unverständlichen Ereignisse der letzten Monate in die richtige Richtung gegangen waren. Und nicht nur das: sie erfuhr endlich, worin der Wert des Buches bestand. Allerdings nichts über seinen Aufbewahrungsort, falls es überhaupt noch existierte.

Sie legte den Brief weg und ergriff den zweiten. Die Frau im Sessel ihr gegenüber beobachtete sie in einer Mischung von Stolz und Neugierde. Frau Kremer wartete geduldig, bis Anna auch mit dem Lesen des zweiten Briefes fertig war. Sie hatte Zeit. Sie war zwar noch immer arbeitslos, aber nicht mehr lange. Ihre frühere Chefin arbeitete jetzt in einem Reisebüro bei Karstadt und dort war gerade eine halbe Stelle frei geworden, die sie ab dem nächsten Ersten antreten würde. Angelika Kremer war zufrieden, die schlimmste Phase ihres Lebens schien beendet.

Jetzt hob Anna den Kopf, sie hatte zu Ende gelesen. »Darf ich mir die Blätter kopieren?«

Die Antwort ihrer Besucherin kam schnell: »Das ist nicht nötig. Sie können die Briefe behalten.«

»Warum? Es sind Ihre.«

Angelika Kremer schüttelte lächelnd den Kopf: »Nee, Frau Kranz! Für mich ist die ganze Angelegenheit abgeschlossen. Ich will damit nichts mehr zu tun haben! Aber wenn es Ihnen gelingt, mit Hilfe der Briefe die Verbrechen aufzuklären, wäre mir die Gewissheit, dass ich etwas dazu beigetragen habe, eine große Genugtuung.«

Anna trank ihren kalten Kaffee aus und goss in beide Tassen frischen nach. Sie lehnte sich zurück und lächelte Frau Kremer erwartungsvoll an:» Nun müssen Sie aber erzählen, woher Sie die Briefe von Franz Reimann haben.«

»Ganz einfach«, lächelte Angelika Kremer zurück: »Ich bekam vorige Woche ein Paket von Roberts Cousine, die seinen Haushalt auflöst. Robert hatte ja keine engeren Angehörigen, keine Geschwister. auch die Mutter war schon vor langer Zeit gestorben. In irgendeiner Schublade muss die Cousine die Briefe gefunden haben, die ich ihm in unserer Anfangszeit geschrieben habe. Als wir uns kennenlernten, wohnte ich ja noch in Lübeck. Ich habe gestaunt, dass Robert die Briefe überhaupt aufgehoben hat. Ich hatte seine schon längst weggeworfen. Sehr ordentlich scheint er sie aber auch nicht abgelegt zu haben, denn die Cousine hat anscheinend alle seine Briefe ungeordnet und sicher auch ungeprüft in einen Karton geschmissen und mir zugeschickt. Neben meinen Briefen befanden sich auch andere dabei und eben diese zwei.«

Mit Ungeduld erwartete Anna Martins Rückkehr, um alles mit ihm zu besprechen. Er kam spät. Schon bei der Begrüßung begann Anna, von ihrem aufregenden Nachmittag zu erzählen. Sie hatte Martins Abendbrot auf den Couchtisch gestellt und während er sich auf dem Sofa niederließ und zu essen begann, fragte sie ihn: »Soll ich dir schon mal die Briefe vorlesen? Oder möchtest du erst zu Ende essen?«

»Nö! Schieß los!« Anna begann:
»Der erste Brief, Datum 15.6.2010:

Lieber Paul!
Das war sehr vernünftig von Dir, daß Du mich ins Vertrauen gezogen und mir nun alles geschrieben hast, was Du weißt. Als wir uns neulich nach so langer Zeit bei Karstadt trafen – die Welt ist klein! – sagte ich Dir ja schon, daß Du es alleine nie schaffst, das Buch wiederzukriegen.

Ich habe mich mal erkundigt bei einem alten Kollegen, von dem ich wußte, daß er Briefmarken sammelte ...«

Martin unterbrach sie: »Natürlich eine Briefmarke!« Er hustete, weil er sich vor Aufregung verschluckt hatte. »Dass wir darauf nicht gekommen sind. Bei unserer Jagd nach dem Buch haben wir viel zu viel über die Frage Wo? statt über Was? nachgedacht. Die Blaue Mauritius ist es«, rief er aufgekratzt. »Nein! Mindestens drei Blaue und zwei Gelbe sind im Buch.«

»Rote«, verbesserte Anna ihn lachend. »Gelbe gibt's nicht.«

Martin hörte sie gar nicht: »Der alte Zuckermann war Philatelist! Der kannte sich aus mit kostbaren Briefmarken. Die kann man leicht in einem Buch verstecken. Lass mich raten: Er hat sie im Buch irgendwo eingeklebt, hinten wahrscheinlich. Los, Anni, lies weiter!«

»Also Deine ›Tre Skilling Banco‹ ist wirklich die teuerste Briefmarke der Welt. Ich kann Dir ...«

Weiter kam Anna nicht.

»Wie heißt die?«, unterbrach Martin wieder: »Tre sowieso? Nie gehört!«

»Nun warte doch ab!« Anna wurde ungeduldig. »Ich lese jetzt erst Mal den ganzen Brief vor.«

»Ich kann dir auch sagen warum, weil sie einmalig ist. Es gibt nur diesen einzigen Fehldruck, gelb statt grün. Mein Kollege meinte, in den 90er Jahren ist sie für 1,8 Mill. verkauft worden, anonym in die Schweiz. Er war natürlich neugierig, warum ich das alles wissen will. Aber ich habe nichts verraten.

Und wir haben nun einen zweiten Fehldruck und kriegen bestimmt genauso viel Geld dafür, wenn nicht noch mehr! Wenn wir das Buch haben!!

Ich sage Dir jetzt auch, was ich weiß. Viel ist es nicht. Ich weiß, daß ich das Buch verschenkt habe, aber leider nicht mehr genau an wen. Entweder der Helga Prochanke, Du weißt schon, das Mädchen aus Deinem Haus, das mich im Lazarett gepflegt hat. Ich hatte mich ein bisschen verliebt in sie und später in den 50er Jahren haben wir uns zufällig wiedergetroffen. Wir waren eine ganze Weile eng befreundet. Aber irgendwann wollte sie nicht mehr, ich war ihr zu wenig liebevoll! Es kann sein, daß ich ihr das Buch gegeben habe. Die hat immer viel gelesen. Oder aber später, ungefähr 1970, einer Freundin, die ich in Ostberlin kennengelernt hatte. Ich habe damals eine Tante im Osten regelmäßig besucht und meinen ersten Wohnsitz extra in Westdeutschland angemeldet, weil man als Westberliner ja keine Einreise nach Ostberlin bekam. Später bin ich nur noch wegen meiner Freundin dahin gefahren. Zu dem Mädchen habe ich den Kontakt verloren, als sie schwanger wurde. Ich weiß nicht mal, ob sie das Kind gekriegt hat oder nicht. Aber ich weiß noch, daß sie aus dem Dorf Vierraden stammt. Auch wenn es mir nicht sehr angenehm ist, werde ich mal nachsehen, ob sie da noch wohnt und wenn ja, sie fragen, ob sie das Buch hat. Sehr wahrscheinlich nach so vielen Jahren ist es aber nicht. Auch zu der Helga Prochanke will ich bei Gelegenheit mal. Sie steht im Telefonbuch.

Tut mir leid, wenn ich nur so Ungenaues sagen kann, aber das ist alles schon so lange her.

Jedenfalls gehört die Briefmarke uns und wenn wir sie haben, können wir uns noch ein paar schöne Tage mit dem Geld davon machen. Hoffentlich ist sie noch immer hinten im Buch eingeklebt und nicht unterdessen herausgefallen.

Schreib mir bald zurück, was wir machen wollen. Vielleicht können wir uns auch mal irgendwo treffen.

Viele Grüße

Franz«.

Anna ließ das Blatt sinken: »Wie gesagt, nicht viel Neues. Tut mir leid.«

»Naja, ein bisschen schon«, meinte Martin. »Die Briefmarke ist hinten eingeklebt, wie vermutet. Dass nur eine der beiden Frauen in Frage kommt, nämlich meine Mutter, wissen wir auch schon lange. Aber um welche Briefmarke es sich handelt, das wussten wir nicht. Hast du von dieser Tre sowieso schon mal gehört?«

»Tre Skilling Banco heißt sie«, wiederholte Anna. »Natürlich nicht. Aber es steht eine Menge im Internet über diese Briefmarke. Sie ist tatsächlich die teuerste Briefmarke, die es gibt, wurde 1855 in Schweden herausgegeben.«

Aufgekratzt schaute sie Martin an: »Stell dir vor: das wäre *die* Sensation, wenn es nicht nur einen, sondern noch einen zweiten Fehldruck gibt, von dem niemand etwas weiß.«

»Eigentlich eher unwahrscheinlich«, dämpfte Martin ihre Erwartungen.

Aber Anna ließ sich nicht von ihren Überlegungen so schnell abbringen: »Man hat ja schon öfter solche modernen Märchen gehört, dass kostbare Marken aus Versehen in diese Sammeltüten mit wertlosen Briefmarken gelangt sind. So muss das damals auch gewesen sein. Der kleine Paul war dabei und hat mit dem Alten den Schatz entdeckt und ihn dann später auch mit ihm im Buch versteckt. Wahrscheinlich haben die beiden ein aufregendes Spiel daraus gemacht. Der Nazi-Paul hat dann, ganz gerissen, den Schatz gestohlen.«

Martin nickte: »Könnte so gewesen sein. Jetzt versteht man auch diese seltsame Abschiedsszene zwischen dem Jungen Paul Herold und dem alten Zuckermann, die Deborah erzählt hat. Paul hat ihm wegen der Briefmarke das Buch gestohlen.« Martin lachte kurz auf: »Und später Franz Reimann wieder ihm. Das nennt man ausgleichende Gerechtigkeit.«

Anna hatte unterdessen nach dem anderen Brief gegriffen: »Der zweite Brief ist ohne Datum. Vermutlich vor kurzem geschrieben.« Wieder las sie vor:

»Lieber Paul!
Ich habe meine ehemalige Freundin gefunden. Sie wohnt immer noch in Vierraden, heißt jetzt Brigitte Kranz, ist aber schwerkrank. Sie hatte damals einen Sohn von mir bekommen. Ich habe mit ihrer Nachbarin gesprochen. Die hat mir auch das Krankenhaus gesagt in Schwedt. Ich bin dann da hin. Aber sie wollte mich nicht sehen. Hat mich wegschicken lassen! Naja, kann man auch verstehen nach so langer Zeit. Jedenfalls habe ich mehrmals angerufen, immer gesagt, wie gern ich sie wiedersehen würde, meine große Liebe usw. und irgendwann hat sie dann gesagt, gut, ich kann kommen. Bei meinen Besuchen war sie aber sehr unfreundlich zu mir. Ich musste zweimal (!) hinfahren, bevor ich etwas über das Buch aus ihr herauskriegen konnte. Zuerst sagte sie, sie hätte kein Buch von mir bekommen, aber ich glaube, sie wollte mich nur ärgern. Dann sagte sie, sie hätte aus Wut über mich das Buch wegwerfen wollen, aber ihre Freundin in der Berliner Apotheke hat es genommen. Die hatte ich auch mal kennengelernt, aber den Namen weiß ich nicht mehr.

Ich persönlich glaube, sie hat es noch in irgendeiner Kramkiste liegen und sagt es mir nicht, weil sie merkt, dass ich es unbedingt haben will. Auch über unsern Sohn spricht sie nicht. Aber ich bleibe am Ball. Auch zu Helga Prochanke will ich irgendwann fahren.

Geht es Dir inzwischen besser? Ich verstehe nicht, warum Du keinen Herzschrittmacher haben willst. Ich lass mir den sofort einbauen, wenn es bei mir soweit ist.

Viele Grüße und gute Besserung

Franz«

Martin verzog das Gesicht: »Auch dieser Brief enthält kaum Neuigkeiten. Nicht einmal an den Namen der Freundin kann sich mein großartiger Erzeuger erinnern.«

Anna sah den Brief positiver: »Aber wir haben erfahren, dass Paul Herold offensichtlich herzkrank war und daran gestorben ist. Eigentlich haben wir Grund zufrieden zu sein! Wenn ich bedenke, wie mysteriös noch alles am Anfang war, z.B. der Zettel in meinem Fahrradkorb. Jetzt haben wir für alles eine Erklärung und kennen die Zusammenhänge. Das ist doch ein Fortschritt.«

»Wenn du meinst.« Martin gähnte: »Ich bin müde. Ich gehe ins Bett.«

Der Anruf, den sie gestern mit Bangen erwartet hatten, kam in dieser Nacht. Diesmal sprangen Martin und Anna sofort aus den Betten und stürmten ins Arbeitszimmer. Aus dem Hörer klang dieselbe verzerrte Stimme wie bei dem ersten nächtlichen Anruf: »Dit wa jestan de zweete Warnung! Willste mehr? Kannste kriegn!«

»Hör auf mit dem Scheiß!«, brüllte Martin ins Telefon. »Du kriegst dein bescheuertes Buch!«

»Sonntag hab ick's!« Dann legte der Erpresser auf.

Entschlossen blickte Martin seine Frau an: »Der Countdown hat begonnen!« Anna nickte grimmig: »In vier Tagen haben wir das Buch oder wir wandern aus!«

27

Kommissar Weber hatte schwere Bedenken, als er von ihrem Vorhaben hörte. Sie dürften auf gar keinen Fall mit einem gesuchten Verbrecher zusammen arbeiten ohne begleitende Schutzmaßnahmen der Polizei. Sie müssten ihn, Weber, ständig über den Stand der Dinge informieren und wenn es ihnen wirklich gelänge, mit dem Mörder in Kontakt zu kommen, dürften sie das nur unter seiner Obhut tun. Von einer Telefonüberwachung wollte er aber unter diesen Umständen erst einmal Abstand nehmen.

Anna und Martin stimmten ihm in jedem Punkt zu.

Am nächsten Tag erzählte Anna in der Pause Madleen von ihrer Absicht, die Apotheke zu suchen. Die Kollegin und Freundin war sofort Feuer und Flamme: »Ick helf dir, Anna! Ick kenn mich in Lichtenberg bestens aus. Ick weeß ooch, wie die Straßen früher hießen, falls die umbenannt worden sind. Ick hab ooch noch een' alten DDR-Stadtplan. Wir finden den Laden!« Vor Aufregung fiel sie in ihren alten Berliner Slang zurück.

Eingedenk ihres Verdachts, dass Madleen eventuell in die Mordaffäre verwickelt ist, zögerte Anna kurz. Dann aber nickte sie, beim Suchen der Apotheke konnte sie wirklich behilflich sein, und Geheimnisse wurden dabei wahrscheinlich kaum verraten.

»Prima! Dann gehen wir morgen nach der Schule zu uns und studieren deinen Stadtplan, um die verschiedenen Möglichkeiten festzustellen. Die nächsten Tage fahren wir herum. Wir müssen die Apotheke möglichst bald finden, denn dann steht ja noch die Suche nach Fräulein Schulz auf dem Programm, und wir haben nur vier Tage Zeit.«

Unter diesen Umständen musste der Besuch bei Deborah zurückgestellt werden, und am Abend griff Anna wieder zum Telefon.

Es meldete sich Jonas: »Hallo, Anna, wie geht's?«

»Ach, du bist es! Ich wollte eigentlich Deborah sprechen«, sagte sie überrascht.

»Debbie kommt schon«, meldete Jonas zuvorkommend.

Anna konnte sich die neugierige Frage nicht verkneifen: »Wohnt Jonas schon bei dir?«

»Nein, bzw. nur manchmal«, antwortete Deborah, munter wie immer.

»Ich muss leider unsere Verabredung absagen, bei mir ist etwas dazwischen gekommen. Aber vielleicht kannst du mir schon kurz am Telefon sagen, was ich von dir wissen wollte: Weißt Du eigentlich, dass das Buch deines Opas, das Paul Herold ihm gestohlen hat, ungeheuer wertvoll ist?«

Deborah zögerte: »Ich habe in meiner Familie davon Andeutungen gehört.« Dann schneller: »Ich will auch mit dir unbedingt darüber reden. Aber nicht am Telefon! Wenn du wieder Zeit hast, ruf mich einfach an! Dann holen wir unser Treffen nach.«

Am nächsten Tag, es war Mittwoch, wartete Anna zu Hause ungeduldig auf Madleen, um mit ihr die Suche nach der Apotheke zu beginnen. Die Kollegin musste noch in der Schule mit der Mutter eines ständig den Unterricht störenden Jungen ein pädagogisches Gespräch führen.

So begann Anna schon allein mit der Vorbereitung und stellte zunächst die Informationen zusammen, die Brigitte in ihren Briefen gegeben hatte.

Erstens: Sie schrieb, die Wohnung befindet sich in der Rigaer Straße. Ein Blick in den Stadtplan zeigte Anna allerdings, dass die Rigaer Straße sehr lang war. Sie erstreckte sich vom Bersarinplatz bis zur Frankfurter Allee. Außerdem: Man kann zu Fuß zur Apotheke gehen. Diese befindet sich in einem alten Haus mit Stuck, das früher bestimmt sehr ansehnlich aussah, heute aber verkommen ist. Man kann auch mit der S-Bahn und U-Bahn hinfahren, muss aber mehrmals umsteigen. Ein weiterer Blick auf den Stadtplan ließ Anna die Stirn runzeln. Sie hatte keine Vorstellung, wie lang für Brigitte, das Dorfmädchen, ein akzeptabler Fußweg war. Auch mehr als eine halbe Stunde? Und mit der S- und U-Bahn von der Rigaer Straße aus zu fahren, gab es eine unangenehme Vielzahl von Möglichkeiten. Auch Fußwege bis zu den U-Bahnstationen Frankfurter Tor und Samariterstraße könnten in Frage kommen, sogar zu den S- und U-Bahnhöfen Lichtenberg.

Dann ging Anna ins Internet und sah die lange Liste der Apotheken in dem großen Bezirk Lichtenberg. Sie begann, die Apotheken im Umkreis der Rigaer Straße bzw. Frankfurter Allee aufzuschreiben, die anderen ließ sie zunächst außer Acht.

Da klingelte es und Madleen erschien. Aufatmend ließ sie sich auf das Sofa fallen: »Puh! Solche Mütter sind mir die liebsten! ›Ich habe auf meinen Jungen keinen Einfluss mehr. Der macht, was er will. Aber Sie haben doch Pädagogik studiert! Da kann man wohl erwarten, dass Sie mit ihm fertig werden! Dafür werden Sie schließlich bezahlt!‹«, äffte sie die Mutter nach.

Anna lachte. »Entspann dich! Willst du Kaffee?«

»Wasser wäre mir lieber.«

Während Anna ihr ein Glas eingoss, wühlte die Freundin in ihrer Tasche. »Hier der ›Stadtplan – Hauptstadt der DDR‹! Cool, nicht?«

Anna schlug ihn auf und verzog das Gesicht: »Ich kenne den Plan. Aber es ist immer wieder ein Erlebnis, ihn anzusehen. Unglaublich.«

Westberlin existierte auf diesem Plan der untergegangenen DDR nicht, es war abgeschnitten. Das, was notgedrungen noch zu sehen war, war ein leeres Feld mit einigen winzigen Grünflächen, aber keine Bezirke, Straßen, Häuser.

»Ich habe übrigens die Umgebung der Rigaer Straße mit dem heutigen Stadtplan verglichen. Demnach gibt es keine Umbenennungen. Also wir können gut einen aktuellen Plan benutzen«, schlug Madleen vor.

Sie machten sich an die Arbeit, stellten die in Frage kommenden Apotheken zusammen und zeichneten sie auf der Karte ein. Dann gingen sie wieder ins Internet und schauten sich auf Google Street View die Häuser an. Apotheken, die sich in Neubauten befanden, wurden gleich durchgestrichen. Leider blieben immer noch genügend übrig, zu denen sie hinfahren mussten, um dort ihre Fragen stellen.

Anna erläuterte ihren Plan: »Martin braucht unser Auto. Aber ich kann mir das von meinen Eltern borgen. Dann können wir systematisch unsere Liste mit den Läden abklappern.«

»Wie viel Zeit haben wir?«

»Drei Nachmittage. D.h. wir müssen unsere Musik-AGs verschieben. Spätestens am Sonntag, ob morgens oder abends weiß ich nicht, will der Gangster das Buch haben.«

Madleen runzelte die Stirn: »Das ist wirklich sehr knapp. Aber – wenn wir das Buch tatsächlich gefunden haben sollten – gebt ihr es dann wirklich dem Gangster?«

»Nee!« Anna schüttelte grimmig mit dem Kopf. »Das überlassen wir unserm Kommissar.«

Das Aufsuchen der Apotheken und die Befragung der Angestellten waren dann weniger kompliziert, als Anna befürchtet hatte, dafür aber erfolglos.

»Das Unangenehmste ist eigentlich, im Berufsverkehr quer durch Berlin zu fahren«, erklärte sie Martin am Abend des ersten Tages, »und dass wir das Auto in den engen Straßen in Friedrichshain und Lichtenberg immer in der zweiten Spur parken müssen, weil es nirgendwo Parkplätze gibt. Man steht überall im Wege, obwohl sich erstaunlich wenig Leute beschweren.«

»Wie seid ihr denn vorgegangen?«, fragte Martin neugierig. Die Vorstellung, in dieser Art fremde Ladenbesitzer zu befragen, widerstrebte ihm zutiefst.

Das war Annas geringstes Problem: »War nicht so schlimm. Zuerst fragten wir, ob es die Apotheke schon in den 70er Jahre gab. Wenn das bestätigt wurde, sagten wir, wir würden eine alte Tante suchen, die in den 70er Jahren in einer Apotheke hier in der Nähe gearbeitet hat.« Anna stöhnte: »Leider hören wir dann immer dasselbe: das Personal sei mehrmals vollständig ausgewechselt und aus der DDR-Zeit sei sowieso niemand übernommen worden. Einmal wurden wir zu einem kleinen Zeitungsladen geschickt, der noch von einem Ureinwohner der Straße geführt wurde, aber bei dem Namen Schulz schaute er uns nur mitleidig an. Helfen konnte der auch nicht«, schloss sie mutlos.

Martin legte den Arm um sie und gab ihr einen Kuss: »Nicht verzagen! Vielleicht habt ihr morgen mehr Glück.«

Aber auch die Suche am nächsten Nachmittag ergab keine Fortschritte. Der Tag unterschied sich allein dadurch von dem vorigen, dass es fast die ganze Zeit regnete.

Am Sonnabend fuhren Anna und Madleen schon nach dem Frühstück in den Osten, da zur Mittagszeit die Läden schlossen und das Wochenende begann. Sie hatten sich noch weitere Apotheken-Adressen herausgeschrieben und ihren Such-Radius erweitert.

Wieder rollten die beiden Kilometer um Kilometer durch Berlins Straßen, die auch heute am Wochenende verstopft waren, diesmal allerdings von Menschen, die in Einkaufszentren und Wochenmärkten ihrem Lieblings-Hobby

»Shoppen« frönten. Und nicht nur das. In der Skalitzer Straße in Kreuzberg blieben sie im Stau stecken. »Schrecklich diese Demos!«, schimpfte Madleen. Nur im Schneckentempo ging es schließlich weiter.

Die Stimmung bei den Freundinnen war auf dem Nullpunkt angelangt. Sie konnten nicht mehr das Gefühl ignorieren, dass alle ihre Bemühungen sinnlos waren. Den dritten Tag führten sie nun bereits ihre Befragungen durch und immer verließen sie die Apotheken, ohne eine auch nur annähernd befriedigende Antwort zu erhalten. Nachdem sie im Umkreis des S- und U-Bahnhofs Lichtenberg in zwei Apotheken ihre Fragen gestellt hatten, wie immer ohne Ergebnis, standen noch zwei weitere auf ihrer Liste. Inzwischen war es halb eins geworden. Als sie wieder auf die Straße traten, blieb Anna stehen. Sie war mit den Nerven am Ende.

»Es reicht«, rief sie gereizt. »Die Idee, auf diese Art das Buch zu finden, war völlig verrückt! Nach vierzig Jahren in einer fremden Gegend danach zu suchen! Total bescheuert!« Empört über ihre eigene Dummheit blickte sie Madleen an.

Ein Autofahrer hupte, weil ihr Auto wiedermal in zweiter Spur stand und den Verkehr behinderte.

»Reg dich ab!«, schrie sie zu ihm hin, und wieder zu Madleen gewandt: »Komm, wir fahren nach Hause! Soll der blöde Gangster doch selbst sehen, wo er das Buch herbekommt!«

»Anna, bleib cool!« Madleen ließ sich nicht aus der Ruhe bringen: »Die Aussicht, auf diese Art die Frau zu finden, war doch von Anfang an winzig. Aber wir haben es versucht. ›Probieren geht über Studieren‹. Kennst du doch!«

»Du mit deinen Sprüchen«, knurrte Anna und fuhr los.

Die Freundin studierte schon wieder den Stadtplan auf ihrem Schoß: »Bevor wir uns auf den Rückweg machen, sollten wir noch kurz in dieser Gegend mit den kleinen Straßen herumfahren.« Ihr Finger beschrieb einen Kreis auf der Karte, aber Anna sah gar nicht hin. »Da sind die S-Bahnhöfe Ostkreuz und Nöldnerplatz in der Nähe«, sagte Madleen. »Fahr mal jetzt links, da ist noch irgendwo eine Apotheke.«

Anna bog ab. An der nächsten Ecke befand sich in einem frisch renovierten Altbau aus der Gründerzeit die gesuchte Apotheke. Als sie dort ankamen, verließ gerade ein Auto seinen Parkplatz, der direkt vor dem Haus lag. Anna schlüpfte in die Lücke. »Wenn das kein gutes Omen ist«, war Madleens Kommentar.

Die freundliche Apothekerin gab auf ihre Fragen zwar nur ungenaue Informationen, aber immerhin erinnerte sie sich, dass sie gehört habe, vor geraumer Zeit sei noch eine alte Apothekerin tätig gewesen, die schon zu DDR-Zeiten hier gearbeitet habe. Sie habe oft skurrile Geschichten von früher erzählt.

»Die kenn ick noch. Jottchen, is det lange her!«, ertönte plötzlich eine knarrige Altfrauenstimme aus der Ecke, wo der Ständer mit den medizinischen Broschüren stand. Wie elektrisiert drehten sich Anna und Madleen um und sahen eine Frau, gebückt vom Alter, die in einer Apotheken-Rundschau blätterte, jetzt aber neugierig zu ihnen hinübersah. Sie wirkte ungepflegt mit ihren grauen, struppigen Haaren, auch die mit großen Blumen gemusterte Bluse hätte mal wieder eine Wäsche vertragen. Ihre wachen Augen aber und ihr Gesicht mit den vielen tiefeingegrabenen Falten signalisierten eine Lebensklugheit, die vermuten ließ, dass niemand ihr so schnell etwas vormachen konnte.

Jetzt kam die Frau näher, ihre Runzeln verzogen sich zu einem freundlichen Lächeln: »Meen Se det Frollein Schulz? Wat wolln Se denn von der? Die wohnt nich mehr hier.«

Fräulein Schulz! Anna und Madleen mussten sich erst von ihrem Schock erholen, dass sich kurz vor der Aufgabe ihres Vorhabens plötzlich ein Lichtblick auftat.

»Ja, genau, ein Fräulein Schulz suchen wir«, stotterte Anna.

»Dit war unsere Tante und die suchen wa! Wir ham alladings lange nüscht von der jehört, sehr lange nüscht«, mischte sich Madleen ein. »Wissen Se vielleicht, wo det Frollein Schulz hinjezogen is?«

Jetzt wurde die Alte misstrauisch: »Die hat jeheiratet. Det müssen Se doch als Vawandte wissen.«

Anna improvisierte hastig: »Die war für unsere Familie verschollen. Wir wohnten ja alle im Westen, nur meine Tante im Osten. Da gingen eben die Verbindungen auseinander. Leider!«, fügte sie noch schnell hinzu.

»Det kenn ick! Det wa damals so. Ick will Se ja helfen, aber wie die hintaher hieß, weeß ick nich. Die hat ja spät jeheiratet, ick gloobe, die war schon üba 50. Und der Mann – na, ick weeß nich!«, sie kicherte zweideutig. »Jedenfalls sind se wegjezogen!«

Anna sah den Hoffnungsschimmer schon wieder schwinden, als Madleen eine letzte Frage stellte: »Meen Se denn, eener hia in de Jegend kennt se noch?«

»Na, kla!«, schrie die alte Frau entzückt, »der olle Willi! Der war soja ma verknallt in die. Jehn Se ma rüber in det Bistro!« Das Wort spuckte sie regelrecht aus. »Det war früher de Kneipe von Willi. Jetzt hat dem sein Enkel allet umjemodelt. Uff modern! Aba Willi weeß bestimmt, wie se denn jeheißen hat. Ob se aba imma noch so heeßt oda nochma jeheiratet hat, kann ick nich sajn.« Sie wackelte theatralisch mit dem Kopf und blickte die Freundinnen wieder vielsagend an.

»Sie haben uns wirklich sehr geholfen. Vielen herzlichen Dank! Wir werden gleich mal rübergehen«, meinte Anna und wandte sich zum Gehen.

Madleens Frage ließ sie innehalten: »Können wir Ihnen denn als Dankeschön was spendieren?«

Die Apothekerin lachte: »Ich weiß schon, was kommt«, und trat zu einem Regal auf der linken Seite.

»Kla!« rief die alte Frau dazwischen. »Könn Se! Ick nehm für meen Leben jern eenen Schluck Klostafrau Melissenjeist! Det is jesund und schmeckt! Dit kannt ick früher nur aus de Westreklame!« Sie ahmte die tiefe Männerstimme nach: »Nie wa er so wertvoll wie heute!«

»Bitte zwei Flaschen«, sagte Anna zu der Apothekerin, »von mir auch eine.«

»Mensch, danke, is ja jeil!« Die Alte lachte über ihre eigene Ausdrucksweise. »So sacht man doch heute, wa? Also, viel Afolg bei de Suche. Ick kiek mir hier nochn paa von die Blätter an.« Und zur Apothekerin gewandt: »Se könn mir schon mal een kleenet Jläschen von meene Medizin injießen!«

Als Anna und Madleen den Laden verlassen hatten, schauten sie sich an und platzten los vor Lachen. »Das jibt es doch nicht!«, rief Madleen. »Uffn letzten Drücker doch noch ne Chance!«

»Los, weiter! Zu Willi!« Aufgeregt marschierte Anna schon über die Straße zur gegenüberliegenden Ecke, wo sich ein Bistro mit dem klangvollen Namen »C'est la vie« befand. Davor standen einige kleine Tische, von denen einer besetzt war mit einem Pärchen, das offensichtlich seine Mahlzeit beendet hatte und sich nun mit Hingabe knutschte.

»Ich habe Hunger«, verkündete Madleen.

»Und Durst«, ergänzte Anna. »Wir machen hier Pause.«

In der letzten Woche war das Wetter trübe und regnerisch gewesen. Heute schien zum ersten Mal die Sonne wieder, und der Wirt, Willis Enkel, hatte weiße Sonnenschirme aufgespannt. Zufrieden mit dem Erreichten und voller Hoffnung auf weitere Fortschritte ließen sich die beiden Frauen erst einmal unter einem Schirm nieder.

Sie waren bester Laune und wenig später verzehrten sie genüsslich ihre Salatteller, die eine junge Frau ihnen gebracht hatte, assistiert von einem kleinen Jungen, der den Korb mit dem Brot und den Bestecken trug.

»Die Frau vom Enkel«, vermutete Madleen. Aber als sie merkte, dass Anna vor Aufregung kaum essen konnte und viel lieber sofort die Frau in ein Gespräch über Opa Willi verwickelt hätte, sagte sie streng: »Anna, wir essen erst in Ruhe zu Ende.«

»Zu Befehl, Frau Chefin«, lachte Anna und goss sich mehr Öl auf den Salat.

Schließlich schoben sie ihre leeren Teller zurück und bestellten einen Kaffee. Als die junge Frau die beiden Kaffeetassen auf den Tisch stellte, fragte Anna, ob sie Willi, den früheren Besitzer, einmal sprechen könnten.

»Was wolln Se denn von dem?« Sie riss die Augen vor Neugierde auf. »Woher kennse den überhaupt? Sie sind doch nich von hier.«

»Wir wollen ihn nach einer alten Bekannten fragen«, erklärte Anna und Madleen ergänzte: »Von früher, aus der DDR-Zeit.«

Achselzucken bei der Frau: »Na jut, ick hol ihn. Müssense 'n Moment warten.«

Es dauerte eine ganze Weile, bis Opa Willi kam. Die Ursache dafür lag auf der Hand: er hatte sich chic gemacht für die Damen aus dem Westen. Eine dichte Wolke von Herrenparfüm umhüllte ihn, die schütteren Haare waren zurückgekämmt und mit Wasser an den Kopf geklebt. Mit einem neugierigen Lächeln und einem Glas Bier in der Hand kam er auf Anna und Madleen zu.

»Freut mich, Sie kennenzulernen«, begrüßte er sie formvollendet und mit Handschlag. Aber schon während er sich auf einem Stuhl niederließ, redete er in seiner gewohnten Berliner Art weiter: »Darf ick mir setzen? Da bin ick aba neujirig, wat zwee so schöne junge Damen mir ollen Zauchtel fragen wollen!« Er lachte laut über seinen Scherz.

Anna und Madleen, entzückt von dem originellen Alten, lachten mit ihm.

»Peggy«, schrie dieser in Richtung des Hauses, »bring ma noch zwee Bia, die Meechens vatrocknen ja!«

»Nee, danke, bitte nicht!«, riefen die Freundinnen hinterher, »höchstens Wasser!«

Als sie nach einigem Hin und Her das Gespräch auf »Frollein Schulz« brachten, war es um Willi, ihren ehemaligen Verehrer, geschehen.

»De Inge!«

Der Name löste eine Flut von Erinnerungen in ihm aus und voller Begeisterung erzählte er in der nächsten Viertelstunde Reminiszenzen aus seiner Jungmännerzeit:

»Det wan Zeiten! - Ick war een janzer Kerl! Könnse ma jlooben! - Die Inge hat imma jemeckert, wenn ick ihr mal aus Spaß uffn Hintan jeklatscht habe! - Willi, werd nich frech, hattse jesagt! - Ick wollt se heiraten, aba sie wollte nich! Hatte aba ooch keenen anderen, erst den alten Knacka nach de Wende aus 'm Westen. - Aba da wa ick schon lange vaheiratet, mit Kinda.«

Mit Vergnügen lauschten Anna und Madleen den Geschichten des alten Mannes, die für kurze Zeit ganz unverhofft die untergegangene DDR wieder lebendig machten.

»Mann, det wan Zeiten! Und nich die schlechtesten sag ick Ihn!«

Schließlich stellte Anna die entscheidenden Fragen: »Wissen Sie, wohin Fräulein Schulz nach ihrer Hochzeit gezogen ist und kennen Sie ihren neuen Namen?« Gespannt blickte sie den fröhlichen alten Mann an, dessen verschrumpelte Wangen vom Erzählen und den zahlreichen Schlucken aus seinem Bierglas rötlich glänzten.

»Na kla!«, brüstete er sich. »Opa Willi weeß allet! Ick hab se doch eenmal besucht. Inge is nach Rudow gezogen, inne Herzblattweg! Ehrlich, so heißt die Straße.« Er lachte wiehernd.

Anna atmete tief durch und wechselte einen Blick mit Madleen. Es war nicht zu fassen, dass alles plötzlich so einfach verlief.

»Wissen Sie auch die Hausnummer?«

»Nich jenau. Aba anne Ecke von Margeritenweg. Det finden Se.«

Madleen schrieb schon mit.

»Und den Namen kennen Sie auch«, vermutete Anna, die sich über gar nichts mehr wunderte.

Aber jetzt zögerte ihr Informant: »Warten Se, det wa soon komischer Name. Ick habs: Kidrowski! Nee, nee, det wa anders: Kuslowski, Kalmitzki! Det war irjendwie een polnischer Name! Mit K vorne! Jenau weeß ick det leida nich mea«, schloss Opa Willi und er schaute so ehrlich betrübt, dass Madleen ihn schnell tröstete: »Ach, das finden wir schon heraus.«

Beim Abschied mussten Anna und Madleen ihm mehrmals versichern, dass sie Inge von ihm grüßen würden und ihr sagen, dass er sie wirklich sehr gern wieder einmal besuchen würde, um mit ihr von alten Zeiten zu plaudern, was die beiden natürlich versprachen.

»Auf nach Rudow!«, rief Madleen aufgekratzt, während sie zurück zum Auto gingen. Aber Anna bremste: »Klar, gleich! Aber ich will erst noch schnell zu meinem Bruder fahren, der wohnt hier ganz in der Nähe. Der hat nämlich für Kalli ein Skatebord besorgt, das können wir noch abholen, wo wir schon mal in der Gegend sind.«

»Wieso kauft sich Kalli nicht selbst so ein Brett?«, wunderte sich Madleen.

Anna lachte: »Hast du eine Ahnung. Das ist eine Wissenschaft, ein gutes Skatebord auszusuchen. Und Ulli kennt sich mit den Brettern aus, weil er früher selbst wie ein Verrückter gefahren ist.«

Es war inzwischen Nachmittag geworden, der Verkehr hatte nachgelassen, so dass sie schon nach wenigen Minuten vor Ullis Haus einparkten. Marta schrie vor Freude auf, als sich Anna durch die Sprechanlage meldete. Die beiden Frauen stiegen die vier Treppen hoch, oben schon von der ganzen Familie erwartet, die sich über den unverhofften Besuch freute.

»Ich wollte gerade Kaffee machen«, sagte Ulli, »ihr bleibt doch noch?«

»Gern. Wir können eine Pause gebrauchen«, erklärte Anna und ließ sich aufatmend neben Madleen auf dem Sofa nieder. Sofort sprang Marta, die ihre Tante besonders liebte, auf ihren Schoß und wedelte vor ihren Augen mit ihrem neuesten Stofftier herum: »Guck mal! Das ist Glubschi!«

»Der ist aber schön weich.« Anna schmiegte ihre Wange an Glubschi.

Rike brachte die Kaffeebecher und fragte, während sie sie verteilte, ohne große Neugier, da sie eine Schilderung der üblichen Misserfolge erwartete: »Und, wie sieht es aus mit euren Recherchen?«

»Nicht schlecht«, sagte Madleen. »Wir wissen jetzt alles.«

Rike riss die Augen auf: »Was?«

»Naja, fast alles«, wiegelte Anna ab und erklärte: »Fräulein Inge Schulz hieß nach ihrer Hochzeit Koslowski oder so ähnlich und wohnt in Rudow in einer Straße mit dem schönen Namen Herzblattweg. Und wenn wir hier unsern Kaffee getrunken haben, fahren wir dorthin. Selbst wenn sie nicht mehr dort wohnt, wissen die Nachbarn hoffentlich, wo sie hingezogen ist. Ob sie allerdings das Buch hat, ist eine andere Frage.«

»Wahnsinn! Was ihr auf einmal herausgefunden habt«, staunte nun auch Ulli, der eben aus der Küche mit dem Kaffee gekommen war. »Erzählt doch mal!«

Madleen und Anna, hochgestimmt durch ihre Erfolge, schilderten lebhaft ihre Begegnungen mit der alten Frau und Opa Willi.

Inzwischen hatte sich auch die kleine Nadja auf das Sofa zwischen Anna und ihre Schwester gequetscht und als wieder der Ausdruck Herzblattweg fiel, beugte sie sich vor und sagte wichtig in die Runde: »Wir sind auch Herzblätter! Hat Oma Kruschi gesagt!«

»Ja«, bestätigte Marta, nachdrücklich mit dem Kopf nickend, »weil - Kruschi hat ja früher auch in einer Herzblattstraße gewohnt. Dann ist sie hierher zu uns gezogen. Und das ist auch eine Herzblattstraße, hat Kruschi gesagt, weil wir hier wohnen, auch wenn sie nicht so heißt.«

Die Erwachsenen starrten voller Vorahnungen auf die Kinder und Anna fragte mit rauer Stimme: »Wisst ihr, wie Oma Kruschi mit Vornamen heißt?«

Ulli und Marta antworteten gleichzeitig: »Keine Ahnung!« »Inge!«

Sekundenlang Totenstille, dann brach ein befreiendes Gelächter aus. Sie schrien alle durcheinander: »Ick gloobet nich: Inge Kruschinski! Die wohnt hier!« »Das ist sie!« »Wir haben sie gefunden!« »Und wir gurken tagelang durch die Stadt!« »Unsere Kruschi!«

Wie elektrisiert sprangen Anna und Madleen auf: »Wir gehen rüber und fragen sie«, rief Anna. Madleen: »Sofort! Ist das aufregend!«

Ulli und Rike rührten sich nicht, schauten sich belustigt und gleichzeitig besorgt an.

»Kruschi ist verreist«, sagte Rike so beruhigend, wie es ihr möglich war.

Anna: »Na und? Wozu gibt es Handys! Ihr habt doch bestimmt die Nummer.«

»Die nützt nichts«, erklärte ihr Bruder und nach einer kurzen Pause fügte er hinzu: »Funkloch.«

Anna verzweifelt: »Nein!«

»Doch! Sie ist irgendwo in den Dolomiten.«

»Wann kommt sie zurück?«

»Sie bleibt zwei Wochen. Sie ist gestern gefahren.«

»Nein! Das geht nicht. Wir brauchen sie jetzt!« Anna weinte fast: »Wir müssen das Buch bis morgen haben.«

»Beruhige dich«, tröstete Ulli seine Schwester. »Ich habe Kruschis Adresse. Sicher kann euer Kommissar über dortige Kollegen eine Verbindung zu ihr herstellen und sie vor Ort befragen lassen. Es wird bestimmt irgendwie weitergehen.«

»Jedenfalls brauchen wir nicht mehr zum Herzblattweg zu fahren.« Madleen hatte sich bereits mit der Niederlage abgefunden und hängte sich ihre Tasche um.

»Und wenn unsere Kruschi gar nicht die Kollegin von Martins Mutter war?«, warf Rike ein. »So sicher scheint mir das nicht zu sein. Oder wenn sie nie das Buch besaß?«

»Mir reicht's für heute.« Anna hatte ihre Enttäuschung noch nicht überwunden. »Wir fahren jetzt nach Hause. Wo sind die Kinder? Ich will ihnen ›Auf Wiedersehen‹ sagen.«

Als sie sich zur Tür wandte, erinnerte Madleen: »Vergesst nicht das Skatebord.«

»Richtig! Das steht bei den Kindern.«

Ulli ging mit den beiden Frauen zum Kinderzimmer. An der Tür blieben sie stehen und schauten einen Moment den beiden Mädchen zu: sie spielten Schule. Marta war die Lehrerin. Sie hielt ein Buch in der Hand, aus dem sie »vorlas«. Hin und wieder schrieb sie mit wichtiger Miene mit einem Buntstift etwas hinein. Vor ihr saß Nadja und malte auf ein Blatt Papier Verzierungen, die wahrscheinlich Buchstaben sein sollten.

Anna starrte auf das Buch in Martas Hand: zerfleddert, mit gelbgeblümten Einband und Leinenrücken. Sie schluckte, wurde blass. Wie im Traum ging sie zu Marta, nahm ihr das Buch weg und schlug die erste Seite auf, ohne Marta wahrzunehmen, die aus ihrem Stühlchen aufgesprungen war und empört rief: »Gib mir das Buch wieder! Das ist meins! Das hat mir Kruschi geschenkt!«

»Die Elixiere des Teufels« las Anna. Sie blätterte darin, mit zittrigen Händen, und sah überall Striche, Pfeile, Zahlen, auf der letzten Seite, 1. Auflage 1922. Wie Schüttelfrost überkam es sie. Sie konnte es nicht glauben, aber sie hielt das Buch in den Händen, das im Besitz von Abraham Zuckermann gewesen war, das Paul Herold ihm gestohlen hatte, dem wiederum Franz Reimann es entwendet und Brigitte Streese vor mehr als vierzig Jahren geschenkt hatte und um dessentwillen drei Menschen sterben mussten.

Jetzt schaute sie hoch in drei überraschte Gesichter.

»Du guckst so komisch. Was hast du denn?«, fragte Rike verwundert, die hinzugekommen war.

»Das Buch«, sagte Anna. »Die Elixiere! Marta hat es!« Sie schüttelte langsam, immer noch ungläubig, den Kopf, doch dann lief ein entspanntes Lächeln über ihr Gesicht: »Die Suche nach dem Buch ›Die Elixiere des Teufels‹

ist beendet«, erklärte sie mit einem so feierlichen Gesichtsausdruck, dass die andern vor Freude aufschrien und klatschten.

Die Briefmarke dann zu finden, war ein Kinderspiel. Es war ein Wunder, dass sie nicht schon vorher aus dem Buch herausgefallen war, da dieses sich kurz vor dem endgültigen Zerfall befand. Man sah sofort, dass die letzte, nicht mehr bedruckte Seite des Buches nachträglich auf dem hinteren Buchdeckel aufgeklebt war. Die Klebe allerdings war mürbe geworden. Anna konnte die Seite ohne Mühe ablösen und unter den faszinierten Blicken der anderen ein kleines, unbeschädigtes Zellophantütchen hervorziehen, in dem wohlbehütet eine Briefmarke »schlummerte«.

Madleens Wangen hatten sich tiefrot gefärbt, wie immer, wenn sie aufgewühlt war: »Ist das aufregend!«, rief sie, »entschuldigt, aber ich muss aufs Klo«, und verschwand.

Später saßen sie wieder im Wohnzimmer. Die Briefmarke in ihrem Tütchen ging von Hand zu Hand. »Ich nehme sie nicht heraus. Man kann sie auch so gut erkennen«, hatte Anna gesagt.

Marta hatte Anna ohne Widerstand das Buch überlassen. Sie ließ sich leicht überzeugen, das hässliche, alte Buch gegen ein schönes, neues auszutauschen, in das sie auch hineinschreiben darf, was ja sonst verboten ist. Auf die Frage, warum Kruschi ihr das Buch geschenkt hat, gab Marta eine einfache Antwort: »Kruschi hat aufgeräumt und wollte es wegschmeißen. Da hab ich es genommen. Kruschi hat gesagt, in das Buch darf man hineinschreiben, weil es sowieso so vollgekrakelt ist.«

»Mann, ist das aufregend«, meinte jetzt auch ihr Vater, der das gelbliche, ziemlich unansehnliche Stückchen Papier gerade in den Händen hielt. »Sieht aber eigentlich nach nichts aus! Schwer vorstellbar, dass dieser kleine Fetzen so wertvoll sein soll.«

Rike hatte ihren Laptop geholt: »Wie heißt nochmal genau die Marke?«

»Tre Skilling Banco«, sagte Anna.

»Einen Moment, bitte. Bei Wikipedia heißt es.« Dann las Rike vor:

»Der **Tre-Skilling-Banco-Fehldruck** zählt zu den seltensten und teuersten Briefmarken der Welt. Die Marke wurde am 1. Juli 1855 in Schweden ausgegeben. Ein einziges Exemplar ist bis heute erhalten geblieben.

Die Briefmarke war Teil der ersten Briefmarkenserie Schwedens aus dem Jahr 1855. Diese bestand aus fünf Werten zu 3, 4, 6, 8 und 24 Skilling. Das Bildmotiv der Serie zeigt das schwedische Reichswappen, welches von der Inschrift ›Frimärke‹, dem Landesnamen sowie der Wertangabe umgeben ist.«

Sie verglichen die Marke mit der Beschreibung und stellten Übereinstimmung fest.

»Der ausgeführte Entwurf stammte von *P. A. Sparre*.«, las Rike weiter. »Die Freimarken wurden im Buchdruck hergestellt. Nun kam es jedoch dazu, dass eine unbekannte Anzahl von 3-Skilling-Werten in der Farbe des 8-Skilling-Wertes gedruckt wurden. Sie waren demnach gelborange statt grün. Dieser Fehldruck blieb jedoch unbemerkt. Im Jahre 1886 entdeckte der junge Sammler *Georg Wilhelm Baeckman* ein Exemplar des Fehldruckes auf dem Dachboden seiner Großmutter. Er verkaufte die Briefmarke für 7 Kronen an den Briefmarkenhändler *Heinrich Lichtenstein*. Nach zahlreichen weiteren Besitzerwechseln«

»usw. usw.«, meinte Rike. »Ich lasse hier etwas aus.«

»Im Jahre 1984 wechselte der schwedische Fehldruck erneut seinen Besitzer. *David Feldman* durfte ihn für 977.500 Schweizer Franken sein Eigen nennen. 1996 erbrachte er bei der bislang letzten Auktion in Genf einen Betrag von 2,5 Mio. Schweizer Franken (1,6 Mio. Euro) ein. Da die Marke von einem Händler im Auftrag erworben wurde, ist der heutige Besitzer nicht bekannt. Im Verhältnis zum Gewicht gesehen, handelt es sich damit nicht nur um die derzeit teuerste Briefmarke der Welt, sondern auch um den teuersten Gegenstand der Welt.«

»Der teuerste Gegenstand der Welt!« Anna lachte auf, ihre Augen leuchteten: »Aber der Fall scheint eindeutig: wie hoch die Anzahl der Fehldrucke damals war, weiß man nicht. Nur einer ist bekannt geworden. Und das ist hier der zweite. Nicht schlecht!«

»Und nun? Was machen wir damit?«, fragte Rike.

»Zuerst übergeben wir sie der Polizei zur Aufbewahrung, keine Frage«, meinte Anna. »Dann müssen die Besitzverhältnisse geklärt werden, denke ich.«

»Die sind doch klar: die Marke gehört Martin, weil er der Erbe seiner Mutter ist, die das Buch besessen hat«, war Madleen überzeugt.

»Aber sie hat es Kruschi geschenkt«, wandte Ulli ein und sein Gesicht verzog zu einem breiten Grinsen, als er weitersprach: »Und die hat es Marta geschenkt. Die Marke gehört Marta, also uns!«

Alle lachten. »Das hätt'ste gern«, sagte Anna streng, ganz die große Schwester. »Eigentlich gehört die Marke Deborah. Sie ist die Erbin von Abraham Zuckermann.«

Rike hatte ihre Zweifel: »Oder auch nicht. Du hast bisher noch niemals ausführlich mit Deborah über die ganze Angelegenheit gesprochen, Anna.«

»Stimmt. Ich rufe sie jetzt an. Mal sehen, was sie sagt.«

»Ob das richtig ist«, zweifelte Rike wieder, aber Anna hatte schon ihr Handy in der Hand.

»Hallo, Jonas! Kann ich mal Deborah sprechen? – Hallo, Debbie! Stell dir vor: unsere Suche nach dem Buch war erfolgreich! – Ja, tatsächlich, sogar hier im Haus bei meinem Bruder. – Wir haben nie darüber gesprochen, warum das Buch so wertvoll ist. Weißt du es?« – »Ja, wir haben sie gefunden. Weißt du wo und wie die Marke heißt?« – Anna lauschte eine ganze Weile. – »Stimmt. Es scheint wirklich das Buch deines Ururopas zu sein. Ich melde mich wieder. Tschau!«

Die anderen hatten Anna aufmerksam zugehört und stimmten ihr zu, als sie nach dem Gespräch meinte: »Deborah wusste genau Bescheid über das Buch und die Briefmarke. Ihr Opa hatte ihr alle Einzelheiten erzählt, damit sie das Buch erkennt, falls sie es findet. Der wahre Besitzer scheint mir wirklich ihre Familie in Amerika zu sein.«

»Wenn die Marke wirklich echt ist, muss die Geschichte der Briefmarken neu geschrieben werden«, freute sich Ulli. »Der Welt der Philatelie steht eine Sensation bevor, die sie in ihren Grundfesten erschüttern wird!«

Während Madleen noch einmal auf der Toilette verschwand, rief Anna Martin an, damit er so schnell wie möglich nach Hause kommt. Dann verabschiedeten sich die beiden Frauen, um ihr kostbares Gut in Annas Umhängetasche nach Charlottenburg und in Sicherheit zu bringen.

Unterwegs überlegte Anna: »Mir wäre am liebsten, ich könnte die Marke gleich dem Kommissar geben. Dann bin ich die Verantwortung los. Zu Hause haben wir überhaupt keinen sicheren Aufbewahrungsort. Oder ob ich sie gleich zu meinen Eltern bringe? Ich muss das Auto ja sowieso abliefern. Und die haben einen Tresor im Schlafzimmer. Was meinst du, Madleen?«

Zu Annas Verwunderung reagierte Madleen übertrieben ablehnend: »Das geht nicht! Auf gar keinen Fall! Nee, wir fahren zu euch!« Dann wieder ruhiger: »Vielleicht später. Martin muss die Marke doch auch mal sehen.«

28

Nach gut einer halben Stunde Fahrt bog Anna in die Wundtstraße ein und hielt vor ihrem Haus. In ihrer Straße herrschte wie immer am Wochenende, erst recht wenn das Wetter so einladend war wie heute, ein lebhaftes Kommen und Gehen von Parkbesuchern.

Anna parkte das Auto vor ihrem Haus, zog den Schlüssel ab und drehte sich um zur Hinterbank, wo sie ihre Tasche abgelegt hatte, als ihr Blick zufällig auf eine Gestalt fiel, die auf der anderen Seite der Straße sich lässig gegen die Parkmauer lehnte und sie beobachtete.

Anna hatte Madleens Schulfreund nur einmal gesehen, damals beim Joggen im Lietzenseepark, aber jetzt blickte sie fragend zu ihr hinüber: »Ist das nicht dein Rico?« Madleen, die gerade dabei war auszusteigen, antwortete nicht.

Eine böse Ahnung überkam Anna: »Hast du ihm Bescheid gesagt? Dass wir jetzt mit der Briefmarke ankommen?«

»Ja, aber es ist nicht so, wie du denkst.« Madleen runzelte unwillig die Stirn. »Komm, steig jetzt aus.«

In diesem Moment fiel es Anna wie Schuppen von den Augen. Ihr immer wieder aufflackerndes Misstrauen Madleen gegenüber war berechtigt gewesen: sie steckte mit Rico hinter den Verbrechen! Sie wusste über alles Bescheid, war bei vielen Beratungen dabei gewesen, hat nicht nur sie und Martin, sondern auch Hans-Olaf ausgehorcht. Hat kaum selbst etwas gesagt, aber genau die Äußerungen und Schlussfolgerungen der anderen registriert und an ihren Freund weitergegeben.

Panik ergriff Anna. Madleen war die Verräterin, und sie, Anna, die Naive und Einfältige, die ihr vertraut hatte.

Sie war außer sich. »Er will die Marke klauen!«, schrie sie Madleen hinterher, die sich ein paar Schritte vom Auto entfernt hatte. »Du hast ihn herbestellt! Natürlich! Du warst zweimal auf der Toilette und hast dort telefoniert.«

Sie konnte keinen klaren Gedanken fassen. Hier, direkt vor ihrer Haustür befand sie sich in einer ausweglosen Lage. Was sollte sie tun? Aussteigen durfte sie auf keinen Fall. Sie schloss die Fenster und drückte den Hebel herunter, um auch die Türen zu verschließen. Das Handy, fiel ihr ein. Mit hastigen Bewegungen suchte sie in der Tasche danach.

Da klopfte es an der Scheibe. Sie hob ihr angstverzerrtes Gesicht, und eine Welle der Erleichterung überkam sie: Jonas stand da mit seinem freundlichen Gesicht, wie ein deus ex machina, und lächelte sie an:

»Hallo, Anna, Debbie und ich sind hergekommen. Schön, dass du uns Bescheid gesagt hast. Wir sind so wahnsinnig neugierig auf diese Briefmarke und wollten sie unbedingt sehen.« Er versuchte die Tür zu öffnen: »Nanu, warum hast du dich eingeschlossen?«

Anna hatte zwar nicht alle Worte verstanden, aber sie schob schnell den Hebel wieder zurück und öffnete die Tür. »Wegen Rico, da drüben«, vor Aufregung stotterte sie, »er will wahrscheinlich meine Tasche mit der Marke stehlen.«

»Was? Gib her! Ich pass auf sie auf.« Jonas ergriff die Tasche. Madleen, die ein Stück auf der Straße zurückgegangen war, beobachtete wortlos die Szene, ebenso Rico von der Straßenseite gegenüber, der sich langsam in Bewegung setzte.

Anna schaute zu Jonas hoch in der Erwartung, dass er neben dem Auto stehenbleibt, bis sie ausgestiegen war. Aber es kam anders. Jonas rannte mit der Tasche weg.

Anna blickte verständnislos hinter ihm her. Ich bin so dumm, dämmerte es ihr, ich habe wirklich alles durcheinandergebracht. Jonas war nicht der Retter, dem sie glauben konnte, er war der Verbrecher! Er! Nicht Madleen und Rico!

Jetzt überschlugen sich die Ereignisse.

Anna beobachtete überrascht, wie Jonas – sie wusste gar nicht, dass er ein Auto besaß bzw. fahren konnte – zu einem silbergrauen BMW lief, der ein Stück vor ihrem eigenen Auto geparkt war, die Tür aufriss und sich in den Sitz warf. Er startete den Wagen, aber im gleichen Moment kam nicht nur Rico angerannt, um ihn aus dem Auto zu zerren, sondern aus der Grünanlage neben Annas Wohnhaus trat auch eine schwarzgekleidete und mit einer Kapuze verhüllte Gestalt auf den Bürgersteig. Anna stockte der Atem, als sie sah, wie die Gestalt ein Gewehr hob, anlegte und schoss! Mit einem pfeifenden Geräusch entwich die Luft aus dem vorderen Reifen des Autos. Das Auto schlingerte ein paar Meter, dann sprang Jonas heraus und versuchte zu Fuß mit der Tasche Richtung Riehlstraße zu flüchten. Aber er hatte nicht mit der schwarzen Gestalt gerechnet. Wieder legte sie an, ein Schuss krachte, gut gezielt auf den Oberschenkel von Jonas. Sofort stürzte dieser zu Boden. Dabei ließ er die Tasche aus der Hand fallen und sie schlidderte ein Stück auf dem Fahrdamm.

Als die Schüsse fielen, war Rico beiseite gesprungen. »Vorsicht!«, schrie er dem Schützen zu und brach dabei in ein fast hysterisches Gelächter aus. Er konnte sich kaum beruhigen, hob aber die Tasche auf und gab sie Anna, die jetzt ebenfalls an dem Ort der Schießerei angekommen war, mit den Worten: »Bitte sehr, aber bisschen besser aufpassen!« Schnell hängte Anna sie sich um.

Dann ging Rico zu ihrer größten Überraschung mit ausgebreiteten Armen auf die Gestalt auf dem Bürgersteig zu, die geschossen hatte, umarmte sie heftig und küsste sie mehrmals auf beide Wangen. Dazwischen rief er, immer noch lachend: »Das war nicht geplant, aber großartig!« Bei der Umarmung fiel der Gestalt die Kapuze vom Kopf und Anna sah, dass es eine Frau war, sogar eine alte mit grauen Haaren, die auch aufgekratzt lachte und wiederholt rief: »Ich habe schießen geübt! Du siehst, ich kann schießen!« Anna kam die Frau merkwürdig bekannt vor, aber sie hatte im Moment keine Kraft, darüber nachzudenken, woher.

Benommen ging sie zu Jonas, der schrie und heulte und mit den Händen sein blutendes Bein hielt. Eine riesige Blutlache hatte sich bereits um ihn ausgebreitet. Der Verkehr stockte. Anna starrte auf den Verletzten, den sie als netten, freundlichen Menschen erlebt hatte, der kein Wässerchen trüben konnte, und nun sollte er ein Dieb sein, sogar ein kaltblütiger Verbrecher, ein Mörder? Sie konnte es nicht glauben.

Um Anna herum drängten sich Passanten und Parkbesucher, die von allen Seiten zusammenströmten und einen Kreis um Jonas bildeten. Einige filmten mit ihrem Handy die blutige Szenerie, andere standen unter Schock und starrten stumm auf den sich vor Schmerzen Windenden. Hausbewohner lehnten sich aus den Fenstern. Einer warf eine Decke herunter. Annas Nachbarin rief: »Was ist denn passiert, Frau Kranz? Soll ich die Polizei alarmieren?«

Aber diese war längst unterwegs, gerufen von einem Dutzend Handybesitzern.

»Komm weg hier!«, hörte Anna Madleen plötzlich neben sich, die sie zum Bürgersteig zog, wo Rico und die Frau stand, die so stolz auf ihre Schießkünste war. »Es ist vorbei! Jonas ist der Mörder. Rico und ich konnten es keinem sagen. Entschuldige«, fügte Madleen noch hinzu.

»Das kann gar nicht sein«, widersprach Anna störrisch. »das glaube ich nicht. Ich rufe jetzt Kommissar Weber an. Der soll herkommen.« Sie suchte seine Nummer auf dem Handy und begann mit einigermaßen wirren Worten ihm die überraschende Entwicklung zu schildern, als er sie unterbrach: »Ich weiß Bescheid, bin schon unterwegs.« Anna atmete auf und spürte, wie sie allmählich ihr inneres Gleichgewicht wieder fand.

»Ich verstehe nichts«, sagte sie zu Madleen. »Du musst mir eine Menge erklären.« Ihr Ton schwankte zwischen Empörung und Neugier. »Sehr gern«, Madleen legte den Arm um Annas Schulter. »Jedenfalls war der Showdown eben sehr beeindruckend, fandest du nicht!« Jetzt verzog sich Annas Gesicht sogar zu einem Lächeln: »Allerdings.«

In diesem Augenblick ertönten Polizeisirenen und von beiden Seiten rollten zahlreiche Funk- und Feuerwehrwagen in die Wundtstraße. Anna und die anderen drei sahen zu, wie ein Notarzt den noch immer vor Schmerz wimmernden Jonas untersuchte, zwei Sanitäter den Verletzten schließlich auf eine Trage hoben und in den Notarztwagen schoben, der mit Blaulicht und Martinshorn den Schauplatz verließ.

Als ein Polizeibeamter Rico, Madleen, Anna und die Schützin von ihrem Standort wegdrängen wollte, sagte die Frau mit dem Gewehr: »Sie müssen mich festnehmen. Ich habe auf den Mann geschossen. Die andern sind Zeugen.« Diese nickten und Madleen erklärte dem ungläubig blickenden Beamten: »Der Verletzte ist ein gesuchter Verbrecher. Wir haben ihn gestellt.«

Jetzt wurde der Beamte böse, der sich veralbert fühlte, aber Anna sagte schnell: »Es ist wirklich so. Wir warten hier auf Kommissar Weber, der die Ermittlungen gegen den Mann leitet, der dort auf der Straße lag.« Sie schaute sich um und ein erleichtertes Leuchten huschte über ihr Gesicht: »Ah, da kommt er schon! Er kann Ihnen alles erklären und wird sich um alles kümmern.«

29

Wenig später standen Anna, Madleen, Rico und die Schützin auf dem Balkon von Familie Kranz und schauten hinab auf das geschäftige Treiben auf der Straße, die nach wie vor abgesperrt war und auf der zahlreiche Polizisten und Kripobeamte den Tatort untersuchten und die Spuren sicherten. Die Stimmung unter den Vieren war zwar noch immer aufgewühlt, aber dennoch auch gelöst, denn von allen war eine große Last genommen. Besonders Anna fühlte sich so leicht, wie schon seit Wochen nicht mehr. Sie betrachtete von der Seite die zierliche ältere Dame, diese Bezeichnung drängte sich Anna spontan auf, die neben ihr stand. Sie hatte keine Ahnung, wer sie war und was sie mit dem Fall zu tun hatte, aber mit ihren freundlichen, leicht melancholisch blickenden Augen war sie ihr auf Anhieb sympathisch gewesen. Das gleiche Gefühl musste der Kommissar gehabt haben, denn obwohl sie ihm vorhin auf der Straße sofort ihren Namen genannt und sich zu den Schüssen bekannt hatte, hatte er darauf verzichtet, sie zum Verhör aufs Revier mit zu nehmen, erst recht als er erfuhr, dass sie irgendwie zu Anna gehörte. Das Gewehr musste sie allerdings abliefern. »Ich habe hier noch eine Menge zu tun«, hatte Weber ihnen erklärt. »Sie gehen jetzt bitte alle vier in die Wohnung von Frau Kranz und warten dort, bis ich komme. Dann werde ich das Weitere mit Ihnen besprechen.«

Anna schätzte das Alter ihrer Besucherin auf ungefähr 70 Jahre, ungefähr so alt wie ihre Mutter. In diesem Moment fiel ihr auch ein, wo sie sie schon einmal gesehen hatte: tatsächlich bei ihrer Mutter, als sie damals die Konzertkarten abholte. Sie war die Schulfreundin, die traurig auf dem Sofa saß und die Anna kurz begrüßt hatte.

»Vielleicht stellst du mir jetzt mal deine beiden Bekannten vor«, ermunterte Anna Madleen, die allerdings nur kurz erwiderte: »Rico kennst du und die Dame habe ich auch noch nie gesehen, nur von ihr gehört.« Rico, der einen Kopf größer war als die alte Frau, lächelte freundlich auf sie herunter: »Das ist Elisabeth Hegemann, genannt Miss Betty. Sie wohnt im Rheinland. Wir werden erzählen, wie wir drei zusammenhängen.«

»Gut«, meinte Anna. »Dann schlage ich vor, wir setzen uns und ihr fangt an zu erklären, was das alles zu bedeuten hat. Aber erst hole ich noch was zu trinken.«

Nach ein paar Minuten kam sie mit Wasser und Gläsern wieder. Inzwischen hatten sich Rico und Frau Hegemann auf der Balkonbank niedergelassen. Anna setzte sich ihnen gegenüber neben Madleen.

Sie lächelte Elisabeth Hegemann an, aber diese schien Anna nicht zu wiederzuerkennen. Sie wirkte neben dem Riesen Rico fast winzig. Das Sweatshirt hatte sie ausgezogen. Sie trug jetzt eine weiße bestickte Bluse, die wenig zu ihrer schwarzen Jogginghose passte. Ganz offensichtlich entsprach dieser Anzug nicht ihrer gewöhnlichen Art, sich zu kleiden, sondern war von ihr extra für ihren Ausflug in die Verbrecherwelt angeschafft worden.

»Wissen Sie eigentlich, dass ich die Tochter von Ihrer Freundin Waltraud bin?«, fragte Anna sie spontan. »Wir haben uns einmal kurz bei meiner Mutter gesehen.«

»Ach, wirklich?«, staunte Frau Hegemann. »Wie nett! Tatsächlich, Sie haben Ähnlichkeit mit ihr. Waltraud ist eine liebe Freundin von mir und war mir in der letzten Zeit eine große Hilfe.«

»Wo ist eigentlich Deborah?«, fiel Anna plötzlich ein.

»Die ist gar nicht mitgekommen. Das war eine Lüge von Jonas, um dich einzulullen, damit du ihm die Tasche anvertraust. Jonas wollte Deborah bei dem Raub natürlich nicht dabeihaben«, antwortete Madleen.

Anna blickte sie stirnrunzelnd an: »Woher hat Jonas überhaupt gewusst, dass und wann wir mit der Briefmarke hier ankommen?«

Rico von der Bank gegenüber erwiderte an Madleens Stelle: »Ich habe ihn angerufen, es ihm gesagt.«

»Wie bitte?«

Jetzt lachte Rico: »Ich habe ihm eine Falle gestellt! Ich wollte doch, dass er die Tasche mit dem Buch klaut! Madleen rief mich an, als ihr losfuhrt. Dann habe ich Jonas angerufen, so getan, als ob ich dein Bruder bin und gesagt, dass ihr jetzt nach Hause fahrt und euch freuen würdet, wenn er und Deborah kommen würden, um die Marke zu bewundern. Ich habe gewusst, dass er sofort losfährt, allein, und die Marke stehlen will. Ganz einfach!«

Anna erwiderte aufgebracht: »Sie haben ja Nerven! Wenn Frau Hegemann nicht geschossen hätte, wäre er mit der Marke abgehauen!«

»Nee, nee! Keine Angst! Ich hatte ihn schon am Wickel und hätte ihn aus dem Auto gezerrt.«

Ehe Anna widersprechen konnte, mischte sich Madleen ein: »Hör jetzt auf, Rico! Anna weiß überhaupt nicht, was im letzten halben Jahr passiert ist. Wir müssen nacheinander alles erklären. Aber wir warten am besten auf Martin, damit wir nicht doppelt erzählen müssen.«

»Alles klar.« Rico hob die Hände mit einer entschuldigenden Geste.

»Wieso«, meldete sich Frau Hegemann jetzt zu Worte, »besaß dieser Mensch einen so teuren BMW? Ich hatte richtig Hemmungen in den Reifen zu schießen.«

Rico lachte kurz auf: »Natürlich gestohlen. Autoknacken kann er, seit er 15 ist. Fahren auch, obwohl er nie einen Führerschein gemacht hat.«

»Hallo«, von den anderen unbemerkt, war Martin eingetroffen. »Was ist denn hier los? Unten überall Polizei! Zum Glück hat mich Weber gesehen, so dass ich die Straßensperren passieren und in unsern Hof fahren durfte. Er meinte, ich soll euch fragen, was das bedeutet. Er hätte keine Zeit.«

»Komm, setz dich! Stell dir vor: Der Spuk ist vorbei. Jonas ist der Täter!«, verkündete Anna dramatisch.

»Jonas? Der smarte Frauentyp? Ein Mörder!? Wie man sich so täuschen kann!« Martin lachte, er glaubte diese ungeheuerliche Nachricht sofort.

»Jedenfalls gut, dass du da bist, dann können Madleen und ihr Freund Rico endlich mit ihren Erklärungen anfangen. Die wissen nämlich alles«, fügte Anna mit einem ironischen Unterton hinzu.

»Gern! Aber ich sehe, wir haben auch noch einen anderen Besuch.« Martin hatte sich hingesetzt, goss sich ein Glas Wasser ein und begrüßte dabei mit einem Lächeln die ältere Dame ihm gegenüber.

»Richtig!« Anna stellte sie vor: »Das ist Frau Hegemann. Ich kannte sie bisher auch nicht und weiß auch noch nicht, was sie mit unserm Fall zu tun hat. Und das ist Rico, Madleens Freund, von dem ich dir schon erzählt habe, den ich nur einmal kurz im Park gesehen habe und von dem ich auch noch nicht weiß, was er mit unserm Fall zu tun hat.«

»Interessant«, bemerkte Martin.

»Bis jetzt habe ich nur die kurze Information von Madleen und Rico erhalten«, fuhr Anna fort, »dass, wie gesagt, Jonas derjenige ist, auf dessen Konto alle Verbrechen gehen, der also der Mörder, der Erpresser, der Reifenzerstecher, der Kalli- die Treppe-runter-Schubser usw. ist. Ich kann das noch immer nicht glauben, deswegen bin ich äußerst gespannt. Also, bitte fangt - !«

»Einen Moment«, unterbrach Martin sie und stand auf: »Ich werde vorher noch Hans-Olaf anrufen und dazuholen. Er ist schließlich auch ein Betroffener und eine Art Freund und Bruder.«

»Ach nee, bitte nicht«, protestierte Madleen und errötete, als die andern sie überrascht ansahen, »ich erzähle ihm später lieber alles selbst.«

»Er hat dasselbe Recht auf Aufklärung wie wir, auch wenn du nichts mehr von ihm wissen willst«, widersprach Martin und ging hinaus. Madleen verzog unwillig das Gesicht.

»Und? Kommt er?«, fragte sie Martin, als er zurückkam.

»Nein, leider nicht. Er hat einen Termin.«

»Wir können uns ja nochmal mit ihm extra treffen«, meinte Rico versöhnlich.

Dann blickte er zu Elisabeth Hegemann: »Wer fängt an?«

»Du! Wir gehen der Reihe nach.« Die alte Frau sah Rico voller Vertrauen an.

»Okay«, begann Rico. »Es ist eine lange Story. Ihr könnt mich sofort unterbrechen, wenn ihr etwas nicht versteht oder euch langweilt.« Kleine Pause. Dann legte er los:

»Die Hauptpersonen sind Miss Betty, Jonas und ich, Madleen ist eine Nebenperson. Ich fange zuerst am besten mit mir an.

Ich bin 1973 geboren, in der DDR, in Neustrelitz, Mecklenburg-Vorpommern. Mein Vater arbeitete in der LPG, meine Mutter verkaufte in einem Konsum. Wir waren zufrieden, hatten alles, was wir brauchten. Ich ging auf die Oberschule, ç, und sollte Abitur machen. Dann kam 1989.

Den letzten Sommer der DDR werde ich nie vergessen. Es war ein heißer Sommer. Ich war 16 Jahre alt, war zum ersten Mal richtig verliebt, in eine Schülerin, die eine Klasse über mir war und Madleen hieß.« Die Blicke der anderen wanderten zu Madleen. Sie lächelte und errötete. »Wir halfen beide mit anderen Schulkameraden auf den Feldern der örtlichen LPG bei der Getreideernte, um etwas Taschengeld zu verdienen. Abends nach der Arbeit saßen wir zusammen, tranken Bier, hörten Musik, tanzten usw. Nachts schliefen wir alle in einer großen Scheune im Heu. Es war der schönste Sommer meines Lebens!« Die Erinnerung an die heißen Sommertage ließen ihn wieder wie ein verliebter Pennäler seine ehemalige Freundin über den Balkontisch anschmachten.

Madleen wurde rot, ihre Augen bekamen einen wehmütigen Ausdruck, sie seufzte verhalten. »Schon gut, Rico! Erzähl mal weiter!«, sagte sie sanft.

»Dann kam die Wende und mit meiner Familie ging es bergab. Die Konsum-Läden und LPGs wurden geschlossen bzw. abgewickelt, meine Eltern verloren ihre Arbeitsstellen. Ich schmiss die Schule, hatte zu nichts mehr Lust, jobte herum, mal dies, mal das. Mehrere Monate habe ich einen Kumpel von mir als Chauffeur bei einem Firmenchef vertreten. Das hat mir gut gefallen. Schließlich landete ich in einer Security-Firma und drehte mit einem Kollegen, zwei, drei Jahre lang in verschiedenen Betrieben, Fabriken, Konzernen usw. meine Runden. Es ist wenig passiert, ich hatte eine gute Zeit damals, aber auf die Dauer wurde mir das zu eintönig.

Dann machte ein Kollege eine Ausbildung zum Justizwachtmeister und erzählte mir davon. Das gefiel mir. Die Ausbildung war kurz. Also fing ich zur Abwechslung damit an. Schließlich nahm ich eine Stelle an im Gefängnis in Köln-Ossendorf, dem sogenannten Klingelpütz. Ich will nicht sagen, dass es mir dort besonders gefiel, aber ich machte meine Arbeit, kam mit den

Kollegen gut aus und lernte eine mir völlig unbekannte Region kennen, das Rheinland.

Das alles änderte sich im Jahre 2002, als wir einen neuen Häftling, Jonas Lichter, bekamen, einen jungen Mann von 19 Jahren, verurteilt wegen Mordes zu einer Jugendstrafe von neun Jahren.«

Rico hielt inne. Anna, die reglos zugehört hatte, bewegte sich auf ihrem Stuhl: »Das ist ja richtig spannend.«

»Ich hole mir ein Bier«, kündigte Martin an und stand auf. »Möchte noch jemand eins?«

»Ja, bitte!«, sagten die drei Besucher, Anna: »Mir den Weißwein! Erzähl weiter, Rico!«

»Aber erst, wenn ich zurück bin«, rief Martin im Hinausgehen. Als er mit den Flaschen und einer Schale mit Chips zurückkam, meinte Rico: »Jetzt ist Miss Betty erst Mal an der Reihe! Wollen Sie jetzt Ihre Geschichte erzählen?«

Fürsorglich beugte er sich zu seiner alten Freundin, deren heiterer Gesichtsausdruck im Laufe seiner Erzählung sich immer mehr verdüstert hatte. Fast schien sie den Tränen nahe.

»Ja, auch wenn es mir schwerfällt, wie du weißt.« Sie schluckte. »Ich werde mich kurzfassen. Ich fange auch mit mir an. Ich bin noch im Krieg geboren, in Berlin aufgewachsen, aber in den 50er Jahren zogen meine Eltern mit mir ins Rheinland, nach Grevenbroich. Meine Eltern waren ein bisschen vermögend.«

»Sagen Sie ruhig: reich«, verbesserte Rico freundlich.

»Sie übernahmen eine gutgehende Bierbrauerei. Ich hatte keine Geschwister, habe aber einen lieben Mann geheiratet, der als Betriebswirt später in die Firma eingestiegen ist und sie gut voranbrachte.«

»Sagen Sie ruhig: das Firmenvermögen verdoppelte«, mischte sich wieder Rico ein. Frau Hegemann warf ihm einen strengen Blick zu.

»Nach der Hochzeit zogen wir auch in mein Elternhaus ein, das groß genug war und in einem wunderschönen Garten lag.«

Rico schmunzelte, er gab keine Ruhe: »Sagen Sie ruhig: Villa und Park.«

»Jetzt hältst du bitte deinen Mund«, befahl Frau Hegemann energisch.

»Okay, okay! Sie sind der Boss!« Rico prostete ihr zwinkernd mit seinem Bier zu und trank einen Schluck.

»Wir bekamen ein Kind, ziemlich spät erst, ich weiß nicht warum. 1979, einen Jungen, Peter, nach meinem Mann, der unsere ganze Freude war.« Sie brach ab, rang um Fassung. In abgehackten Sätzen sprach sie weiter: »Nach dem Abitur begann er Betriebswirtschaft zu studieren. Wie sein Vater. Er sollte und wollte die Firma übernehmen. Im Rahmen der Ausbildung machte er ein Praktikum. In einer Bank.« Miss Bettys Augen füllten sich mit Tränen: »Erzähl du weiter, Rico, ich kann nicht.« Sie senkte den Kopf und weinte.

Rico zog aus seiner Hosentasche ein Tempotaschentuch und hielt es ihr hin. Frau Hegemann schreckte zurück: »Ist das auch sauber?«

»Natürlich!«, rief Rico gespielt empört und erklärte den anderen: »Ein einziges Mal habe ich ihr bei der Gartenarbeit ein Taschentuch gegeben, mit dem ich gerade einen Tisch abgewischt hatte. Sie sollte sich nur ihre schmutzigen Finger damit säubern. Seitdem tut sie so, als würde sie nur dreckige Taschentücher von mir bekommen.«

Alle lächelten, der Bann war gebrochen, auch Frau Hegemann hatte sich wieder beruhigt.

»Gut. Ich mache weiter«, begann Rico ein weiteres Mal. »Jetzt kommt sowieso Jonas Lichter ins Spiel. Wie ich schon sagte, kam er 2002 als fast Zwanzigjähriger in unsere Anstalt, verurteilt zu neun Jahren, wegen Bankraub und Mord an dem jungen Praktikanten Peter Hegemann.

Lichter stammt aus einer gutbürgerlichen Familie, die am Stadtrand von Münster wohnte. Sein Vater arbeitete als Bibliothekar in der Uni-Bibliothek. Er war ein introvertierter, kontaktarmer Mensch, der sich nur in seiner Welt, die der Bücher, wohlfühlte. Seine Mutter war Hausfrau. Es gab noch zwei ältere Schwestern. Jonas war der Gegentyp zu seinem Vater. Schon als kleiner Junge trieb er sich draußen herum und wenn er zurückkam, erzählte er die abenteuerlichsten Geschichten, von denen die Eltern nie wussten, ob sie sie glauben sollten. Dem Vater war sein Sohn völlig fremd. Jonas Lichters kriminelle Laufbahn begann schon in der Schule. Er bestahl Mitschüler und Lehrer, wenn er verdächtigt wurde, belog er sie mit unschuldig aufgerissenen blauen Augen nach Strich und Faden, bis sie, oft wider besseres Wissen, schließlich an seine Unschuld glaubten. Er schwänzte die Schule und ging klauen im Kaufhaus, stiftete Schulkameraden zum Mitmachen an, gründete später eine Gang usw. Die Eltern waren hilflos. In Gesprächen mit den Lehrern verteidigte der Vater regelmäßig seinen Sohn, verlangte mehr Verständnis von der Schule.

Als Jugendlicher stand Lichter mehrmals vor dem Jugendrichter, beteuerte immer Besserung, wurde jedes Mal belehrt und zu sozialen Tätigkeiten oder Geldstrafen verurteilt. Er war ein guter Schüler, brach aber kurz vor dem Abitur die Schule ab. Sie interessierte ihn nicht. Er hatte andere Ziele und träumte von dem Leben eines Mafioso. Daher überredete er den Vater, ihn nach Köln gehen zu lassen. Dort wollte er angeblich irgendeine Ausbildung machen. Dem Vater war alles recht, er war froh, den schwierigen Sohn loszuwerden. Und jetzt komme ich zu dem Banküberfall.« Rico schwieg einen Moment und blickte Elisabeth Hegemann an: »Sie müssen sich das nicht anhören, Miss Betty. Die Wohnung hier ist groß, irgendwo stehen bestimmt Bücher oder ein Fernseher.«

»Natürlich«, Anna sprang auf, »ich zeige Ihnen alles.«

»Das ist lieb von Ihnen«, murmelte Frau Hegemann und folgte ihr.

Nach kurzer Zeit kehrte Anna zurück: »Alles in Ordnung. Sie liest die Zeitung.«

»Die Geschichte vom Sterben des Peter Hegemann ist kurz und grausam. Lichter führte mit einer für ihn typischen Dreistigkeit seinen ersten Banküberfall durch. Nach eigener Aussage hatte ihn ein Zeitungsartikel von einem Überfall in Berlin inspiriert. Er fuhr mit einem kurz zuvor gestohlenen Auto bei einer kleinen Bankfiliale am Stadtrand von Grevenbroich vor, ging hinein und stellte sich in die Schlange, die aber nur aus zwei Frauen bestand. Als er dran war, zog er seine Pistole und eine Plastiktüte hervor und befahl der Kassiererin, Geld einzupacken. Es ging alles sehr schnell. Sie gehorchte und wenige Minuten später verließ Lichter, Drohungen ausstoßend und mit der Pistole herumfuchtelnd, mit dem Geld wieder die Bank. In der Tür traf er auf Peter Hegemann, einen Studenten, der hier ein Praktikum machte und gerade gekommen war. Er erkannte sofort die Situation und stellte sich unglücklicherweise dem Räuber in den Weg. Kaltblütig und ohne zu zögern schoss Lichter ihn in den Kopf. Peter verstarb noch am Tatort.«

»Schrecklich«, flüstert Anna.

»Lichter konnte zunächst fliehen, wurde aber bald gefasst, verurteilt und landete im Klingelpütz. Er unterschied sich von den meisten Gefangenen, schon allein durch sein Äußeres. Er war eher ein mittelgroßer, zarter Typ, eine angenehme Erscheinung mit seinen dunklen, lockigen Haaren und den blauen Augen, die ehrlich und aufrichtig schauten. Lichter spielte gekonnt den Frühgestrauchelten, der seine Jugendsünden bereute. Er nahm regelmäßig am Gefängnisgottesdienst teil, war ein eifriger Sänger im Chor, er hatte eine gute Tenorstimme. Als einmal Studenten der Kunsthochschule mit den Gefangenen ein Theaterstück einstudierten, spielte er die Hauptrolle. Großartig! Jedes Jahr bastelte er sich die ausgefallensten Kostüme für den Karneval, er liebte Verkleidungen und vor allem Perücken.

Aber Lichter zeigte auch andere Seiten. Er weigerte sich z.B., an den üblichen therapeutischen Sitzungen mit einem Psychologen teilzunehmen, auch wenn er damit seine vorzeitige Entlassung aufs Spiel setzte. Ich glaube jetzt, er hat das bewusst getan. Er wollte lieber nach seinem Gefängnis-Aufenthalt wirklich frei sein, als noch jahrelang von einem Bewährungshelfer beobachtet und kontrolliert werden. Obwohl sich Lichter einerseits um ein angepasstes Verhalten im Gefängnisalltag bemühte, ließ er sich andererseits zu Aggressionen hinreißen und tyrannisierte und quälte schwächere Mitgefangene, wenn er sich unbeobachtet fühlte. Als ich einmal dazukam, wie er einen anderen in eine Ecke gedrängt hatte und ihn mit Füßen trat, riss ich ihn zurück und knallte ihm selbst eine Ohrfeige, dass er hinfiel. Sofort beschwerte er sich bei der Anstaltsleitung über mich, was sein gutes

Recht war. Ich erhielt eine Abmahnung wegen übergriffigem Verhalten gegenüber Häftlingen. Wenig später, als Schließzeit war, weigerte er sich, in seine Zelle zu gehen. Ich wollte ihn hineinstoßen, da trat er mir mit voller Wucht in den Unterleib. Der Schmerz war ungeheuer. Diesmal schlug ich ihn fast zusammen, so wütend war ich. Er schrie um Hilfe und heulte. Nach diesem Vorfall wartete ich keine Gespräche mit der Gefängnisleitung über meine unverantwortliche Aggressivität oder eine erneute Abmahnung ab, sondern verließ die Anstalt freiwillig.«

Rico schwieg wieder einen Moment. Die Erinnerung ließ ihn böse blicken: »Ich habe Jonas Lichter nie vergessen. Ich wusste, dass er, wenn er wieder in Freiheit ist, seine Verbrecherlaufbahn fortsetzen bzw. erst richtig beginnen würde. Als ich die JVA verließ, habe ich mir geschworen, ihn zu beobachten und, sobald er wieder kriminell geworden ist, zu überführen, wenn ich kann. Und das scheint mir jetzt gelungen zu sein mit Hilfe von Miss Betty, die wir wieder herholen können.«

Seine Gesichtszüge entspannten sich. Er lehnte sich auf der Bank zurück und schaute hinaus auf die dunklen Bäume des Parks: »Schön habt ihr's hier!«

»Finde ich auch«, stimmte Anna zu. Leute, die ihren Balkon lobten, mochte sie besonders.

Als Martin sich erhob, ergänzte Rico noch schnell: »Nur dass ihr Bescheid wisst: Miss Bettys Mann ist nach Peters Tod schwer erkrankt. Er hatte schon lange Herzprobleme, aber nun bekam er zwei Infarkte hintereinander. Ihm konnte nicht mehr geholfen. Er starb vor ein paar Jahren.«

Kein Wunder, dachte Anna, dass Elisabeth Hegemann meistens so ernst und traurig aussieht.

Diese hatte sich offensichtlich wieder gefangen, als sie nun mit Martin auf den Balkon zurückkam und sich wieder auf ihren Platz neben Rico setzte: »Jetzt müssen wir erzählen«, erklärte sie und ihre Augen glänzten vor Freude, »wie Rico und ich uns kennengelernt und schließlich den Mörder zur Strecke gebracht haben. Ich beginne, wenn's recht ist.«

»Bitte«, nickte Rico.

»Mein Mann, der inzwischen leider auch gestorben ist, konnte und wollte nicht Auto fahren und hatte daher immer einen Chauffeur, da er wegen der Firma viel unterwegs war. In den letzten 30 Jahren war das unser treuer Helmut. Nach dem Tod meines Mannes habe ich Helmut als Chauffeur behalten. Ich brauchte ihn natürlich viel seltener, aber Entlassung kam nicht infrage. Dann hat sich Helmut aber einen komplizierten Knöchelbruch zugezogen, musste mit einer langen Behandlung, anschließend Reha usw. rechnen; kurzum ich gab im Kölner Stadtanzeiger eine Anzeige auf nach einer Vertretung. Rico bewarb sich und als ich las, dass er bis vor kurzem im Klingelpütz gearbeitet hatte, hoffte ich, er könnte mir etwas über den Mörder meines Sohnes erzählen.«

Weil Miss Betty eine Pause machte, schaltete sich Rico ein: »Ich war überrascht, zunächst, dass ich überhaupt zu einem Vorstellungsgespräch in die Villa eingeladen wurde, ich war ja nicht gerade der typische Chauffeur, und dann über die Entwicklung des Gesprächs. Es dauerte lange. Miss Betty und ich saßen auf der Terrasse und, als ob wir uns schon ewig kennen würden, sprachen wir über unser Leben. Der Schwerpunkt lag natürlich bei dem Unheil, das Jonas Lichter uns zugefügt hatte.«

»Es herrschte von Anfang ein großes Vertrauen zwischen uns«, fuhr jetzt wieder Miss Betty fort, »so dass ich Rico sofort einstellte und er nicht nur mein Chauffeur wurde, sondern quasi Mädchen für alles. Er hilft im Haus, im Garten, überall, wo es nötig ist, jetzt schon seit bald vier Jahren.«

Sie lächelte, man sah ihr an, dass sie sehr froh über diese Konstellation war. Rico fuhr fort: »Dann kam der Zeitpunkt von Lichters Entlassung. Bei einem ehemaligen Kollegen habe ich mich nach seinen Plänen erkundigt. Lichter, geläutert und sozial eingestellt, wie er sich gab, hatte beschlossen, eine Berufsausbildung zu machen und ausgerechnet Altenpfleger zu werden. Seine Ausbildung wollte er in Berlin absolvieren. Alles klar, dachte ich: alte Leute kann man leicht betrügen und bestehlen und das vielfältige und wunderbar unübersichtliche Berlin war bestens geeignet zum Untertauchen. Ich überzeugte Miss Betty, dass wir ihn in Berlin ausfindig machen und beschatten müssten. Ich war mir sicher, dass er hier seinen nächsten Coup plante.«

»Wir begannen Pläne zu machen«, fuhr Miss Betty fort: »Es war für mich sehr belebend, nicht nur traurig herumzusitzen, sondern tätig zu werden. Als erstes«, sie lächelte verschmitzt, »holte ich das Gewehr meines Mannes aus dem Schrank und machte Schießübungen im Garten. Man konnte ja nie wissen.«

»Haben Sie einen Waffenschein?«, fragte Martin verwundert.

»Eigentlich nicht.« Sie schien kein schlechtes Gewissen zu haben.

»Eigentlich ist gut! Sie hat natürlich keinen«, mischte sich Rico ein. »Ich wollte ihr das Rumhantieren mit dem Gewehr ausreden, aber ohne Erfolg, wie man gesehen hat. Ich möchte nicht wissen, was jetzt für ein Ärger auf Sie zukommt, Miss Betty!«

»Aber es hat Spaß gemacht und du hast auch laut gelacht und dich gefreut, weil ich so gut getroffen habe.«

»War ja auch lustig! Und dazu noch Sie im schwarzen Killer-Outfit!« Rico grinste in der Erinnerung.

Anna und Martin schauten sich an und lachten ebenfalls: »*Sie* waren das damals im Park! Als wir joggten, haben Sie in der Dunkelheit Ihre Schießübungen gemacht. Wir haben einen ganz schönen Schreck bekommen!«, riefen sie durcheinander. Miss Betty nickte stolz.

»Wer hat geschossen?«, erklang es plötzlich von der Balkontür her. Max und Kalli waren nach Hause gekommen und wunderten sich über die fremden Leute und die laute Unterhaltung auf ihrem Balkon.

Nach einer kurzen Vorstellung aller Beteiligten, fasste Anna für die Kinder mit wenigen Worten zusammen, was sie am Nachmittag erlebt hatten, und meinte: »Rico und Frau Hegemann sind mit den Erklärungen der Ereignisse noch gar nicht am Ende, aber ihr könnt gern zuhören, wenn ihr wollt.«

Kalli war an den Geschichten nicht weiter interessiert: »Essen wir heute gar kein Abendbrot? Ich habe Hunger«, beschwere er sich.

»Tatsächlich! Es ist schon sieben durch.« Martin überlegte. »Irgendetwas müssen wir jetzt wirklich essen.«

Max hielt schon die Lösung des Problems bereit: »Wir könnten zur Pizzeria oder zum Türken gehen und kaufen, was ihr wollt. Das ist am einfachsten.« Er lächelte gewinnend in die Runde.

Entgegen seiner Erwartung hatte seine Mutter keine Einwände. »Ich bin zwar ein Gegner von Fast Food«, erklärte Anna, »aber es gibt Ausnahmen, was meint ihr?« Die anderen nickten zustimmend.

»Gut, dann sagt mal bitte, was ihr euch wünscht.«

Nach einer langwierigen Zusammenstellung der Essensliste verschwanden die Jungen. Rico stand auf und streckte sich: »Ich muss mich mal bewegen. Außerdem will ich jetzt endlich die Briefmarke sehen«, wandte er sich energisch an Anna.

»Entschuldige! Die habe ich ja beinahe vergessen. Einen Moment, bitte!«

Jetzt kam Bewegung in die Balkonrunde, denn auch die anderen standen auf und, nachdem Anna schnell das Tütchen mit der Marke geholt hatte, ging es von Hand zu Hand und wurde ehrfürchtig bestaunt. Da aber niemand von ihnen ein Philatelist war mit der entsprechenden Begeisterung für seltene Briefmarken, hatten sie eher Schwierigkeiten, angesichts dieses unscheinbaren Stücks Papier das Gefühl in sich zu erwecken, hier eine millionenschwere Kostbarkeit zu besichtigen.

Anschließend legte Anna die Marke wieder in die Schreibtischschublade.

Da klingelte es. »Das wird der Kommissar sein. Ihr sagtet doch, er wollte kommen.« Martin nahm den Hörer der Sprechanlage ab: »Nein, es ist Deborah!«, rief er überrascht und drückte auf den Summer. Anna und Madleen kamen erfreut angelaufen, um sie zu begrüßen, die andern beiden hielten sich etwas zurück.

»Hallo, Debbie!« Anna hielt erschrocken inne. »Wie siehst du denn aus?« Die Freundin, mit verheultem Gesicht und zerzausten Haaren, war kaum wieder zu erkennen.

»Jonas«, sagte Debbie nur, dann fiel sie Anna um den Hals und weinte wieder. »Der ist so gemein!«, stammelte sie unter Tränen.

Wenig später hatte sich ihr Schmerz in Empörung verwandelt. Während die anderen den großen Tisch in der Küche auszogen und ihn für ein gemeinsames Essen deckten, immerhin waren sie mittlerweile, mit den Jungen und Deborah, acht Personen, mit dem Kommissar, der sicher auch bald erscheinen würde, sogar neun, erzählte Debbie, was sie erlebt hatte: Jonas wurde am Nachmittag angerufen. Nach dem Telefongespräch, bei dem er fast nur zuhörte und selbst wenig sagte, verhielt er sich plötzlich völlig anders als bisher, war nicht mehr normal nett, sondern hochgradig aggressiv. Als sie ihn harmlos fragte, mit wem und worüber er gesprochen hatte, schrie er sie an, sie soll den Mund halten und ihn in Ruhe lassen, packte seine Jacke und stürzte zur Tür. Jetzt wurde sie auch wütend, schrie zurück, er brauche überhaupt nicht mehr wiederzukommen, aber er reagierte nicht, sondern nahm ihren Wohnungsschlüssel vom Haken. Als sie ihm den wegreißen wollte, schlug er sie ins Gesicht, so dass sie hinfiel und mit dem Kopf gegen die Kommode stieß, die im Flur steht. Sie lag ganz benommen da und hörte, wie er die Wohnung verließ und von außen die Tür abschloss. Mühsam rappelte sie sich hoch, schleppte sich zur Tür, rüttelte an der Klinke und schrie. Aber niemand im Treppenhaus hörte sie. Daher taumelte sie zum Fenster und rief in den Hinterhof laut um Hilfe. Das hörten zum Glück Nachbarn und benachrichtigten die Polizei. Die kam auch nach einer Weile und befreite sie. Anschließend fuhr Deborah mit einem Taxi hierher.

»Ich hatte das Gefühl«, schloss Debbie ihren Bericht, »dass der Anruf zusammenhängt mit dem Buch und der Briefmarke und auch sein wirres Verhalten hinterher, deswegen bin ich hergekommen.« Sie schniefte. Zwischendurch waren ihr mehrmals die Tränen gekommen. »Gibt es da etwas Neues?«

Weil es wieder klingelte, diesmal waren es die Jungen mit ihrem Einkauf, sagte Anna nur schnell: »Erklären wir dir nachher«, und öffnete die Tür.

Rasch wurden die verschiedenen Pizzen, Döners und Böreks auf die Platten verteilt und wenig später saßen Familie Kranz und ihre Besucher einträchtig um den großen Tisch versammelt und verzehrten ihr Abendbrot.

Währenddessen wurde Deborah, vorwiegend natürlich von Rico und Anna, über die turbulenten Ereignisse aufgeklärt, die zur Auffindung der Briefmarke und Jonas' Verletzung und Festnahme geführt hatten. Debbie war entsetzt über so viel Gemeinheit.

Martin wechselte einmal das Thema: »Was ich Sie schon die ganze Zeit fragen wollte, Frau Hegemann: Warum nennt Rico sie eigentlich immer Miss Betty?«

»Genau«, nickten die anderen und schauten sie neugierig an.

Miss Betty schmunzelte: »Das hat sich so ergeben. Ich habe einen sehr netten Gärtner. Der sagte eines Tages, als Rico und ich wieder mal auf der Terrasse zusammen saßen und irgendetwas besprachen: Aha, Miss Betty und ihr Chauffeur! Ich verstand nichts, aber Rico wusste Bescheid.«

»Miss Daisy und ihr Chauffeur«, erklärte Rico, »hieß ein Film. Er ist schon älter, war aber ein sehr bekannter Film. Ich fand die Idee des Gärtners äußerst passend und seitdem nenne ich sie Miss Betty. Das klingt netter als Frau Hegemann.«

Sie zuckte mit den Schultern: »Ich wollte ja, dass er mich auch duzt, weil wir so vertraut sind. Aber er will nicht.« Es klang fast vorwurfsvoll.

Unverhofft erklang Kallis Stimme: »Miss Betty finde ich cool. Dürfen wir das auch sagen?«

Alle lachten. »Natürlich!« war die Antwort.

Das Telefon klingelte. Anna hörte es mit innerer Freude, vorbei waren die Zeiten, in denen das Läuten des Telefons sie in Angst und Schrecken versetzte. Sie lächelte zu Martin hinüber, der aufgestanden war, und sah ihm an, dass er dasselbe dachte.

Nach ein paar Minuten kam er zurück: »Der Kommissar kann nicht kommen. Er hat noch zu tun und will dann nach Hause, weil seine Tochter Geburtstag hat. Morgen sollen wir um zehn Uhr aufs Revier kommen und unsere Aussagen machen. Hier die genauen Angaben.« Martin legte einen Zettel auf den Tisch. »Nach Ihnen, Miss Betty, hat er sich genau erkundigt«, jetzt lachte Martin, »er hatte wohl ein schlechtes Gewissen, weil er Sie einfach gehen ließ. Ich musste schwören, dass ich auf Sie aufpasse. Er fragte, wo Sie wohnen, ich sagte, bei meiner Schwiegermutter. Da war er beruhigt.«

Die andern amüsierten sich: »Stimmt das?«

»Ach wo«, kicherte Miss Betty, »immer wenn ich in Berlin bin, miete ich eine Ferienwohnung in der Suarezstraße.«

Die gute Stimmung hielt den ganzen Abend und die halbe Nacht an. Der Alptraum war vorbei.

Wie erlöst sprachen sie über alles, was sie in den vergangenen Monaten durchgemacht hatten, lachten oder empörten sich, aßen und tranken. Die Bier- und Weinvorräte der Familie Kranz verringerten sich dramatisch, nur Wasser gab es genug aus dem Hahn.

Längst waren die Jungen ins Bett gegangen, die anderen ins Wohnzimmer umgezogen.

»Aber jetzt erzähle du doch mal, wie du Jonas gefunden hast«, forderte eine aufgekratzte Anna von Rico, der auf dem Sofa dicht neben Madleen saß. Er ließ sich nicht lange bitten und mit Genugtuung lauschten die anderen seiner Schilderung, wie er Jonas zur Strecke gebracht hat:

»Im Herbst vorigen Jahres kam ich nach Berlin. Es war natürlich sehr hilfreich, dass mir mein ehemaliger Kollege im Klingelpütz die Adresse des Altenheims geben konnte, wo Lichter sein Praktikum begann. So konnte ich ihn aufspüren, musste nur aufpassen, dass er mich nicht sah. Ich stellte fest, dass er eine Hinterhauswohnung im Prenzlauer Berg gemietet hatte und regelmäßig, meistens mit dem Fahrrad, nach Charlottenburg zur Arbeit fuhr.«

»Im Chor hat er gesagt, dass er in einer WG lebt«, warf Anna ein, »hat auch lauter lustige Storys aus seinem WG-Leben erzählt. Wahrscheinlich alles gelogen. Hast du ihn eigentlich mal in seiner Wohnung besucht, Debbie?«

»Nie! Er kam immer zu mir, weil seine Wohnung sei so ungemütlich. Aber ich glaube, er wollte nicht, dass ich Einblick hatte in seine Privatsphäre.«

»Ich beobachtete ihn dabei«, fuhr Rico fort, »wie er oft eine alte Frau, Annemarie Wagner, im Rollstuhl durch den Lietzenseepark schob. Ich dachte ja, dass er sein nächstes Opfer unter den alten Leuten des Altenheims suchte. Aber es kam anders.

Ich belauschte ein Gespräch im Park, in dem ein alter Mann, Paul Herold, der Frau Wagner seine haarsträubende Lebensgeschichte erzählte, in der ein Buch mit einer wertvollen Briefmarke im Wert von mehr als einer Million eine Rolle spielte. Jonas Lichter saß neben den beiden auf der Bank, tat als lese er die Zeitung, in Wahrheit hörte er aufmerksam zu, machte sich Notizen auf dem Zeitungsrand und notierte die Namen derer, die dieses Buch jetzt besitzen könnten. Ich stand ein paar Meter weiter hinter dem Zaun am Spielplatz und schrieb ebenfalls mit: Franz Reimann, Brigitte Streese, verheiratete Kranz in Schwedt, Vierraden, ihr Sohn irgendwo an einer Uni in Berlin. Paul Herold drückte sich so aus, dass man davon ausgehen konnte, dass dieses Buch mit der Marke noch existiert. Helga Prochanke hat er allerdings nicht erwähnt, wahrscheinlich vergessen, deshalb hat Lichter sie auch nicht aufgesucht. Der Name stand wohl nur auf dem Zettel seines Sohnes. Na, Ihr kennt das ja alles, auch die Zusammenhänge habt ihr inzwischen herausgefunden.

In seiner Lebensgeschichte, wie er sie seiner alten Freundin erzählte, stand übrigens nicht die Sache mit der Briefmarke im Mittelpunkt, sondern er selbst, wie abgrundtief gemein er sich als überzeugter Nazi verhalten hatte, wie viele Menschen er denunzierte und noch stolz darauf war. Er schien im Nachhinein seine Taten zu bereuen, und sein Bericht wirkte an manchen Stellen regelrecht wie eine Beichte.

Ich versuchte zunächst die Personen herauszufinden, kehrte aber auch zwischendurch immer wieder nach Grevenbroich zurück. Lichter fuhr über Weihnachten nach Hause, er schien auch keine Eile zu haben. Aber seine Praktikantenstelle gab er Ende Januar auf, wahrscheinlich um sich ganz auf die Suche nach den Personen und dem Buch zu konzentrieren. Er fand sie alle. Zuerst Brigitte Kranz im Schwedter Krankenhaus, deren Wohnung er durchsuchte und die er umbrachte. Lichter hatte schneller, als ich dachte, die Adresse ausgekundschaftet. Ich habe es gar nicht richtig mitbekommen. War zu der Zeit gerade in Grevenbroich.« Rico zuckte resigniert mit den Schultern: »Es tut mir sehr leid, dass ich den Mord an deiner Mutter, Martin, nicht verhindert bzw. Lichter wenigstens dabei erwischt habe, so dass er verhaftet werden konnte.«

»Mach dir keine Vorwürfe«, beruhigte Martin ihn. »Du bist eben kein Profi, kein Polizist.«

Rico atmete durch, dann redete er weiter: »Ich blieb ihm auf den Fersen, beobachtete ihn, wie er ein paar Sitzungen bei dir mitmachte, wie er in Annas Chor eintrat und sich mit ihr anfreundete, einmal sie nach Hause brachte ...«

»Als ich einen Schwips hatte«, warf Anna unbekümmert ein.

»Das war nicht zu übersehen«, stimmte Rico ihr zu. »Das Beste war natürlich, dass ich Madleen wiedertraf, die mit Anna und Hans-Olaf befreundet war und von ihnen alle neuen Entwicklungen erfuhr und die mich ständig auf dem Laufenden hielt. Dazu kam die Freude, sie wiedergefunden zu haben.« Er legte den Arm um sie und lächelte sie an. »Sie ist dann auch Lichters wegen in den Chor eingetreten und hat ihn angebaggert.«

»Leider erfolglos«, musste Madleen zugeben, »obwohl ich mir solche Mühe gegeben habe.«

»Du hast mich ganz schön an der Nase herumgeführt«, amüsierte sich Anna. »Ich konnte überhaupt nicht verstehen, warum du Jonas so angehimmelt hast.«

»Es fiel mir nicht leicht, mich so zum Affen zu machen. Aber Rico und ich hatten gehofft, dass ich auf diese Weise etwas von seinen Machenschaften erfahre, vielleicht sogar von ihm eingeladen werde und in seiner Wohnung herumschnüffeln kann.«

Deborah kicherte: »Er hat deine Avancen ernst genommen. Hat sich bei mir beschwert über die Aufdringlichkeit von dir. Aber ich glaube, er liebte es, dass eine ältere Frau sich in ihn verliebt hatte. Von den jungen kannte er es ja.«

»Ältere Frau!« Madleen schnaubte gespielt empört.

Rico wurde wieder ernst: »Leider konnte ich auch den Mord an deinem Vater nicht verhindern, Martin. Ich bin zwar Lichter zweimal zum Haus deines Vaters gefolgt und habe gesehen, wie er die Örtlichkeiten ausspionierte. Aber an dem entscheidenden Tag war ich nicht da.« Er schwieg.

»Kanntest du eigentlich den Glatzkopf, der ja auch hinter dem Buch her war?«, lenkte Anna ihn auf einen anderen Punkt.

»Überhaupt nicht. Von ihm und seinen Aktivitäten hat mir Madleen erst erzählt, als er schon gefasst war. Ich bewundere euch übrigens sehr«, Rico blickte anerkennend von Anna zu Martin, »wie ihr die nötigen Informationen und Zusammenhänge in mühsamer Kleinarbeit selbst herausgefunden habt. Alle Achtung! Ich hatte es da bedeutend einfacher, ich habe mir alles ganz bequem im Park als fortlaufenden Bericht angehört und wusste im Gegensatz zu euch von Anfang an, dass es um die Briefmarke ging, nicht nur um das Buch.«

»Danke für die Blumen«, verneigte sich Anna in ihrem Sessel.

»Als dann Deborah erschien und ich sah, wie sich Lichter an sie heranmachte, bekam ich es mit der Angst zu tun. Nun war er auch durch sie bestens informiert, wie die Suche nach dem Buch vorankam, so dass er ganz gezielt seine Aktionen gegen euch und eure Familie ausführen konnte. Ich wusste, dass er vor keiner Gewalttat zurückschreckte, auch Entführung oder Mord. Ich traute ihm auch durchaus zu, dass er Deborah etwas antut, solltet ihr tatsächlich die Briefmarke finden und sie ihr geben. Ich hatte dann dieselbe Idee wie Lichter: nur Anna und Martin selbst konnten das Buch finden. Zum Glück kamst du, Anna, ebenfalls auf die Idee, sonst hätte Madleen dir den Vorschlag machen müssen und du wärst noch misstrauischer ihr gegenüber geworden. Du hattest sie ja bis zum Schluss auf der Straße im Verdacht, dass sie auch hinter dem Buch her ist.«

»Allerdings.« Anna nickte. »Aber warum hast du bzw. Madleen uns nicht eingeweiht, so dass gar kein Misstrauen bei uns aufgekommen wäre?«

»Ich habe lange überlegt. Aber ihr solltet euch unbefangen eurem Jonas gegenüber verhalten und ihn mit dem Erpresser überhaupt nicht in Verbindung bringen, damit ihr spontan auf dessen Angriffe reagieren könnt. Lichter durfte auf keinen Fall Verdacht schöpfen. Jetzt bin ich am Ende«, Rico lehnte sich zurück: »Den Rest kennt ihr. Ich bin froh, dass ich letztendlich doch noch mein Ziel erreicht habe und wir den Mörder gefasst haben.«

»Bravo!« Deborah, die offensichtlich ihren Liebeskummer überwunden hatte, klatschte ausgelassen in die Hände, alle stimmten ein und hoben ihr Glas auf Rico.

»Aber ohne meine Hilfe wäre die Festnahme viel schwieriger gewesen«, rief Miss Betty dazwischen. Sie verhielt sich längst nicht mehr so traurig und zurückhaltend wie anfangs, sondern hatte Ricos Bericht immer wieder durch kurze Bemerkungen unterbrochen und im Laufe des Abends und nach einigen Gläsern Wein vor Vergnügen rote Bäckchen bekommen.

»Natürlich«, lobten Rico und die anderen sie ebenfalls und beglückwünschten sie zu ihrer Heldentat. »Rico hat mich zwar immer telefonisch über den neuesten Stand informiert. Aber hin und wieder bin ich dann doch nach Berlin gekommen. Ich habe es zu Hause einfach nicht mehr ausgehalten«, beteuerte Miss Betty. »Aber«, sie schaute neugierig in die Runde,

»über die spannendsten Fragen des Abends haben wir ja noch gar nicht gesprochen: ist diese Briefmarke überhaupt echt und wem gehört sie?«

»Ob sie echt ist, kann ich nicht beurteilen, aber mein Gerechtigkeitsgefühl sagt mir, sie gehört Deborahs Familie«, antwortete Martin und die anderen nickten.

»Allerdings«, schränkte Rico ein, »muss das juristisch überprüft werden.«

Martin hatte noch eine Frage: »Und warum hast du ihn nicht einfach bei der Polizei angezeigt, Rico?«

»Ich wollte vermeiden, dass er gewarnt wird. Ich hatte ja keine Beweise. Es wird sowieso schwierig werden, ihn zu überführen. Bis jetzt kann man ihm nur den Raub von Annas Tasche nachweisen. Aber die Morde?«

»Wenn man an die vielen Krimis denkt, die man im Fernsehen sieht«, meinte Miss Betty, »weiß man doch, dass es heutzutage tausend Möglichkeiten gibt, aufgrund von Indizien die Täter zu überführen. Also, ich mache mir da gar keine Sorgen.«

»Das denke ich auch«, meinte Martin. »Die Perücken z.B. wird man in seiner Wohnung finden. Mein Vater hatte ja Haare einer Perücke in der Hand.«

»Bestimmt«, war sich Deborah sicher. »Mit seiner Perückensammlung hat er angegeben vor mir. Er kam sogar einmal mit einer Perücke mich zu besuchen. Er hatte sich eine zottelig graue aufgesetzt, machte dazu ein grimmiges Gesicht, ich habe ihn erkannt kaum. Er sah aus wie ein Penner. Ich musste lachen.« Debbie lachte auch jetzt.

»Auch die Uhr müsste man bei ihm finden«, fuhr Martin fort, »die er aus dem Wohnzimmer meiner Mutter gestohlen hat. Aber das können wir zum Glück jetzt alles den Profis überlassen.«

Plötzlich seufzte Deborah laut auf: »Er hat mich so getäuscht! Dabei wir hatten zusammen so eine schöne Zeit. Und er hat mir so viel gezeigt von Berlin. Es war sehr lustig alles. Sogar in der Uni in Dahlem waren wir, wo wir dich getroffen haben, Martin.« Ihre Stimme zitterte, ihre dunklen Augen schienen sich mit Tränen füllen.

»Debbie, alles ist gut«, begann Anna schon zu trösten, als Martin aufschrie: »Natürlich! Und da hat dieser Verbrecher mitbekommen, wo ich das Auto immer parke. Ich habe euch ja noch zur U-Bahn gefahren. Da konnte er mir später ganz gemütlich die Reifen zerstechen!«

Im Nu war Debbies Kummer verflogen: »Das stimmt! So eine Gemeinheit! Er hat mir Liebe vorgemacht nur wegen der Briefmarke. Und ich bin darauf hereingefallen!« Sie schlug sich an die Stirn.

»Was hast du ihm denn erzählt?«, wollte Madleen wissen.

»Alles«, empörte sich Debbie.

Anna befand sich inzwischen in einer so gelösten Stimmung, dass sie sich über nichts mehr aufregen konnte: »Nicht ärgern, Debbie. Es ist vorbei! Kein

Damoklesschwert hängt mehr über unseren Köpfen! Jonas kriegt seine Strafe! Und wir sind wieder frei!« Dann wurde sie aber doch nachdenklich: »Ich kann es eigentlich noch immer nicht glauben, dass Jonas ein skrupelloser Krimineller ist. Er war so nett, so umgänglich, so liebenswürdig, sah auch so gut aus! Irgendwie tut er mir leid!«

30

Der anschließende Sonntag verging wie im Fluge. Anna und Martin schliefen bis in den Vormittag hinein, so entspannt wie schon lange nicht mehr. Später folgten ausführliche Telefongespräche mit den Eltern und den Friedrichshainern, die mit ihnen jubelten über das überraschende Ende des Alptraums.

Die nächsten Wochen standen ganz im Zeichen der Aufklärung aller Details der Verbrechen von Jonas Lichter, der in Untersuchungshaft saß und auf Anraten seines Anwalts von seinem Schweigerecht Gebrauch machte. Aber nicht nur die Aussagen der Hauptzeugen Rico, Miss Betty, Madleen, Deborah, Martin und Anna belasteten ihn, auch die Uhr von Brigitte Kranz wurde bei der Hausdurchsuchung in seiner Wohnung gefunden und die Perücke, der Franz Reimann die Haare ausgerissen hatte. Zudem sammelte die KTU zahlreiche Spuren, die Jonas Lichters Täterschaft bewiesen. Nicht zu vergessen die Gegenüberstellungen, bei denen der Wirt der Kneipe in Vierraden und die Krankenschwester in Schwedt ihn eindeutig identifizierten.

»So wie die Dinge zur Zeit liegen, kann eine Anklage Jonas Lichter wegen zweifachen Mordes erhoben werden«, war sich Kommissar Weber sicher.

Dann kam der Abschied von Deborah, die in aufgeregten Mails und Telefongesprächen quer über den Ozean die Eltern und ihren Großvater über die Geschehnisse in Berlin auf dem Laufenden gehalten hatte. Überrascht und voller Genugtuung hatten sie zur Kenntnis genommen, dass dieses wertvolle Eigentum der Familie Zukerman nach Jahrzehnten wieder zu seinem rechtmäßigen Besitzer zurückkehrte. Nach Prüfung der Rechtslage hatte Kommissar Weber Deborah als Eigentümerin die Briefmarke überreicht.

Anna und Martin brachten Debbie zum Flughafen Tegel. Am Abfertigungsschalter nach Frankfurt/M., der Zwischenstation nach New York, standen sie traurig zusammen. Die Trennung fiel allen drei schwer, sie hatten sich so gut verstanden und waren Freunde geworden. Aus Debbies dunklen Augen flossen die Tränen, sie umarmte und küsste Anna und Martin immer wieder und beteuerte abwechselnd und kaum verständlich:

»Ich komme wieder!« und »Ihr müsst uns bald besuchen!« Auch Anna war gerührt. Martins Gedanken waren während des Abschieds allerdings mehr von der Sorge beherrscht, dass Debbie die Briefmarke wohlbehalten nach New York bringt, sie ihr nicht geklaut wird oder sie die Marke verliert. Denn Debbie trug nach Absprache mit ihrem Opa das kostbare Stück in einem kleinen Täschchen, das sie sich unter ihrer Kleidung um die Taille gebunden hatte. Nicht nur die Berliner Freunde, auch der Kommissar hatte den Kopf geschüttelt über dieses Ausmaß an Leichtsinn, als er von der Transportart erfuhr. Debbie musste versprechen, sofort ihre glückliche Ankunft mit der Briefmarke in New York zu melden, was sie auch tat.

Kurz nach ihr verließen Rico und Miss Betty Berlin. Auch hier versicherten sich alle beim Abschied ihrer Freundschaft und freuten sich auf ein Wiedersehen. Madleen versprach, sie demnächst in den großen Ferien in Grevenbroich zu besuchen. Der Abschied von Rico fiel ihr sichtlich schwer. Wie sie Anna anschließend versicherte, wollte sie mit Hans-Olaf in Kürze ein klärendes Gespräch führen.

Es war ein warmer Sommerabend und Anna und Martin beschlossen, noch einen Spaziergang durch den Park zu machen.

»Was meinst du?«, fragte Martin, während sie zwischen den anderen Parkbesuchern zum Café am See schlenderten: »Wollen wir mal Hans-Olaf einladen, ganz ungezwungen nur wir drei? Irgendwie tut er mir leid. Er scheint wenig Freunde zu haben. Und schließlich ist er mein Halbbruder.«

»Klar!« Anna freute sich, dass Martin seine abweisende Haltung ihm gegenüber überwunden hatte. »Ich rufe ihn morgen an.«

Da das Café am See erwartungsgemäß gut besucht war, blieben sie stehen und schauten sich nach freien Plätzen um. Martin sah sie zuerst: »Guck mal, deine Eltern!« Waltraut und Fritz blickten erfreut hoch, als die beiden an ihren Tisch traten: »Wie schön! Kommt setzt euch! Wir haben uns ja eine Ewigkeit nicht gesehen.« Anna gab beiden einen Kuss: »Und dabei wohnen wir so nah.«

Lange saßen sie noch zusammen.

Epilog

In der weitläufigen Wohnung der Zukermans im 9. Stock der 72nd St in New York standen Anna und Martin an der riesigen Fensterfront und begeisterten sich an dem unbeschreiblichen Blick auf den Central Park und die Skyline von Manhattan, während Deborah neben ihnen, eifrig gestikulierend und erklärend, in verschiedene Richtungen zeigte, wo sich die Highlights der Stadt befanden, die sie ihnen unbedingt zeigen musste.

Jetzt kam ihr Großvater herein, ein großer kräftiger Mann mit dickem schneeweißem Haar, der für ein paar Minuten den Raum verlassen hatte. Mit einer leichten Verbeugung überreichte er Martin einen dunkelgebeizten Holzrahmen: »Für dich und deine Frau mit Dank, weil ihr unser Eigentum uns wiedergebracht habt.«

Aber es war kein Bild, das Martin in seinen Händen hielt, sondern eine eingerahmte Aktie. Aaron Zukerman schaute gutgelaunt zu, wie die beiden das Dokument betrachteten: in der Mitte den fettgedruckten Titel: »A.M. Zukerman & Company«, an den vier Ecken »one thousand Dollar«, dazu viel Kleingedrucktes. Die Aktie hatte ein schönes, altertümliches Aussehen.

Der alte Mann fuhr munter fort: »Diese Aktie ist zum Angucken, die anderen 99 schicke ich auf Euer Wertpapierdepot. Wenn ihr keins habt, sagt es mir. Einer meiner Mitarbeiter wird sich dann kümmern, auch dass das Paket als Schenkung behandelt wird.«

Martin schaute Aaron dankbar an, aber er schüttelte den Kopf: »100 000 Dollar? Das ist zu viel!«

Deborah, die neben dem Großvater stand, dem sie kaum zur Schulter reichte, rief aufgeregt dazwischen: »Wieso? Zehn Prozent Finderlohn!«

»Tausend Dank, Aaron!«, sagte Anna weich, aber auch sie sah ihn zweifelnd an. »Martin hat Recht, es ist zu viel. Debbie hat geschrieben, dass ihr nie die Briefmarke habt untersuchen oder schätzen lassen. Vielleicht ist alles ein Irrtum, sie ist gar nicht wertvoll.«

»Wir werden sie nicht schätzen lassen und nie verkaufen. Sie hat für uns einen ideellen Wert, ist das Vermächtnis meines Großvaters, den ich sehr geliebt habe«, entgegnete Aaron mit Wärme. »Die Marke wird mich immer an ihn erinnern. Debbie, hol sie doch mal bitte!«, und zu Martin gewandt: »Das Aktienpaket ist nicht zu groß. Denkt an eure Jungen und ihre Ausbildung. Da ist ein bisschen Geld ganz gut.«

Deborah trug vorsichtig ein großes Bild mit Silberrahmen herein: »Hier ist die Briefmarke. Opa hat sie einrahmen lassen und sie hängt jetzt in seinem Arbeitszimmer, damit er sie immer kann sehen.«

Anna und Martin nahmen das Bild neugierig in die Hand: »Das sieht richtig gut aus, die kleine Marke in dem großen Bild. So schön ausgestellt wirkt sie gleich viel edler.«

Debbie ließ die beiden das Bild noch ein paar Sekunden betrachten, dann nahm sie es ihnen weg: »Sorry. Ich muss es zurückbringen wieder. Ihr könnt es später lange angucken, wie ihr wollt. Aber jetzt wir müssen uns fertig machen«, erklärte sie, »meine Mama hat sicher eingeladen alle Tanten und Onkel, die unbedingt kennenlernen wollen euch. Und sie kann sehr böse werden, wenn wir nicht pünktlich kommen.«

»Das stimmt«, lachte Aaron, »aber keine Angst, ich beschütze euch!«

ENDE

Finale am Lietzensee (2006)
Der erste Lietzensee-Roman ist bei TRANSIT erschienen.

Die Lietzensee-Romane von Irene Fritsch,
erschienen im **text**•verlag

Die Tote vom Lietzensee

In der beklemmenden Atmosphäre der letzten Kriegstage in Berlin und der Hungermonate der Jahre **1945 bis 1946** kreuzen sich rund um den Lietzensee die Schicksalswege ganz unterschiedlicher Menschen. Alteingesessene Bürger, Flüchtlingsfamilien, Überlebende des braunen Terrors und auch ehemalige Parteigenossen ringen nach der Niederlage des Nazi-Regimes um das tägliche Stück Brot. Der Überlebenswille der Menschen zeigt sich aber auch in der Aufnahme des Spielbetriebs im »Theater in der Witzlebenstraße«, in der Aula einer halb ausgebombten Volksschule. Nach einer Reihe erfolgreicher Aufführungen musikalischer Lustspiele und klassischer Operetten geschieht das Schreckliche: Der aufstrebende Star des Ensembles, eine junge Sängerin, wird ermordet. In der Asche eines alten, lange Jahre ungenutzten Ofens ruft sechzig Jahre später ein Zufallsfund – ein Art-Deco-Schmuck, Teil eines wertvollen Ensembles aus den Zwanziger Jahren – ruft rund 50 Jahre später Anna Kranz, Musiklehrerin an der längst wiederaufgebauten Schule, auf den Plan. Die Amateurdetektivin spürt dem Weg des Schmucks und seiner wechselnden Besitzerinnen in den Kriegs- und Nachkriegsjahren nach. Die Ergebnisse ihrer Recherche bringen sie schließlich zur Lösung des verwickelten Todesfalls. Mit ihrem zweiten »Lietzensee-Krimi« schafft Irene Fritsch eine lebendige Beschreibung der ersten Nachkriegsmonate im besetzten Berlin und ein Kaleidoskop menschlicher Nöte und Leidenschaft.

erschienen 2007, 144 Seiten,
Format 13 x 22 cm, broschiert
Preis 9.90 EUR
ISBN 978-3-938414-57-6

Kalter Krieg am Lietzensee

Ein Roman, dessen Handlung in den politischen Wirren im noch ungeteilten Berlin vor dem Bau der Mauer spielt.

1952. Die Notaufnahmestelle in der Kuno-Fischer-Straße in Berlin-Charlottenburg ist Zielpunkt für Flüchtlinge, die zu Hunderttausenden aus der Sowjetzone in den Westen fliehen. Hier und in den Häusern und Straßen ringsum den Lietzensee treffen die Personen des Romans zusammen: Einheimische, Flüchtlinge und Spitzel, verstrickt in einem Geflecht von Liebe, Verrat, Hass und Geldgier. Am Ende steht ein Mord. Gelingt es nach mehr als fünfzig Jahren der jungen Musiklehrerin Anna, den Mord aufzuklären?

erschienen 2009, 144 Seiten,
Format 13 x 22 cm, broschiert
Preis 9.90 EUR
ISBN 978-3-938414-58-3

Charleston in der Drachenburg

1926. Leni Brose, ein junges Mädchen vom Lande, kommt nach Berlin, um Telefonistin zu werden. Schnell wächst sie in die Rolle einer modernen, berufstätigen Frau hinein, lernt aber auch durch ihre Liebe zu einem angehenden Schriftsteller – vor dem Hintergrund des aufkommenden Nationalsozialismus – die Schattenseiten des Lebens kennen …

Jahre später fällt Lenis Tagebuch der jungen Musiklehrerin Anna in die Hände, und sie beginnt zusammen mit ihrer Freundin Carla, die Geheimnisse, die Leni umgaben, und sogar einen Mord aufzudecken.

erschienen 2011, 136 Seiten,
Format 13 x 22 cm, broschiert
Preis 12 EUR
ISBN 978-3-938414-60-6

Leben am Lietzensee

Das Wohngebiet um den Lietzensee gehört bis heute zu den Topadressen Berlins, seit jeher bevorzugt von Künstlern und Intellektuellen.

Erzählt wird die Geschichte von See, Park, Häusern und ihren Bewohnern, von der bislang vielen nur wenig bekannt ist. Zu den interessantesten Kapiteln gehören die Schilderungen früherer Besitzer und ihrer Bemüh-ungen um das Gelände. Darunter General Wilhelm von Witzleben (1783–1837), dessen Haus am See sich bald zu einem beliebten Treffpunkt der Berliner Gesellschaft entwickelte. Berühmt waren seine Feste mit Fischzügen und anschließendem Fischessen. Unter Kunstgärtner Ferdinand Deppe wurde der Park zu einem weit über Charlottenburg hinaus bekannten Rosen- und Georginen-Paradies ausgestattet.

Berichtet wird auch über die Straßen am Lietzensee, die Gestaltung des Parks durch Erwin Barth, über die Schulen, das Gerichtsgebäude am Witzlebenplatz und einige jüdische Einrichtungen. Besonders anrührend ist die Darstellung des Schicksals von Paul Müller aus der Dernburgstraße, mit dem beispielhaft die Erinnerung an verfolgte und ermordete Juden, die hier wie in ganz Charlottenburg besonders zahlreich gewohnt haben, wachgehalten wird.

Berichte einiger seiner prominenten Bewohner geben einen lebendigen Einblick in das Leben am Lietzensee vor und nach dem Zweiten Weltkrieg.

Für ausgedehnte Spaziergänge um den Lietzensee angelegt, ist das Buch mit seinen historischen Recherchen, mit Zeitzeugenberichten und ausführlichen Ausschnitten aus Romanen und Gedichten insgesamt eine Berlin-Geschichte im Kleinen.

6. Auflage, erschienen 2014
279 Seiten, Format 13 x 22 cm, broschiert
Preis 16.90 EUR
ISBN 978-3-938414-10-1